Arne Kilian

NEBELVERMÄCHTNIS

Drachenmond Verlag GmbH
Auf der Weide 6
50354 Hürth
http: www.drachenmond.de
E-Mail: info@drachenmond.de

Lektorat: Stephan R. Bellem
Korrektorat: Lillith Korn
Satz: Marlena Anders
Layout: Astrid Behrendt
Umschlagdesign: Alexander Kopainski
Bildmaterial: Shutterstock

Druck: Booksfactory

ISBN 978-3-95991-268-6

Prolog

»Geh weiter!« Dieser Gedanke war so laut in seinem Geist, als würde jemand direkt zu ihm sprechen. Und er ging. Spürte den Untergrund. Fühlte den Nebel.

»Noch weiter! Du musst unbedingt weitergehen!«

Teil 1

1

»Macht dir der Nebel Angst?« Diese Frage sollte Robert nicht so schnell vergessen. Als er vor fünf Minuten mit dem Zug in Loch angekommen war, hatte er noch über das Graffiti am Ortsschild lachen müssen: DAS LETZTE hatte dort jemand in schwarzer Farbe aufgesprüht. Es traf genau auf diesen Ort zu. Er hieß zwar »Loch«, doch bereits der Bahnhof verriet, dass es sich eindeutig um das allerletzte Loch handelte. Ausgerechnet hier verbrachte er die Herbstferien! Der Gedanke daran reichte aus, um Roberts gute Laune in einem tiefen Schlund verschwinden zu lassen. Wahrscheinlich würde sie sich nicht einmal wehren, sondern freiwillig in den Abgrund springen und ihn allein zurücklassen.

»Herzlich Willkommen im schönen Loch, Robert. Macht dir der Nebel Angst?« Ein Mann, dessen unteres Gebiss beim Sprechen wackelte, lächelte ihn an. Er trug eine abgewetzte und viel zu große blaue Dienstuniform. Es war mehr als bezeichnend, dass man in dem Örtchen genau wusste, wer dort ausstieg.

Vor zwei Stunden hatte Robert seine Heimatstadt Hamburg verlassen. Kurz darauf stand der Schaffner neben ihm und wies darauf hin, dass der Zug nur auf Wunsch in Loch anhalten würde. Es klang wie eine Warnung: Junge, bitte zwinge uns nicht, in dieser öden Gegend zu halten! Dort leben bloß Schafe und Menschen, die sich wie Huftiere verhalten!

Niemand stieg ein oder aus. So stand er allein auf dem Bahnsteig und wusste, dass der Ort seinem Namen alle Ehre machte. Und genau hier hatte Robert seine Wurzeln! Sein Vater sprach kaum darüber, und seine Mutter konnte er nicht danach fragen. Sie lebte in ihrer eigenen Welt.

In dem Ort Loch gab es mehr Schafe als Menschen, denn wenn man erfolgreich sein wollte, brauchte man eine große Herde. Und wahrscheinlich waren diese Tiere die wahren Herrscher von Loch. Würden sie es darauf anlegen, könnten sie jederzeit die Gemeinde stürzen und die Macht übernehmen – und womöglich hatten sie das längst getan.

Wenn die lebenden Wollknäuel geschoren wurden, half selbst der Pfarrer mit. Das lag weniger daran, dass er sämtlichen Schäfchen in seiner Gemeinde helfend zur Seite stehen wollte. Die pure Langeweile trieb ihn dazu.

Vermutlich war der Nebel daran schuld, dass sich neben Roberts Eltern bisher nicht viel mehr Menschen dazu aufgemacht hatten, diesen Ort zu verlassen. Wahrscheinlich erzeugten die Schafe in einem geheimen Ritual stets eine noch dichtere Nebelwand, sobald jemand beschloss, aus dem Dorf zu fliehen.

Besonders in den kälteren Monaten gab es genau genommen keinen Tag ohne Nebel in Loch. Das erklärte sich durch die Lage des Ortes, denn Loch lag in einem Tal und zusätzlich war die Umgebung sumpfig. Insbesondere nördlich der Siedlung befanden sich einige tiefe Moorlöcher.

Auch wenn es genügend Wiesen für die Schafe gab, beschrieben die Einwohner das Umland schlicht als Moorgebiet.

Der Nebel lauerte überall, zog durch offene Fenster oder Türen und suchte sich seinen Weg durch die Ritzen der Häuser. Bald sollte Robert erkennen, dass so zwar erklärt werden konnte, wie der Nebel in Loch entstand – was sich in dem dichten Dunst verbarg, war damit aber keinesfalls klar.

Der Weg zu Onkel Theo war trotz der Wetterverhältnisse nicht schwer. Es gab nur eine Straße, die vom Bahnhof in den Ort führte. Dort musste Robert den kleinen Laden suchen. So hieß das Geschäft, das sein Onkel führte: Kleiner Laden. Der Bahnhofsvorsteher wollte ihn dorthin begleiten. Unterwegs befürchtete Robert, dass er seine Kenntnisse über Erste Hilfe gleich bei ihm anwenden musste.

In diesem Schuljahr belegte er einen Ersthelfer-Kurs. Vor zwei Wochen hatte er dafür an einer Kunststoffpuppe üben müssen, wie man einen Menschen wiederbelebt. Seine Wangen liefen bei dem Gedanken daran rot an, was Andi gerufen hatte, als Robert an der Reihe gewesen war: »Robert, nimm deine Zunge aus dem Mund der Puppe! Das ist nicht Vicky, die steht hinter dir!«

Warum hatte er nicht einfach irgendeinen coolen Spruch erwidert? Stattdessen hatte sein Kopf die Farbe einer Tomate angenommen – und zwar einer überreifen und matschigen. Dabei bedeutete ihm Vicky nicht besonders viel. Sie hatte einfach zufällig hinter ihm gestanden.

Der Bahnhofsvorsteher wollte unbedingt die Tasche tragen. Robert fragte sich, ob er ihm dafür anschließend ein Trinkgeld geben sollte. Wie viel gab man einem Mann, dessen Hilfe man eigentlich gar nicht benötigte und der drohte, bei jedem weiteren Schritt unter der Belastung zusammenzuklappen?

Dieser bescheuerte Andi hatte mit seiner dämlichen Äußerung dafür gesorgt, dass Robert dem restlichen Erste-Hilfe-Kurs nicht mehr aufmerksam folgen konnte. Er hatte die Blicke der anderen und besonders das Getuschel der Mädchen bemerkt und alles unternommen, um ziemlich lässig zu wirken. Wenn der alte Mann vor ihm kollabierte, konnte Robert ihn wahrscheinlich überhaupt nicht retten. Außerdem musste er sich bei dem Gedanken schütteln, bei der Mund-zu-Mund-Beatmung das Wackelgebiss zu spüren.

»Geben Sie mir ruhig das Gepäck. Den restlichen Weg finde ich alleine.« Robert kramte in seinem Portemonnaie und zog einen Fünfeuroschein hervor.

»Junge, das habe ich deinem Onkel versprochen. Man weiß nie, was einem im Nebel begegnet. Und manchmal ist es besser, mit geschlossenen Augen hindurchzugehen.« Mit einer schnellen Handbewegung steckte sich der Alte den Schein ein und schlurfte weiter Richtung Ortschaft. Bedeutete das jetzt, dass Robert ihm gleich einen weiteren Geldschein überreichen musste? Er fragte sich, wie teuer eine Taxifahrt gewesen wäre und ob es überhaupt Autos in Loch gab.

Die feinen Wassertropfen durchdrangen Roberts Jeans und Jacke. Seine Frisur war inzwischen ruiniert. Die schwarzen Haare klebten ihm auf der Stirn, versperrten zusätzlich seine Sicht. Durch den Dunst konnte man gefühlte zehn Meter weit sehen.

»Du darfst niemals die Straße verlassen, wenn du in den nächsten Tagen alleine unterwegs bist. Niemand weiß, wie viele Menschen im Moor ihr Leben verloren haben. Die Erde gibt keine Seele mehr frei, die sie verschluckt hat.« Der dürre Mann blieb stehen und nahm sich eine silberne Dose aus der Westentasche. In ihr befand sich eine braune Masse, die er in seinen Mund stopfte.

»Bei dieser feuchten Luft brennt der Tabak nicht gut«, sagte er, wischte sich dunkel verfärbte Spucke vom Kinn und setzte die Wanderung fort.

Robert wusste nicht, warum er das Bedürfnis verspürte, sich andauernd umzusehen. Lag es daran, dass ihm ein alter Mann die Tasche trug? Dann hoffte er bloß, nicht gesehen zu werden. Allerdings war der Nebel dicht genug, dass diese Gefahr nicht bestand. Also rührte seine Unruhe daher, dass er sein Umfeld kaum wahrnehmen konnte. Für den Bruchteil von Sekunden dachte er, dass sich Schatten übers Moor bewegten – aber jedes Mal, wenn Robert blinzelte und sich die Stelle im Nebel genauer ansah, war dieser Eindruck verschwunden. Er drohte anscheinend, direkt am ersten Tag in Loch wahnsinnig zu werden. Um sich zu beruhigen, blickte er fortan nur noch auf die Straße.

Als die Silhouetten der ersten Häuser auftauchten, stoppte Roberts Gepäckträger und holte tief Luft. Er würde ja wohl nicht jetzt kurz vorm Ziel zusammenbrechen?

»Den Rest des Weges schaffe ich alleine.« Robert zog einen zweiten Geldschein hervor und wollte erreichen, dass der Alte ihm dafür den Fünfeuroschein zurückgab. Der lächelte lediglich und steckte den Zehner ein.

»Du bist ein guter Junge. Es geschehen hier Dinge, über die niemand im Dorf sprechen möchte. Besuche mich am Bahnhof und ich erzähle dir davon!«

»Dinge?«, fragte Robert.

»Meine Familie wohnt seit der Gründung in Loch. Wir gehören zur ersten Generation. Über die Geschichte von Loch habe ich eine Chronik geschrieben. Du kannst sie lesen. Wenn du mich besuchst, zeige ich sie dir.«

»Vielen Dank. Ich gehe dann jetzt.«

»Bring mir aus dem Laden deines Onkels neuen Tabak mit, wenn du zu mir kommst. Warte damit aber, bis der Nebel abgezogen ist. Du kennst dich nicht aus und das Moor verzeiht keine Fehler!« Mit diesen Worten wandte sich der Alte ab und verschwand in der dichten weißen Suppe. Nach kurzer Zeit wirkte er auf Robert ebenfalls wie ein Schatten, von dem man nicht genau wusste, ob er überhaupt lebte.

Mit einem Kopfschütteln folgte Robert dem Straßenverlauf. Dabei fielen ihm viele verwinkelte Nebengassen auf. Zu einem Großteil standen in Loch Fachwerkhäuser aus der Gründerzeit. Viele von ihnen besaßen Bilder auf den Fassaden. Sie verstärkten die mittelalterliche Aura und zeigten Handwerksberufe, die damals ausgeübt worden waren. Die Farben wirkten frisch. Mit Sicherheit lag das an der Luftfeuchtigkeit und dem wenigen Sonnenlicht an diesem Ort.

Da die meisten Häuser verziert waren, fühlte sich Robert wie in einer Kunstausstellung. Mit seiner Kurslehrerin Frau Grundel hatten sie in diesem Jahr ein Museum besucht, das einen zeitgenössischen Maler präsentiert hatte. Eine Studentin hatte die Schüler durch die Räume geführt und ihnen erklärt, dass der Betrachter von Kunst eine ebenso große Rolle spiele wie der Erschaffer. Also könnten sie ruhig ihre eigenen Eindrücke schildern. Weil Robert den Fehler machte, als einziger Schüler der Frau mit einem Lächeln zuzuhören, sprach sie ihn sofort an: »Was siehst du in diesem Bild?«

Welch bescheuerte Frage. Die Absicht hinter dem *Ding* auf der Leinwand war eindeutig. Der Maler hatte ein paar Linien gezeichnet und selbst keine Ahnung davon gehabt, was er eigentlich aussagen wollte. Aus diesem Grund hatte er dem Museum einen Zettel beigelegt und draufgeschrieben, dass der Betrachter bei seinen Kunstwerken eine größere Rolle spiele als er, der Künstler höchstpersönlich.

»Ich sehe darin …«, begann Robert und spürte die Erwartungen seiner Mitschüler und besonders von Frau Grundel. Alle warteten gespannt darauf, was er sagen würde. Das Bild bestand aus gelben, blauen und roten Linien. »… die Grundfarben«, beendete er seinen Satz und erkannte ein zufriedenes Lächeln auf dem Mund seiner Kunstlehrerin.

»Was löst das Bild in dir aus?«, bohrte die Studentin nach.

Die Linien liefen kreuz und quer über die Leinwand, verdichteten sich an manchen Stellen und zeigten am unteren Rand eine Struktur, die Robert an etwas erinnerte, das er früher mal in Biologie gesehen hatte. Seine Eltern hatten damals, bevor Herr Klotz den Aufklärungsunterricht beginnen durfte, eine Einverständniserklärung unterschreiben müssen. In den Vorjahren hatte es einige Beschwerden gegeben. Am Ende spielte der Biolehrer einen Film ab, der ihnen kurz zusammengefasst erklärte, dass sie jahrelang an eine Erfindung verklemmter Erwachsener geglaubt hatten. Danach war es raus gewesen: Der Klapperstorch brachte keine Babys, sondern fraß Frösche. Aber das konnte Robert unter gar keinen Umständen sagen. Er wusste, wie die Reaktion der anderen sein würde – selbst noch im ersten Jahr der Oberstufe. Was konnte sich dieser Typ bloß bei seinem Bild gedacht haben? Dieser dämliche Linienzeichner besaß genug Grips, seinem Werk sicherheitshalber keinen Namen und stattdessen eine Nummer zu geben.

Nein, über den Aufklärungsunterricht durfte Robert jetzt auf gar keinen Fall sprechen. Er wäre das gefundene Fressen für den Rest des Tages und wahrscheinlich auch für alle weiteren Kunststunden bis zu den Sommerferien geworden. Dabei war das Schuljahr zu dem Zeitpunkt erst zwei Wochen alt gewesen. Also musste er schnell irgendetwas anderes sagen und dafür hatte er höchstens drei Sekunden Zeit, bis sein Schweigen peinlich wurde.

»Ich finde, dass das Bild … einen Klapperstorch zeigt …«, begann Robert und holte tief Luft.

»… der ein Baby auffrisst!«, setzte Tobias fort und versammelte mit dem Spruch einen lachenden Chor von Mitschülern auf seiner Seite. Das hätte Roberts Witz sein können, doch auf diese Weise war er zumindest aus dem Rampenlicht getreten. Die Studentin wandte sich Tobias zu und fragte mit einer gespielt interessierten Miene: »Wie kommst du auf diese Idee?«

»Es ist auf dem Bild klar zu erkennen«, entgegnete er und erntete weitere Lacher.

In Loch sah die Sache anders aus – und zwar eindeutig. Die Szenen auf den Malereien verstand man, ohne groß nachdenken zu müssen. Zumindest glaubte Robert das im ersten Moment, als er einen Schmied, einen Bäcker vor seinem Ofen und eine Wildschweinjagd betrachtete. Dann gab der Nebel ein weiteres Gemälde frei, das Robert überraschte. Die Malerei war seitlich an einem Gebäude angebracht, das vorn eine große Glasscheibe besaß. Er hatte den Laden von Onkel Theo gefunden. Auf dem Bild hielt ein Mann seine gespreizten Finger in die Luft und zeigte in einen Gewitterhimmel. Aus düsteren Wolken stießen Blitze.

Auf dem Boden waberte Nebel und es sah aus, als würde ein Magier das Wetter beherrschen. Wahrscheinlich waren die Menschen im Mittelalter sehr abergläubisch gewesen und dachten, dass ein Unwetter übernatürliche Gründe besaß. Das Motiv würde Robert in der nächsten Zeit weiter beschäftigen, aber das wusste er in diesem Moment nicht.

Roberts Uhr zeigte die Mittagszeit an und die Lichter im Inneren waren erloschen. Von seinem Vater wusste er allerdings, dass Theo direkt über dem Geschäft wohnte.

Sein Vater arbeitete oft bis nachmittags in seinem Fotostudio, das sich ebenfalls bei ihnen zu Hause befand. Anscheinend war es Familientradition, den Unterhalt in den eigenen vier Wänden zu verdienen. Wenn sein Vater am Computer Aufträge für Zeitschriften oder andere Kunden bearbeitete, saß Robert meistens im Krankenhaus bei seiner Mutter und fragte sich, was wohl in ihr vorging. Die Erinnerung an ihre Stimme verblasste allmählich. Vor mehr als fünfzehn Jahren hatte sie es geschafft, Roberts Vater davon zu überzeugen, Loch zu verlassen. Damals war Roberts Mutter mit ihm schwanger gewesen. Wenn die Geschichte stimmte, die er kannte, dann hatte sie sich nach einer medizinischen Untersuchung durchgesetzt und Roberts Vater zu einem Umzug in die Stadt gezwungen. Die Erkenntnis, dass Loch nicht der geeignete Ort für ein Neugeborenes sei, habe sie bekommen, als der Arzt bei einer Untersuchung gesagt hatte: »Blöken Sie bitte einmal.«

Bevor Robert klingelte, wollte er sich einen Moment umsehen. Er stand allein auf der Straße und sah, dass in den Fenstern der anderen Fachwerkhäuser Licht brannte. An der Eingangstür zum Kleinen Laden hing ein Plakat, das einen Schweinemarkt ankündigte. Er fand in einer Woche statt und schien das Highlight des Jahres in Loch zu sein. Über dem Datum hielt ein gezeichnetes Schwein einen Bierkrug fest und prostete dem Betrachter mit einem breiten Grinsen zu. Kein Schaf wäre so belämmert gewesen, auf diese Weise vor der Kamera zu posieren. Robert fragte sich, was die Kunststudentin zu der Abbildung gesagt hätte. Allerdings würde die bestimmt niemals freiwillig in Loch aussteigen. Deshalb stellte sich diese Frage erst gar nicht.

»Das ist echt super«, sagte Robert zu sich selbst, »ich sitze in einem Ort fest, an dem die Bewohner mit Schweinen Spaß haben. Wahrscheinlich folgt einen Monat danach eine öffentliche Hexenverbrennung, weil es eine Frau mit einem Kasten am Ohr schaffen konnte, eine Pizza zu sich zu zaubern.«

Während Robert weiter auf der Straße stand, dachte er darüber nach, dass es in Loch tatsächlich ein Wunder wäre, wenn man hier ein Pizza-Taxi auftrieb.

2

Die Klingel über der Ladentür erinnerte an eine Messdienerglocke. Onkel Theo hatte Robert heute Morgen – seinem zweiten Tag in Loch – vorgewarnt, dass es vormittags eine ruhige Zeit sein würde. Inzwischen arbeiteten viele Einwohner außerhalb. Die wenigsten betrieben noch traditionelle Landwirtschaft. Aber eigentlich war es gut, gerade keinen Stress zu haben. Die letzten Wochen bis zu den Ferien waren sehr anstrengend gewesen. Nur wollte er sich nicht wirklich *hier* davon erholen.

Robert fühlte sich müde. Das musste an dem Klima liegen. Die hohe Luftfeuchtigkeit machte das Atmen schwerer.

Im Kleinen Laden befanden sich wenige Waren. Die Höfe belieferten Onkel Theo mit ihren Erzeugnissen. Ein großer Sack mit Getreide stand neben der Kasse. Eier, luftgetrocknete Wurst, Tabak, Kaffee und Wein hatten einen festen Platz in den Regalen. Der Laden öffnete an drei Tagen in der Woche für ein paar Stunden und reichte für Roberts Onkel eher als Nebenerwerb. Den Wocheneinkauf erledigte man besser im nächsten Supermarkt. Dafür musste man allerdings eine halbe Autostunde lang fahren: für eine Strecke.

»Bist du Theodors Neffe?« Eine Dame mit einem Gehstock legte Kautabak und eine Packung Kaffee auf die Theke.

»Ja. Ich helfe im Laden aus. Mein Onkel ist bei den Schafen.« Robert gab die beiden Beträge in die Kasse ein und nannte der alten Frau die Summe. Sie starrte ihn an, ohne zu bezahlen. »Wie lange bleibst du hier?«, fragte sie.

»Die ganzen Herbstferien.« Erst in einer Stunde durfte er das Geschäft schließen.

»Ach herrje! Heutzutage zerbrechen so viele Ehen. Dein Onkel ist ein großartiger Mann.« Sie schnalzte mit der Zunge und wiederholte: »Ein Mann.« Dann setzte sie fort: »Bei ihm bist du gut aufgehoben.«

»Nein, das verstehen Sie falsch. Mein Vater musste für einen großen Auftrag verreisen. Er begleitet mit seiner Fotoausrüstung einen Politiker.«

»O Gott! Und deine Mutter ist im Himmel? Du bist ein armer Junge. Sei froh, dass du deinen Onkel hast. Theodor ist ein Engel. Das sagen alle. Unser Theo ist die gute Seele hier in Loch.«

Robert musterte die alte Dame. Er verspürte keine Lust, ihr von seiner Mutter zu erzählen. Das ging nur die Familie etwas an. Sogar mit seinen Freunden sprach er nicht darüber. Und genau genommen begriff er selbst kaum, was ihr fehlte. Seit wie vielen Monaten lag sie inzwischen im Krankenhaus? Es kam Robert vor, als wäre es erst wenige Tage her, dass sein Vater ihn mit in die Klinik genommen und von einem Wachkoma gesprochen hatte.

Noch immer lagen die Waren zwischen ihm und der Kundin. Sie stützte sich weiter auf ihrem Stock ab, lächelte und starrte zu Robert.

»Hast du eine Begleitung für den Schweinemarkt?« Die Alte grinste genauso wie vorhin, als sie Theo mit einem Engel verglichen hatte.

»Ich weiß nicht, ob ich dort überhaupt hingehe.«

»Das Fest findet direkt hier in den Straßen von Loch statt. Du musst also gar nicht irgendwohin gehen.«

»Das ist ja fantastisch. Und ich brauche eine Begleitung?« Robert fühlte, wie sein Pulsschlag sich beschleunigte. Er sah auf das Plakat im Schaufenster. Das fette Schwein hielt weiterhin das Bier in der Hand. Irgendwie schien es, dass sich die Mimik von Mr. Pig kaum von der alten Schachtel unterschied. Die Ferien endeten erst nächste Woche und anscheinend gab es bestimmte Traditionen in Loch, denen er sich bis dahin unterwerfen musste.

»Wenn du nicht zum Gespött aller werden möchtest, musst du dir jemanden suchen.« Sie griff in ihre Manteltasche und legte Robert das Geld passend auf den Tresen. Eine Ansammlung aus großen und kleinen Münzen lag vor ihm. Während er den Betrag zählte, drehte sie sich um, verließ den Laden und verharrte in der offenen Tür: »Richte Theodor herzliche Grüße von Ludmilla aus.«

Wie sie es geschafft hatte, mit einem Handgriff die passende Summe zu greifen, blieb Robert ein Rätsel. Entweder war die Frau eine Hexe – das traf auf jeden Fall zu – oder sie wusste noch vom letzten Mal, wie teuer ihr Einkauf werden würde.

Unbedingt musste er mit seinem Onkel über den Schweinemarkt sprechen. Ihm reichte es schon in der Schule, wenn andere über ihn lachten. Wenigstens hier wollte er seine Ruhe davor haben und alles richtig machen. Seit seiner Ankunft hatte er zwei Jungs in seinem Alter gesehen. Sie standen in einem Gemüsebeet und zogen Unkraut aus dem Boden. Ihre Blicke sagten alles: »Warum arbeitest du nicht irgendwo mit deinen Händen? Du willst ein Mann werden? Vergiss es einfach!«

Als Robert die Einnahmen des Vormittags zählen wollte, schlug die Ladentür erneut gegen die Glocke. Dieses Mal betrat ein Mädchen mit blonden Locken den Laden. Das Gespräch mit der alten Ludmilla war Robert noch sehr präsent und er überlegte, ob sich hier gerade die einzige Chance auftat, eine Begleitung für dieses Schweinefest zu finden. Warum ihm das überhaupt Sorgen machte, wusste er nicht. Es ärgerte ihn, doch irgendetwas an Ludmilla hatte ihn beunruhigt und drängte ihn dazu, nach einer Begleitung zu suchen.

»Ich brauche Krampen.« Das Erscheinungsbild des Lockenschopfs passte zu Loch. Sie trug einen Wollpullover, verwaschene Jeans und Gummistiefel. Ihre Haut sah makellos aus. Helle Sommersprossen verzierten das hübsche Gesicht.

»Ich glaube nicht, dass mein Onkel Backwaren verkauft.« Robert schaute sich im Laden um und sah bloß Zutaten, mit denen man höchstens ein Brot backen konnte.

»Man merkt sofort, dass du aus der Stadt kommst. Das ist ja lustig!« Sie stemmte ihre Hände in die Hüften und hob die Augenbrauen. »Ich suche keine Krapfen, sondern gebogene Metallnägel für einen kaputten Zaun.«

»Ähm. Ach so. Das Werkzeug befindet sich … befindet sich dort … dort drüben.« Robert verließ seinen Platz und ging zur Wand. Er betrachtete die Regalböden lange, fand jedoch keine Krampen.

»Beim letzten Mal hat dein Onkel sie aus der oberen Schublade bei der Kasse geholt. Soll ich dir helfen, Robert?«

»Das ist wahrscheinlich besser.« Ihm fiel auf, dass sie seinen Namen kannte. Mit Sicherheit war das normal hier. Man wusste direkt, wenn es etwas Neues gab.

Sie nahm Roberts Platz ein, brauchte wenige Sekunden und hielt schließlich eine Handvoll gebogener Metallnägel in der Hand. »Du kannst deinem Onkel sagen, dass ich zwanzig Stück mitgenommen habe. Das Geld bringt meine Mum beim nächsten Mal vorbei.«

»Ja.« Mehr konnte Robert nicht erwidern. Warum das Mädchen direkt sagen konnte, dass sie genau zwanzig Krampen mitnahm, verstand er nicht. Wahrscheinlich hatte sie die Anzahl geschätzt.

»Du solltest auch wissen, wie ich heiße, oder?« Sie legte ihren Kopf schief. Robert nickte und bemerkte zugleich, dass er sich ziemlich dämlich verhielt. Es hätte keinen Unterschied gemacht, wenn Onkel Theo den Laden aufgeschlossen und ein Schild mit dem Hinweis »Selbstbedienung« aufgestellt hätte.

»Tinja Hufnagel«, sagte sie und ergänzte: »Meine Eltern sind zugezogen. Es ist Zufall, dass mein Nachname zu dieser Gegend passt.« Es freute Robert, dass das ihr wunder Punkt war, denn endlich stand jemand vor ihm, der nicht zwischen Schafen das Licht der Welt erblickt hatte.

»Wo hast du denn früher gewohnt?« Seine Stimme kratzte bei den ersten Worten, aber Robert schaffte es trotzdem, einen vollständigen Satz zu formulieren.

»Meine Eltern kommen aus Hamburg und haben irgendwann unser Haus mit der Weide geerbt. Ich kann mich kaum daran erinnern, früher woanders gewohnt zu haben.« Hamburg! Besser ging es nicht. Sie kamen aus derselben Stadt! Während Tinja die Krampen in die Tasche steckte und zum Ausgang ging, stellte Robert plötzlich eine Frage, die ihm mit Sicherheit Ludmilla aufgehext hatte: »Gehst du zum Schweinemarkt?«

Tinja drehte sich zurück. »Jeder in Loch geht zum Markt. Warum fragst du mich das?« An ihrem Mund bildeten sich Lachfalten.

Es brachte nichts, nach Ausreden zu suchen. »Vorhin hat eine alte Frau hier eingekauft. Ludmilla heißt sie. Sie sagt, dass jeder in Loch eine Begleitung für euer Fest braucht. Aber irgendwie habe ich gar keine Lust darauf.« Den letzten Satz wollte Robert gar nicht aussprechen.

Allerdings sah Tinja ihn mit ihren grünen Augen auf eine Weise an, sodass seine Gedanken aus ihm heraussprudelten.

»Es zwingt dich niemand dazu. Warum machst du dir Gedanken darüber? Du bist schließlich zu Besuch und bald zurück in der Großstadt. Bestell deinem Onkel schöne Grüße!« Sie wandte sich zur Tür und verließ den Laden. Robert schüttelte über sein Gespräch mit Tinja den Kopf, bevor es jemand anderes tun konnte. Es stimmte. In einigen Tagen durfte er wieder abreisen – hoffentlich.

Die Zeit war gekommen, das Geschäft zu schließen. Wenn sein Onkel ihm einen Stundenlohn zahlen müsste, hätte er heute Verlust gemacht.

3

»Es war eine alte Frau im Laden. Milla oder so.« Robert wollte endlich wissen, was es mit dem Schweinefest auf sich hatte.

»Die gute Ludmilla. Sie kann etwas anstrengend sein.« Theo beschmierte sein Brot mit Schmalz und streute Salz darüber.

»Sie hat mich nach dem Schweinemarkt gefragt.« Robert suchte den Tisch ab, um sich den Gewohnheiten seines Onkels anzupassen. Es wirkte unhöflich, das Brot ständig mit Butter zu essen.

»Wollte sie mit dir auf den Markt gehen?« Sie saßen an einem runden Holztisch, der direkt unter einem Fenster stand. Am Rahmen blätterte die Farbe ab und eine Kerze, die zwischen Robert und seinem Onkel stand, flackerte ständig. Die Arbeitshose und einen löchrigen Wollpullover hatte Theo noch an.

In der Wohnküche befanden sich eine Kochzeile und ein Bauernschrank, in dem das Geschirr und einige Lebensmittel aufbewahrt wurden. Außerdem hingen an mehreren Dachbalken Würste zum Trocknen. Gegenüber vom Herd, den Theo mit Holz befeuerte, stand ein Kühlschrank. Er war mindestens so alt wie Roberts Vater.

»Ob ich eine Begleitung habe, wollte sie wissen.« Robert entschied sich für Salami, die aus Schaffleisch bestand.

»Hat dich das verunsichert? Ludmilla gehört zu einer anderen Generation. Damals entstand ein Großteil der Ehen auf dem Schweinemarkt. Du kannst ganz entspannt sein. Schmeckt dir die Salami nicht?« An Theos Dreitagebart hing ein Essensrest. Er wischte ihn ab und wies zu Roberts Brot. Er hielt es in der Hand, ohne bisher davon abgebissen zu haben.

»Nein. Ich meine … das ist es nicht. Direkt nach Ludmilla kam Tinja ins Geschäft. Du erhältst das Geld von ihrer Mutter für zwanzig

Kru… ich meine, Kri… also für gebogene Nägel.« Er probierte das Brot, erwischte direkt ein Pfefferkorn und biss gleich ein weiteres Mal ab.

»Gut. Es schmeckt dir. Sie hat also die letzten Krampen mitgenommen. Ich habe Tinja beim letzten Mal gesagt, wie viele ich davon in der Schublade habe.« Jetzt wusste Robert, warum sie direkt die genaue Zahl gewusst hatte.

»Als ich Tinja gefragt habe, ob sie zu dem Fest geht, meinte sie, dass jeder dorthin geht.« Ein Pfeifen vom Herd erklang. Theo ging auf selbst gestrickten Socken zur Küchenzeile. Dort nahm er den heißen Wasserkessel von der Platte und brühte Kaffee auf.

»Wenn Tinja das sagt.« Das Wasser dampfte und Nebelfäden glitten über den Fußboden in alle Richtungen, verschwanden im Nichts. »Du brauchst passende Kleidung, wenn du nicht auffallen möchtest.«

»Kleidung?« Roberts Stimme klang heller.

»Die Einheimischen sind da traditionell. Möchtest du auch eine Tasse?« Der Duft von Kaffee erfüllte den Raum. Robert nickte. Mit seinem Vater hatte er zuletzt in den Sommerferien gemeinsam am Esstisch gesessen und sich unterhalten. Ihr jeweiliger Tagesrhythmus unterschied sich während der Schulzeit stark. Unter der Woche hatte Robert erst am späten Nachmittag frei und aß in der Mensa. Oftmals besuchte er direkt danach seine Mutter. Sein Vater ging – wenn überhaupt – vormittags ins Krankenhaus.

»Was tragt ihr genau für Kleidung? Mittelalterliche Gewänder?« Von seinen Eltern wusste er nichts darüber. Obwohl beide aus Loch kamen, hatten sie kaum etwas aus dieser Zeit erzählt.

Nach seinem ersten Schluck füllte Robert vier Löffel Zucker nach und kippte bis zum Rand Milch hinein. Sein Onkel trank den Kaffee schwarz.

»Es ist ein einfacher Umhang mit einer Kapuze. Er erinnert an eine Überlieferung. Demnach haben die Menschen aus Loch ursprünglich ihre Waren mit den Bewohnern aus der Ortschaft Nofra getauscht. Das ist allerdings eine Legende, denn niemand weiß, ob es dieses Nachbardorf wirklich gab. Kennst du die Erzählung vom Rattenfänger von Hameln? Ob damals Kinder verschwunden sind oder die Geschichte in Wirklichkeit eine andere Bedeutung hat, kann heute niemand mit Gewissheit sagen.«

»Das ist ein komischer Name. Nofra«, sagte Robert mehr zu sich selbst. Auf seinem Brot lagen zwei Scheiben Salami mit viel zu vielen weiteren Pfefferkörnern. »Was glaubst du denn?«, ergänzte Robert.

»Keine Geschichte entsteht grundlos. Es muss vor einigen Jahrhunderten einen wichtigen Grund dafür gegeben haben, dass wir jährlich mit unserem Fest an Nofra erinnern.« Er nahm einen großen Schluck Kaffee. Die Temperatur machte Theo nichts aus.

»Wo soll der Ort gewesen sein?« Warum Robert das wissen wollte, war ihm schleierhaft. Bestimmt lag es daran, dass ihn diese Legende auf andere Gedanken brachte. Sie war seine Chance, sich in den nächsten Tagen mit etwas Neuem abzulenken.

»Man kann davon nichts mehr sehen. Dort, wo heute das Moor ist, lag einst Nofra. An den Hauswänden in Loch kannst du einige Elemente aus der Erzählung sehen. Das Bild an meinem Laden zeigt, wie Nofra verschwindet. Dabei soll Nebel aufgezogen sein, der zu einer undurchdringlichen Barriere wuchs. Ein Unwetter hat den Boden dermaßen aufgeweicht, dass das Moor entstanden ist. Wer danach versucht hat, Nofra zu finden, dem sind der Nebel und das Moor zur tödlichen Falle geworden. Unser Markt erinnert somit an die Zeit, als die meisten Bauern in Loch Schweine hielten. Die Schafzucht kam erst wesentlich später.«

»Und die Umhänge?« Eigentlich fühlte sich Robert zu alt für Märchen, doch der Name Nofra löste ein Kribbeln in seinem Bauch aus. Er wollte mehr über die Geschichte erfahren, versuchte aber, uninteressiert zu wirken. Allerdings scheiterte er mit diesem Vorhaben. Dafür wusste er jetzt ein gutes Thema für ein Gespräch mit seinem Onkel. Sie hatten sich eine ganze Weile nicht mehr gesehen und bereits während der Zugfahrt fiel Robert nichts ein, worüber er mit ihm reden sollte. Über Schafe und Landwirtschaft konnte man höchstens einen Tag sprechen – und von sich, der Schule oder seiner Mutter wollte Robert nichts berichten.

»Die Verkleidung? Das ist lustig, dass du danach fragst. Die meisten möchten mehr darüber erfahren, wie und warum Nofra verschwunden ist. In Ordnung … der Umhang erinnert an eine Regel, die alle Einwohner der beiden Dörfer beachten mussten. Sie sollten ihren Kopf stets bedeckt halten.«

»Waren die Menschen hässlich?« Robert entschied, das restliche Salamibrot auf einmal aufzuessen und direkt danach mit Kaffee nachzuspülen. Vorher rührte er zwei weitere Löffel Zucker in die Tasse.

»Das hat einen anderen Grund. Man wünschte keine ernsthaften Verbindungen zwischen den Ortschaften. Die Einwohner von Nofra und Loch sollten unter sich bleiben. Deshalb durfte niemand den anderen erkennen.«

»Das hat nicht funktioniert, oder?« Der Zucker konnte das Aroma der Schafsalami kaum überdecken und Robert kaute schneller.

»Natürlich nicht. Und die Dorfältesten fanden das gar nicht lustig. Sie ließen Nofra im Nebel verschwinden und hinterließen an der Stelle sumpfiges Ödland.«

»Du hast recht. Die Geschichte klingt ebenso verrückt wie das Märchen vom Rattenfänger. Wie kann denn eine Stadt auf diese Weise verschwinden?«

»Und das ist das Spannende daran, aber du wolltest ja mehr über die Kleidung wissen!« Theo schmunzelte und Robert spürte, wie seine Handflächen anfingen zu schwitzen. Er zwang ein Lächeln auf seine Lippen und wartete ab, bis sein Onkel weitersprach: »In Nofra lebten der Legende nach keine gewöhnlichen Menschen. Ihre Fähigkeiten würden wir heute als Zauberei bezeichnen. Diese Geschichte kennt jedes Kind bei uns. Wir wachsen alle mit ihr auf. Sogar der Schweinemarkt erinnert daran. Ist eigentlich nichts Besonderes. Man trägt einen Umhang, trifft sich, plaudert und isst.« Theo nahm das Klappmesser vom Tisch und schnitt eine Scheibe Salami ab. »Scheint dir ja zu schmecken. Willst du noch ein weiteres Stück?« Die Klinge ruhte auf der Wurst.

»Bin satt. Danke.« Eigentlich trank Robert keinen Kaffee. Jedoch war er froh, dass er es mit seinem überzuckerten Getränk geschafft hatte, sämtliche Fleischreste aus seinem Mund zu spülen. Wer hatte bloß die Idee gehabt, dass man Schafe essen konnte? Schwein, Rind und Geflügel – okay. Aber Schafe?

»Warum haben mir meine Eltern nie davon erzählt? Sie kommen schließlich aus Loch.« Robert blickte aus dem Fenster. Er konnte das Dach des gegenüberliegenden Fachwerkhauses sehen. Ein paar Tauben hockten auf den schwarzen Ziegeln eng zusammen. Der Himmel über ihnen war grau mit einer einzelnen Wolkenlücke. Darin übermalte ein Flugzeug mit seinem Kondensstreifen den letzten blauen Fleck über Loch.

»Die Geschichte ist wahrscheinlich woanders wenig interessant.« Theo lachte. »Man kennt unsere Gegend außerhalb kaum. Es scheint, als würde der Nebel uns alle verstecken.«

»Gibt es beim Schweinemarkt Karussells?«, fragte Robert.

»Erwarte nicht zu viel. Für kleine Kinder wird eine Eisenbahn aufgebaut, die im Kreis fährt. Wenn man aus der Stadt kommt, ist man viel mehr gewöhnt. Aber das wirst du selbst sehen.« Theo schlürfte den letzten Schluck aus seiner Tasse und stellte sie ab. »Ich muss zu den Schafen.«

»Kann ich mitkommen und dir helfen?« Robert wollte sich unbedingt eine Beschäftigung suchen. So konnte er zugleich seinen Onkel entlasten. Theo antwortete zunächst nicht, stand auf und ging zu einem schmalen Schrank mit einem Vorhängeschloss daran.

»Es verschwinden Schafe. Ein paar sind normal. Jedes Jahr verschwinden Tiere. In diesem Jahr sind es mir allerdings zu viele.« Im Waffenschrank lagerte ein Gewehr mit Munition. Theo nahm es, öffnete den Lauf und befüllte ihn mit zwei Patronen. »Du bleibst besser hier. Rüpel wird mitkommen.«

Dieser Hund mit seinen Stummelbeinen steht dir zur Seite? Ein Mops kann mehr ausrichten als ich? All das lag Robert auf der Zunge.

4

Es gab momentan kaum Tage in Loch, an denen kein Nebel die Gegend verhüllte. Bei dem Gedanken an die Einwohner, die Robert inzwischen im Laden seines Onkels kennengelernt hatte, kam ihm der Schleier nützlich vor. Je dichter er war, desto weniger Dörfler musste man sehen.

Der Dunst schien eine entspannende Wirkung zu haben. Bislang machte niemand einen gehetzten Eindruck und daher hatte Robert das Gefühl, dass hier die Zeit langsamer verlief. Diese Vorstellung erfreute ihn mäßig. Zwar gefielen ihm Ferien in jedem Fall besser als die Schule – besonders, wenn Andi hinter einem im Kurs saß und ausschließlich dämliche Sprüche machte, aber es gab dennoch schönere Orte, an denen man seine freien Tage verbringen konnte.

Auf der Straße knurrte Rüpel im Nebel Schatten an. Sie tauchten für einige Sekunden auf und streckten ihre langen Arme aus. Sobald man sich einer solch düsteren Gestalt näherte, verschwand sie und eine oder gar mehrere neue entstanden an anderer Stelle. Robert glaubte, dass ihn die Figuren umkreisten, anstarrten und dabei näher rückten. Rüpel bemerkte ebenfalls, dass die Anzahl der dunklen Flecken in der grauen Brühe zunahm. Sein Knurren wechselte zu einem Winseln. Der Hund klang dabei wie Darth Vader, der sein Atemsystem auf Helium umgestellt hatte. Mit seiner Piepsstimme schaffte es der Mops auf gar keinen Fall, die Erscheinungen zu vertreiben.

Die feuchte Luft zerstörte wieder einmal Roberts Frisur. Seine Haare klebten ihm am Kopf und Wasser lief seine Stirn hinunter. Mit der Hand wischte er einige Tropfen ab und richtete seinen Blick zum Moor. Plötzlich schärften sich seine Sinne. Der Mops hörte auf zu bellen und duckte sich. Gleichzeitig wedelte er mit seinem Stummelschwanz hektisch hin und her. Ein Schatten, der eine menschliche Silhouette besaß, bewegte sich dort. Allmählich verblasste er, tauchte unter. Jemand ging geradewegs ins Moor! Selbst der alte Mann vom Bahnhof hatte davon abgeraten, die Straße zu verlassen.

Aus einem Grund, den sich Robert nicht erklären konnte, fühlte er sich verantwortlich für das, was er beobachtete. Was war, wenn die Person dort draußen in dieser grauen Suppe nicht mehr auf festen Boden zurückfand? Andererseits könnte ein Verbrecher bewusst über das Moor wandeln, um vor unerwünschten Beobachtern geschützt zu sein.

In der Zeitung stand heute ein Artikel über Viehdiebe. Einige Bauern vermissten Schafe. Ein Wolf oder wilder Hund konnten ausgeschlossen werden. Von einem Kampf gab es keine Spuren. Womöglich habe jemand die Tiere gestohlen. Der illegale Fleischhandel sei ein lukratives Schattengewerbe. Insbesondere, wenn eine hohe Qualität zu extrem günstigen Preisen angeboten würde, müsse man aufhorchen. Der Zeitungsartikel betonte, dass der Erwerb von gestohlenen Tierprodukten strafbar sei.

Irgendwie interessierte Robert das alles kaum. Hier gab es Diebe, die an teurem Biofleisch mitverdienen wollten. Das klang nicht neu und außerdem würde niemand mehr eine Lokalzeitung kaufen, wenn nicht mindestens alle vier Wochen jemand zu den Höfen schlich. Oder der Redakteur ging einem Nebenjob als Viehdieb nach, weil er ständig neue Storys brauchte, die seine Anstellung bei der Provinzpresse sicherten.

Bei der Person schien kein Tier zu sein, aber das bedeutete nichts. Sollte Robert also zu dem Unbekannten im Nebel rufen? Oder ging er besser mit Rüpel zurück nach Loch? Während Robert über die Möglichkeiten nachdachte, entschied Rüpel für ihn und machte einen Satz nach vorne. Dabei stolperte er über seine eigenen Beine, gelangte irgendwie auf den Erdwall neben der Straße und rannte zielsicher ins Moor.

Es gab viele befestigte Stellen und einen ausgewiesenen Wanderweg, der durch den vorderen Teil der Moorlandschaft führte. Allerdings nutzte ihn kaum jemand und es hieß sogar, dass schon manch ein Wanderer für immer verloren gegangen sein soll. Ob sich Rüpel hier auskannte, wusste Robert nicht. Allerdings würde das bei dem Mops keinen Unterschied machen, schließlich fiel er ständig über seine extrem krummen Beine. Also brachte er es fertig, direkt in das erste Schlammloch zu geraten. Bei seiner Größe würde kurz ein Schmatzen zu hören sein. Anschließend wäre Rüpel für immer im Morast versunken.

Warum machte er das? Er konnte nichts ausrichten, falls er den Schatten erreichte! Der Hund war stumm in sein Verderben gesprungen. Robert konnte ihn zwar problemlos einholen, aber wollte er das überhaupt? Er wusste nicht, ob da jemand bloß orientierungslos umher schlich oder mit voller Absicht durch das Moorgebiet lief. Wenn Robert näher zu der Person kam, konnte er das bestimmt besser unterscheiden. Sollte er dann das Gefühl haben, dass ein Mensch in Gefahr war, würde Robert der Person aus der verhängnisvollen Lage heraushelfen – vorausgesetzt, dass er überhaupt den Rückweg wiederfand. Und wenn dort jemand nicht gesehen werden wollte?

Robert verdrängte seine Gedanken. Er dachte an Rüpel. Wie sollte er seinem Onkel erklären, dass der verrückte Hund ins Moor gelaufen und darin verschwunden war? Mit jedem Schritt auf dem weichen Boden wuchs ein Gefühl von Gelassenheit in ihm. Der Nebel beruhigte Robert und er fühlte sich wie zu Hause – geborgen. Genau das kam ihm ungewöhnlich vor. Seit seine Mutter bewusstlos im Krankenhaus lag und die Ärzte von einer Art Koma sprachen, war es ihm nicht mehr so ergangen. Vielleicht war genau das der Grund, warum das Moor dermaßen gefährlich sein konnte. Irgendwelche verrückten Gase vernebelten einem die Sinne und man ging glücklich in den Tod. Allerdings müsste man diesen Eindruck ebenfalls auf der Straße haben, denn Methan – oder was auch immer – würde ebenfalls dorthin geweht werden.

Nein! Hier geschah etwas anderes. Er spürte eine Verbindung zu dem Ort – auf eine Weise, als wäre Robert früher einmal hier gewesen. Jedoch konnte er sich nicht daran erinnern, dass seine Eltern mit ihm jemals Loch besucht hätten. Wahrscheinlich gab es tatsächlich irgendwelche Stoffe in der Luft, die Roberts Sinne und Empfindungen beeinflussten. Und die gab es eben nur im Moor.

Der Wunsch, immer tiefer in den Nebel einzutauchen, ein Teil davon zu werden, wuchs in ihm. Es war wie eine Umarmung, die sich Kinder von ihren Eltern wünschten. Das Bild seiner Mutter aus früheren Zeiten tauchte in seinem Geist auf. Der Boden platschte stärker unter seinen Sneakers. Sie sogen Wasser auf und Robert fror an seinen Füßen. Mit jedem Schritt sank er tiefer ein. Es gab zwar den Wanderweg mit Holzzäunen an gefährlichen Stellen, aber Robert hatte nicht die geringste Ahnung, wie er diesen sicheren Weg finden konnte.

Als Kind war er mit seinen Eltern oft an den Wochenenden von Hamburg aus zur Nordsee gefahren. Der matschige Untergrund und die Geräusche bei jedem Schritt erinnerten ihn an das Watt. Seine Mutter hatte ihm damals eine Geschichte über den Mond erzählt: In seinem Innern sei eine Energie, die die Gezeiten erzeugt und alle Lebewesen beeinflusst. Ihre Erklärung klang anders als die aus dem Unterricht in der Schule. Dann stellte sie ihm eine Frage, an die er ausgerechnet jetzt denken musste: »Wenn du das Wasser beeinflussen könntest – die Macht darüber hättest – was würdest du machen?« Dieses Gespräch begann sie, als es keinen weiteren Zuhörer gab. Das wusste Robert noch genau. Wenn sein Vater bei ihnen gewesen war, hatte eine stillschweigende Einigung zwischen ihnen geherrscht, nicht über das Thema zu sprechen. Er konnte den Unterschied zwischen seinem Vater und seiner Mutter ganz deutlich spüren. Zwar mochte er seinen Vater, aber mit seiner Mutter verband ihn mehr. Sie verstanden sich auf eine Weise, für die es keine Worte brauchte. Sie wusste oft sofort, was er ihr gleich sagen wollte.

»Wie würdest du damit umgehen, wenn die Kraft in dir wäre, das Wasser zu kontrollieren?«

Jetzt würde er seine Schuhe trocknen. Das Wasser in ihnen fühlte sich unangenehm an und Roberts Blase reagierte darauf. Viele Meter war er nicht ins Moor gegangen und dennoch sah er keine Straße mehr. Und von der Figur, die seine nassen Schuhe verursacht hatte, fehlte jede Spur. Deshalb beschloss Robert, schnell Rüpel zu suchen und zurück in die Ortschaft zu gehen. Der Fremde wusste wohl, wo er sich befand und wohin er gehen wollte. Mit Viehdieben oder anderen schattenhaften Gestalten wollte Robert lieber nichts zu tun haben. Nächste Woche verließ er Loch. Daher konnte es ihm egal sein, wie viele Schafe bis dahin verschwanden.

An der Nordsee war der Nebel tückisch. Wenn er aufkam, während man im Watt wanderte, geriet man schnell in Lebensgefahr. Oft bemerkten die Touristen zu spät, dass sich eine weiße Wand um sie schloss und den Rückweg verschluckte. Ohne Anhaltspunkt in der Landschaft ging man automatisch schief und war dadurch bald der Flut ausgeliefert. Das Wasser in den Prielen riss einen orientierungslos ins offene Meer.

Robert erinnerte sich an einen tragischen Unfall. Die Zeitung hatte neben den Brötchen auf dem Frühstückstisch gelegen. Alleine die Überschrift hatte ausgereicht, dass Robert plötzlich eine Antwort wusste. Jetzt, während er selbst im Nebel stand und die Kälte an den Beinen aufstieg, erwachte die Situation von damals in ihm und geschah ein zweites Mal: »Wenn ich das Wasser kontrollieren könnte, würde ich verhindern, dass es Menschen tötet«, rutschte es da Robert heraus. Verlegen schob er Brötchenkrümel mit dem Messer zu einem Haufen zusammen.

»Wie kommst du darauf?« Sein Vater trank Tee, Dampf stieg auf und seine Brille beschlug für einen Moment.

»Der Mond schafft das doch auch! Er kann Wasser hin und her bewegen.« Robert suchte den Blick seiner Mutter und sah, dass sie ihm zuzwinkerte.

»Du meinst, dass du gerne die Ebbe herbeiführen möchtest, wenn jemand im Watt in Lebensgefahr geraten ist?« Sein Vater konnte zur Hälfte wieder durch die Brillengläser sehen.

»Am besten kommt man erst gar nicht in eine gefährliche Situation. Wenn man wachsam ist und die Kraft der Natur erkennt, kann nichts geschehen.« Seine Mutter hatte eine beruhigende Stimme. Und sein Vater nickte bloß, las weiter in der Zeitung. Robert atmete auf, denn er hatte das Gefühl gehabt, ein Geheimnis zu verraten, das ihn und seine Mutter betraf. Allerdings wusste er nicht, worauf es sich genau bezog. Inzwischen bereute er, nicht länger mit seiner Mutter über das alles gesprochen zu haben.

Ein Geräusch ließ ihn erstarren. Er konnte es deutlich hören – ein Platschen, als würde jemand in der Nähe auf dem feuchten Boden auftreten. Die Schritte wurden lauter und klangen regelmäßig. Das war auf gar keinen Fall Rüpel. Der würde mit seinen vier Beinen viel öfter auftreten. Robert stand still und kontrollierte seinen Atem. Die Sicht war inzwischen dermaßen schlecht, dass er glaubte, ein weißes Blatt Papier direkt vor seinen Augen zu haben. Zu den Schritten gesellte sich ein Bellen, das nach Rüpel klang. Er besaß eine einzigartig unmelodische Stimme. Spätestens jetzt würde der Unbekannte ihn bemerken und wissen, dass zu einem Hund normalerweise ein Besitzer gehörte. »Verdammter Kläffer!« Er besaß nicht nur kurze Beine, sondern auch einen zu kleinen Verstand. Was half es, dass er Viehdiebe verfolgte? Damit brachte er sich selbst und – viel schlimmer – Robert in Gefahr. Wahrscheinlich dachte er überhaupt nichts dabei! Irgendwelche Urinstinkte, die von den Wölfen stammten, schlummerten in ihm und er fühlte das Bedürfnis, wie seine Vorfahren auf die Jagd zu gehen.

Er gab Rüpel besser auf und kehrte zur Straße zurück. Viel wusste Robert nicht mehr vom Erste-Hilfe-Kurs, aber eine Äußerung des Sanitäters hatte er sich eingeprägt. Sie erzeugte damals schlagartige Ruhe im Klassenraum: »Niemand verlangt, dass du dich für andere in Lebensgefahr bringst. Du musst kein Held sein.« Genau das wollte er sein und seiner Mutter helfen. Er schaffte es nicht, konnte sie nicht aus ihrer Lage befreien. Genau deshalb versuchte Robert wenigstens hier, jemanden aus dem Moor zu retten.

Jetzt erkannte er, dass sein Verhalten niemandem nützte. Es war besser, zurück zu seinem Onkel zu gehen und ihm oder einem Nachbarn von der Sichtung zu berichten. Inzwischen verfluchte er den Köter dafür, dass er urplötzlich das Erbe der Wölfe antreten wollte. Aber verschwinden und das Tier aufgeben? Er verharrte und lauschte. Die Schritte klangen nah. Robert musste eine Entscheidung treffen. Wollte er sich zusammenkauern und hoffen, dass ihn niemand fand? Ob er zur Straße rannte oder hierblieb – in beiden Fällen konnte der Unbekannte ihn entdecken, wenn es schlecht lief. Sollte das ein Viehdieb sein, wollte er keine Zeugen. Und wenn jemand absichtlich in dieser Gegend umherschlich, kannte er Stellen, an denen man einen Teenager beseitigen konnte. Also laufen! Untertauchen und schnell verschwinden! Bis zur Straße brauchte man höchstens ein oder zwei Minuten und das Dorf konnte Robert im Dauerlauf leicht erreichen. Das größte Risiko war eine Schusswaffe, die der Unbekannte besitzen konnte. Er hoffte, dass ihm der Nebel half und als Verbündeter zur Seite stand.

Los!

Die Entscheidung war gefallen! Zwei Meter schaffte er. Dann stoppte eine Wurzel seinen Fluchtversuch. Er taumelte, wollte sich an etwas festhalten und griff ins Leere. Nebelschwaden glitten durch seine Finger. Mit den Händen sank Robert so tief ein, dass sein Gesicht in der Schlammpfütze verschwand. Allerdings hatte er keine Zeit, sich darüber zu ärgern. Jemand packte seinen Arm. Die Flucht war zu Ende, ehe sie überhaupt begonnen hatte. Robert wischte sich hastig das Gesicht notdürftig frei, riss die Augen auf und atmete tief ein. Falls es eine Chance für ihn gab, wollte er kämpfen. Was sollte geschehen? Schlimmer als der Tod konnte es nicht sein!

»Warum bist du hier? Du solltest im Nebel nicht ins Moor gehen, auch wenn du dich nur am Rand aufhältst«, sagte eine bekannte Stimme. Als er wieder auf seinen Beinen stand, blickte er seinem Onkel ins Gesicht, der nicht wütend, sondern aufrichtig besorgt aussah.

»Rüpel ist mir ausgebüchst. Wir haben eine Person gesehen. Er ist zu ihr gelaufen. Das warst wohl du. Hast du ihn gesehen?«

»Dann habe ich mich vorhin doch nicht getäuscht und ihn gehört. In welche Richtung ist er gelaufen?« Theo hielt weiterhin Roberts Arm fest und verstärkte seinen Griff. Erst als Robert einen Schritt zurückwich, ließ Theo ihn endlich los.

»Ich habe ihn im Nebel verloren, hatte Angst, dass Rüpel Probleme bekommt. Deswegen bin ich ihm gefolgt.«

»Mach dir keine Vorwürfe. Er wird klarkommen. Wir gehen am besten nach Hause. Du brauchst trockene Kleidung und einen Schnaps.«

»Ich weiß nicht.«

»Wie wäre heißer Holundersaft? Der verhindert auch, dass du dich erkältest.«

Sie verließen das Moor und erst jetzt kam Robert ein neuer Gedanke. Warum schlich sein Onkel im Nebel durchs Moor, wenn die Gegend so gefährlich war? Gleichzeitig wusste er, dass ihm Theo darauf keine Antwort geben würde. Aus diesem Grund beschloss er, ihn zu provozieren, um so die Wahrheit zu erfahren. »Mir ist neu, dass es in meiner Familie Viehdiebe gibt!«

Theo blieb stehen, betrachtete Robert und klopfte ihm mit einem Finger an die Stirn. »Wie kommst du denn darauf?«

»Das stand gestern in der Zeitung. Man vermutet, dass im Moor Verbrecherbanden umherwandern und bei den umliegenden Höfen plündern. Und du hast schließlich gesagt, dass viel zu viele Schafe vermisst werden.« Robert lachte, während er das sagte, um die Situation zu entschärfen. Gleichzeitig studierte er Theos Reaktion genau.

»Die Redakteure haben keine Ahnung davon, was hier geschieht. Du lässt besser die Finger von diesem Käseblatt! Es eignet sich höchstens dafür, Lebensmittel für die Kunden darin einzuwickeln.« Theo nickte mehrmals, während er sprach.

»Und was ist die Wahrheit?« Der direkte Weg konnte besser sein, dachte Robert.

»Warum ich im Moor unterwegs bin, willst du wissen?« Theo wandte seinen Kopf ab und blickte in die Richtung, aus der sie gekommen waren. Er hielt seine Hand vor den Mund und es sah aus, als wollte er sich selbst daran hindern weiterzusprechen. Schließlich schüttelte Theo den Kopf. »Ich habe deinem Vater versprochen, nicht mit dir darüber zu reden. Und selbst das ist bereits zu viel gesagt.« Robert zuckte zusammen. Was hatte sein Vater damit zu tun?

5

Rüpel fehlte inzwischen seit zwei Tagen. Es war später Vormittag und der Nebel hatte sich allmählich aufgelöst. Nur über dem Moor schwebte Dunst, der ausreichte, dass man von der Straße aus bloß einen Teil der Landschaft einsehen konnte. Im besten Fall schaffte es der Hund mit seinen kurzen Beinen nicht, sich aus einem Schlammloch im Moor zu befreien. Für Rüpel stellte sich dabei erst gar nicht die Frage, ob man sich wie einst der Lügenbaron Münchhausen am eigenen Schopf aus dem Sumpf ziehen konnte. Schließlich kam der Hund nicht einmal mit seinen Pfoten an den eigenen Kopf. Sie reichten ihm bis an den Hals und so hätte sich der Mops damit höchstens tiefer hinabziehen können. Es war nicht auszuschließen, dass er genau das getan hatte. Somit musste Robert während seiner Suche aufpassen, ob irgendwo zwei Nasenlöcher aus dem Boden ragten. Robert wollte jetzt wissen, warum sein Onkel hier heimlich unterwegs gewesen war. Natürlich glaubte er nicht, dass Theo seinen Lebensunterhalt als Viehdieb bestritt. Das würde auf keinen Fall zu ihm passen. Mit seinen Schafen und dem Laden hatte er ein ausreichendes Auskommen. Viel eher wäre Theo auf der Suche nach Verbrechern, um den eigenen Viehbestand zu beschützen. Aber warum sprach er dann nicht offen mit Robert darüber? Es steckte mehr dahinter und es drängte Robert, hinter Onkel Theos Geheimnis zu kommen.

Eine Weile ging Robert geradeaus und achtete darauf, den befestigten Pfad nicht zu verlassen. Je weiter er die Straße hinter sich ließ, desto stärker kam Nebel auf, fing ihn ein. Das Gefühl entstand, etwas anderes zu suchen – nur wusste Robert nicht, was das sein konnte. Und der Eindruck, von Schatten umkreist zu werden, festigte sich.

Ein Mückenschwarm flog vor ihm und er versuchte ihn mit der Hand zu verscheuchen. Loch lag zwar in einem Tal und der starke Nebel war demnach ein natürliches Phänomen, aber Robert überlegte dennoch, warum die Schwaden ausgerechnet jetzt dichter wurden, während er sich im Moor aufhielt. Diese Empfindung hatte er beim letzten Mal schon gehabt. Es kam ihm vor, als sollte er den Überblick verlieren. Auch die Schatten kamen ihm seltsam vor, aber möglicherweise spielten seine Augen verrückt, weil so viel Weiß sie überforderte. Dasselbe geschah, wenn man zu lange auf eine helle Wand starrte. Nichts anderes war das hier – man glaubte, vor einer Barriere zu stehen und die Orientierung zu verlieren.

Robert atmete tief ein und schloss die Augen. Wenn sich Rüpel in der Nähe befand, würde er ihn hören. Schließlich machte der Mops ständig Geräusche. Entweder japste er, weil er sich bewegen musste, oder er bellte, weil er nicht japsen musste.

Ohne etwas zu sehen, ging Robert weiter. Der Nebel versperrte zwar nicht vollkommen die Sicht, aber aus einem unbestimmten Grund fühlte es sich richtig an, den anderen Sinnen zu vertrauen. Wenn Roberts Eindruck stimmte, dass der Nebel im Moor zum Teil nicht zufällig entstand, war es eine gute Entscheidung, auf das Sehen zu verzichten. Aber glaubte er das tatsächlich? Wollte das Moor etwas vor ihm verbergen und suchte Theo bewusst danach? Immerhin hatte ihn der alte Bahnhofsvorsteher direkt davon abhalten wollen, die Straße zu verlassen. Und selbst vor dem Wanderweg durchs Ödland hatte er ihn mehr als eindeutig gewarnt.

Der Untergrund fühlte sich weicher an als zuvor. Robert kümmerte sich nicht darum. Er ging geradewegs der Gefahr entgegen. Konnte er rechtzeitig stoppen und umkehren, falls seine Füße einsanken? Das Moor war trügerisch. Mit Sicherheit waren darin bereits Menschen ums Leben gekommen, aber etwas hielt ihn dennoch hier und das war nicht ausschließlich Rüpel.

Die Luftfeuchtigkeit spürte er deutlich. Ähnlich, wie die Schatten aufgetaucht und ihn umkreist hatten, schien der Dunst über ihn zu gleiten, ihn zu fassen.

»Geh weiter!« Dieser Gedanke war so laut in seinem Geist, als würde jemand direkt zu ihm sprechen. Und er ging. Spürte den Untergrund. Fühlte den Nebel.

»Noch weiter! Du musst unbedingt weitergehen!« Gab es das? Konnte ein Ort das in einem auslösen?

Ein dumpfer Ton erklang. Robert konnte ihn nicht einordnen. Je weiter er ging, desto deutlicher wurde er. »Glockenschläge! Werden die so nicht bei Beerdigungen geschlagen?« War er an einen Punkt gelangt, den er besser nicht überschritt? Was, wenn man in der Einsamkeit den Verstand verlor oder zumindest eine verzerrte Wahrnehmung hatte? Genau deswegen verunglückten Menschen in einem Erdloch. Erst Jahrhunderte später grub man sie im Torf aus und brachte sie ins Museum. Und die Nachwelt rätselte darüber, warum die Moorleiche den qualvollen Erstickungstod erleiden musste. Womöglich stand Robert kurz davor, die Antwort auf diese Frage zu bekommen. In ein paar hundert Jahren gruselten sich dann Museumsbesucher vor ihm, dem unbekannten Jungen aus Loch.

Er öffnete seine Augen und ging ein paar Schritte weiter. Der Boden fühlte sich wieder fester an. Auch der Nebel nahm ab, verschwand allmählich. Die Sonne blendete ihn. Die ganze Umgebung sah völlig anders aus. Aus irgendeinem Grund stand Robert nicht mehr in dem Talkessel. Er konnte in die Ferne blicken, erkannte am Horizont weite Landzüge und dichte Wälder. Er ging eine Weile geradeaus. Hinter einem Hügel tauchte eine hohe Stadtmauer auf. An einem der seltenen nebelfreien Nachmittage hatte Robert das gesamte Moor überblicken können. Dieses Bauwerk wäre ihm auf jeden Fall aufgefallen und auch sein Onkel hätte ihm davon berichtet. Es schien, als wäre er weit von Loch entfernt. Hier stimmte gar nichts mehr mit der Landschaft überein, die er kannte. Wie lange war er unterwegs gewesen? Bestimmt hatte er die Zeit vergessen und den Nachbarort erreicht. Fremde Geräusche drangen zu ihm. Laute Schellen und Paukenschläge klangen wie bei einem Fest durch die Luft.

Robert erreichte ein schweres Holztor mit Eisenbeschlägen. In der Mitte war es geteilt und stand zu einer Hälfte offen. Der Durchgang war mindestens fünf Meter hoch.

An der Pforte war niemand zu sehen und Robert entschied, hinter die Mauern zu treten. Schließlich konnte es sein, dass Rüpel hierhin gerannt war. Er lebte seit seiner Geburt in Loch und kannte womöglich die anderen Ortschaften. Mit Sicherheit gab es hier einen Metzger.

Wenn man bei ihm als Hund ein paar Reste erbetteln konnte, war es klar, warum der Mops nicht zurück nach Hause kam.

Hinter dem großen Tor standen Bauten, die Robert an die Fachwerkhäuser in Loch erinnerten. Etwas an ihnen wirkte seltsam. Den Grund dafür konnte Robert nicht direkt benennen. An diesem Ort zierten unterschiedliche Motive die Fassaden. Allerdings sahen sie im Vergleich zu denen in Loch ungewöhnlicher aus. Dort war alleine der Magier auf der Hauswand von Onkel Theos Laden erwähnenswert, doch hier reihten sich ausschließlich mysteriöse Bilder aneinander. Sie zeigten zwar ebenfalls Personen, allerdings gesellten sich zu ihnen unterschiedliche Fabelwesen. Auf den Bildern erkannte Robert Einhörner, Drachen und andere Tiere, die er nicht genau benennen konnte.

»Psst. Komm schnell her!«, hörte Robert plötzlich, ohne die Person, die ihn angesprochen hatte, zu sehen. Die Trommelschläge wurden lauter und ein weiteres Mal sprach jemand zu ihm: »Los, junger Recke! Verschwinde von der Straße!«

Was hatte die Stimme da gesagt? Junger Recke? Meinte sie ihn? Und was bedeutete das überhaupt? Jung war er, das stimmte. Aber ein Recke? Während Robert über das unbekannte Wort nachdachte, kam ein etwa gleichaltriges Mädchen aus einer offenen Haustür geeilt. Sie war vorher einen Spalt angelehnt gewesen und das Mädchen hatte ihn dadurch wohl eine ganze Weile beobachtet. Es packte ihn so fest am Oberarm, dass Robert Tränen in die Augen schossen. Das fehlte ihm noch – vor einem Mädchen zu heulen! Ihm blieb keine Zeit, um darüber nachzudenken, wie er seine Tränen unterdrücken konnte. Sie zog ihn hinter sich her in das Haus. Dort ließ sie ihn sogleich wieder los. Robert rieb seinen Arm, während sie die Tür lautlos schloss und mit einem Ohr daran nach draußen lauschte. Erst jetzt hatte er Zeit, sie sich genauer anzusehen. Sie trug ein Kleid aus Leinen. Es sah selbstgemacht aus und wirkte mittelalterlich. Es glich dem Kleidungsstil auf den Wandmalereien. Außerdem lief sie barfuß, aber es war zudem etwas anderes ungewöhnlich an ihr. Robert konnte zunächst nicht ausmachen, was ihn genau an ihrer Erscheinung störte.

Irgendwie musste er ein Gespräch anfangen, um die Situation kontrollieren zu können. »Ich bin auf der Suche nach meinem Mops. Hast du ihn gesehen? Er ist mir entwischt. Seine Beine sind sehr krumm. Das ist ziemlich auffällig und …«

Das Mädchen ging einen Schritt auf Robert zu und drückte ihre Hand auf seinen Mund. »Sei leise! Sie sind nicht mehr weit. Komm mit. In jenen Lumpen kannst du ihnen nicht gegenübertreten«, zischte sie und griff erneut seinen Arm – diesmal zum Glück etwas sanfter.

Bezeichnete sie seine Kleidung als Lumpen? Als Robert fragen wollte, ob sie selbst mal in den Spiegel geschaut hatte, zog sie ihn zu einem Raum, in dem ein Bett, eine Holztruhe und ein Schrank standen. Die Möbel wirkten alt und an der Decke hing an einer schmiedeeisernen Kette eine Öllampe.

Das Mädchen ließ ihn im Türrahmen stehen, öffnete die Truhe und holte Kleidung hervor, die denselben beigefarbenen Ton hatte wie ihre.

»Zieh das an«, sagte sie und legte die Kleidung aufs Bett.

»Bist du bescheuert?«, fragte Robert. Sie musste ihn mit jemanden verwechseln. »Ich bin Robert und ich glaube nicht, dass wir uns kennen«, wollte er die Verwechslung auflösen.

»Natürlich kennen wir uns nicht! Einen seltsamen Gesellen wie dich habe ich noch nie gesehen! Los, zieh dich um! Sie werden gleich kommen!« Sie fixierte ihn und ihre Halsschlagader trat hervor. Anscheinend meinte sie es ernst mit der Aufforderung. *Woran erkenne ich, dass ein Mensch verrückt ist?*, dachte er. Sein Bauchgefühl sagte ihm jedoch, dass ihre Angst einen realen Grund hatte und ihr Verhalten zeigte, dass die Zeit knapp war – für wen oder was auch immer.

»Und du siehst dabei zu?«, fragte Robert und bewegte seinen Kopf zum Bett, auf dem das Kleiderbündel ruhte.

»Das ist deine größte Sorge? Gut. Ich verschließe meine Augen.«

»Es ist ja nur eine Frage«, erwiderte Robert und hatte plötzlich Bedenken, dass er sich vor dem Mädchen lächerlich machte. Sie hielt ihn bestimmt für schüchtern. Dennoch war die gesamte Situation nicht normal. Warum bestand sie darauf, dass man ihn so nicht entdeckte, und wer würde – verdammter Mist – gleich hier erscheinen?

Sie verdeckte die Augen mit den Händen und summte dabei. Seine Angst, sich vor ihr zu blamieren, war also absolut berechtigt.

Seine Sneakers, die Jeans und den Pullover legte Robert auf den Boden. Wie ein Raubvogel stürmte sie zu der Stelle, klemmte alles unter ihren Arm und stopfte die Wäsche in den Schrank, verschloss ihn hastig. Ihre roten Naturlocken wirbelten dabei durch die Luft und verströmten einen Duft, der Robert an eine Blumenwiese erinnerte. Während sie mit dem Rücken am Schrank lehnte, schlüpfte er schnell in die neue Hose und zog das dazu passende Hemd über. Der Stoff fühlte sich rau auf seiner Haut an und roch nach Seife.

Erleichtert strich sie eine Haarsträhne hinters Ohr und atmete entspannt aus, während Robert mit offenem Mund an sich hinabblickte.

Durch einen Fußtritt öffnete sich die Eingangstür schlagartig. Mehrere Stiefel schritten über die Schwelle, formierten sich und warteten auf eine weitere Person, die ihnen augenblicklich folgte.

»Wer da?«, rief eine dunkle Männerstimme und das Mädchen erwiderte direkt: »Nur ich und mein junger Bruoder.«

»Und wer bist du?« Der Mann musste sich bücken, um ins Zimmer zu gelangen, und versperrte mit seinen Schultern den Durchgang. Hinter ihm standen mindestens vier weitere Gestalten. Sie alle versteckten ihre Gesichter hinter schwarzen Eisenmasken, die stets dasselbe männliche Gesicht zeigten.

»Mein Name, gütiger Herr, ist Negola.« Während das Mädchen sprach, machte es eine Verbeugung und weil er zwei Schritte dahinterstand, konnte Robert einen genaueren Blick auf ihre Handinnenflächen werfen, die seltsam aussahen. Es kam ihm vor, als glühten sie. Genau dieser Lichtschein war Robert zu Anfang unbewusst aufgefallen und hatte ihn verwundert.

»Und hat dein Bruoder einen Namen?« Der Mann ging einen Schritt auf die beiden zu und jetzt wusste Robert, für wen er sich eben hatte umziehen müssen. Mit ihrem schwarzen Aussehen, den Masken und ihren Schwertern sorgten die Männer dafür, dass Negola ihre gebeugte Körperhaltung beibehielt. Ohne darüber nachzudenken, wie unwirklich die Situation eigentlich war, entschied Robert, ihr Spiel zu kopieren. Also verbeugte auch er sich und sprach im selben feierlichen Ton wie sie: »Mein Name, gütiger Herr, ist Robert.«

»Das ist ein Name, den nur ein Narr tragen kann!« Die Maskenmänner grölten und klangen wie Roberts Mitschüler, als er vergeblich versucht hatte, die Übungspuppe wiederzubeleben.

»Mein Bruoder ist ein treuer Diener von Rungar, dem Hochgeschätzten, gütiger Herr.« Negolas Haarspitzen berührten den Fußboden.

Der Maskenmann ging näher auf Robert zu, straffte den Griff um sein Schwert, hielt ihm die Spitze entgegen und löste die Starre in Roberts Kopf. Die Männer sahen in ihren Uniformen wie eine schlechte Kopie des ach so bösen Sheriffs von Nottingham aus. In Roberts altem Englischbuch befand sich ein Kapitel zum Thema Robin Hood. Dazu war ein Foto aus der Hollywoodverfilmung abgedruckt, auf dem der Schauspieler Alan Rickman zu Beginn der Neunzigerjahre lächerlich dekoriert auf einem Pferd saß. Als Professor Snape in der Harry-Potter-Verfilmung hatte Rickman diesen modischen Fehlgriff wieder ausgleichen können.

Für den Auftritt jetzt gerade würde sich Rickman im Grabe umdrehen. Alles wirkte wie eine misslungene Fortsetzung von Robin Hood. Und dennoch fühlte Robert sich nicht wohl. Sein Hals zog sich allmählich zu und das Atmen fiel ihm schwerer. Er schwitzte und wollte am liebsten zurück ins Moor rennen. Robert litt darunter, wenn jemand über ihn lachte, besonders in Anwesenheit von Mädchen. In dem Moment, als er der Schwertspitze aus dem Weg gehen wollte, umklammerte Negola sein Handgelenk und sprach zum Maskenmann: »Die Steuern liegen auf dem Esstisch. Wir preisen Rungar, o gütiger Herr!«

»Geht auf den Marktplatz zu den anderen«, erwiderte dieser und wandte sich ab. Erst später konnte Robert verstehen, dass Negola ihm das Leben gerettet hatte.

Das Klappern der Rüstungen hallte draußen nach und die Holztür schlug gegen den Rahmen; die Öllampe schaukelte an ihrer Kette leicht vor und zurück.

»Wo bin ich hier? Was waren das für seltsame Gestalten mit ihren Masken? Eigentlich wollte ich bloß einen Hund suchen und bin wahrscheinlich etwas zu lange durch das Moor gelaufen. Der Nebel hat mir die Orientierung genommen.«

»Das sind Rungars Schergen. Sie tragen sein Antlitz überall hin. Er kontrolliert hier alles. Du musst tatsächlich vom Weg abgekommen sein und aus weiter Ferne stammen. Jeder kennt Rungar. Und auch dein Äußeres ist wahrlich sonderbar.«

»So weit entfernt ist Loch gar nicht. Länger als eine halbe Stunde kann ich nicht gegangen sein. Hast du eine Uhrzeit für mich?«

»Woher soll ich die haben? Man kann die Uhrzeit nicht mit sich herumtragen. Du bist ein seltsamer Geselle.«

»Natürlich kann man das! Wofür gibt es schließlich Armband…« Robert bemerkte an ihrem fragenden Gesichtsausdruck, dass es sich nicht lohnte, weiterzusprechen. Aus der Schule wusste er, dass es in manchen Städten eigene Ortsteile gab, in denen geistig eingeschränkte und verrückte Menschen lebten. Vielleicht war das hier eine solche Einrichtung. Eine andere Erklärung hatte Robert nicht für seine Situation – es sei denn, dass er träumte. Konnte das sein? Es fühlte sich alles real an.

»Halt! Hast du gesagt, dass du aus Loch kommst?« Negola riss ihre Augen weit auf und strich sich mit den Händen durch die roten Locken. Schon wieder war dieses Leuchten zu sehen. Robert war mehr als irritiert. Vorhin hatten ihn die Bedrohung der Soldaten und das Gefasel über diesen Rungar dermaßen abgelenkt, dass er ihre Handflächen zwar gesehen, aber nicht weiter hinterfragt hatte. »Tut das weh?«

»Was meinst du?« Negola schüttelte ihren Kopf. »Du bist eigenartig. Aber wenn du wahrhaftig aus jenem Loch kommst, dann –« Ein Glockenschlag unterbrach sie. »Wir müssen uns zum Marktplatz aufmachen. Verhalte dich bedeckt!« Negola sprach seltsam, irgendwie altertümlich und allmählich realisierte Robert, dass sie, die Soldaten und überhaupt dieser Ort hier echt waren. Die Einwohner lebten anders – auf eine ziemlich spezielle Weise – und Robert kam zu seiner Theorie mit der Irrenanstalt zurück. Welche andere Erklärung konnte es für die verrückten Eindrücke geben? »Das ist das letzte Zeichen! Wenn wir uns nicht beeilen, kommen wir zu spät zur Verkündung.« Sie griff seinen Arm und zerrte ihn aus dem Raum durch die Wohnstube, um schließlich auf die Straße zu treten. Vereinzelt traten Menschen aus den anderen Fachwerkhäusern.

»Das heißt nichts Gutes«, rief ihnen eine ältere Frau zu und Negola hob grüßend den Arm. Die Frau winkte zurück und Robert erstarrte. Ihre Handinnenflächen leuchteten ebenfalls. Wo war er hier gelandet? Mit Sicherheit handelte es sich um ein Überwachungssystem, damit die Bekloppten nicht davonlaufen konnten.

Die Irren gingen die Straße entlang und Robert wollte ihnen lieber nicht folgen. Auf dem Marktplatz geschah gleich etwas, wovor alle Respekt, ja sogar Angst hatten. Da war es besser, von hier zu verschwinden. Die Eindrücke reichten ihm, und er blieb stehen, sah zu, wie die anderen weitergingen und in eine Seitenstraße bogen. Dort hing ein Messingschild mit einem Schwein darauf. Und das trank aus einem bescheuerten Bierkrug, um auch den letzten Trottel in die Kneipe – oder mit Negolas Worten: Taverne – zu locken. Immer mehr Einwohner verschwanden, bis die Straße schließlich genauso leer war, wie Robert sie bei seiner Ankunft vorgefunden hatte.

»Wenn wir in einer leeren Gasse gefunden werden, sind wir des Todes!« Negola rannte los und hielt dabei seine Hand fest. Sie war die ganze Zeit neben ihm geblieben. Ihre Warnung änderte sein Vorhaben. Er folgte ihr und gleichzeitig schrie ihn sein Bauchgefühl an: Du machst einen Fehler! Lass den Mist sein! Ihre Probleme gehen dich nichts an!

Natürlich hörte Robert nicht auf seinen Bauch und ging durch eine Gasse. Sie war so eng, dass kein Auto hindurchpasste. Die Hausdächer hielten das Sonnenlicht ab. Stimmen erreichten sein Ohr, wurden lauter. Als Negola mit ihm um eine letzte Hausecke bog, erreichten sie einen Marktplatz, auf dem die Einwohner eng gedrängt standen. Ihre Kleidung passte zu seinem Erlebnis mit Negola und Robert war froh, dass seine Klamotten bei ihr versteckt im Schrank lagen. Man durfte den verrückten Haufen nicht unnötig provozieren. Wer konnte wissen, wie eine Masse von Wahnsinnigen reagierte, wenn sie das erste Mal seit Jahren Sneakers sahen? Ein Zombie-Angriff war wohl nichts dagegen.

»Wird er selbst zu uns sprechen?«, fragte eine Frau. Sie trug ihr Baby in einem Tragetuch vor ihrem Bauch.

»Er lässt es nur verkünden!« Ein Mann neben ihr antworte. Er trug einen Strohhut und hatte schlammige Füße.

»Seid still! Da!«, rief ein Soldat ein paar Reihen hinter ihnen.

Vor Robert diskutierten mehrere Männer miteinander, bis in der Mitte des Platzes ein Soldat über den Köpfen der Bewohner erschien. Er stand auf einem Holzfass. »Höret, ihr Einwohner von Nofra! Brüder und Schwestern von Rungar!« Einzelne Pfiffe unterbrachen den Redner und es geriet Bewegung in die Ansammlung. Auch in Roberts Nähe geschah etwas. Soldaten, die sich bislang abseits der Menge aufhielten, rückten aus den Schatten der Häuser und demonstrierten Stärke.

Die Stimmen verhallten und der Redner setzte neu an: »Brüder und Schwestern von Rungar!« Dieses Mal gab es keinen Protest. Als Antwort entstanden ausschließlich Gemurmel und das Scharren von Füßen. Die Truppe hielt ihre Position.

»Rungar, ein Mann aus dem Volke hat –«

»Aus welchem Volke? Aus dem der Tyrannen? Der Halsabschneider? Der Mörder?« Der Zwischenruf kam aus der Mitte. Soldaten drangen an mehreren Stellen in die Menge ein und bald ging ein Aufschrei durch die Reihen.

»Rungar, euer Bruoder! Er sucht eure Hilfe!« Ein Mann neben dem Redner schlug ständig mit der flachen Hand auf eine Pauke. Nach jedem Satz unterstrich er mit ihr das, was soeben gesagt worden war. »Unter euch Freunden wandeln Neider! Faule Früchte verderben einen vollen Korb! Wer gegen Rungar ist, handelt gegen euch! Und Rungar erwartet euren Beistand, weil er euch liebt. Haltet euch wachsam und benennet jene, die sich als Widerstand bezeichnen. Sie behaupten, sich gegen Rungar zu wenden, aber dadurch handeln sie gegen euch und eure Familien! Euer Bruoder erwartet eure Mittat bis zum kommenden Abend!« Der letzte Paukenschlag ertönte und die Zuhörer blickten weiterhin nach vorn für den Fall, dass der Redner noch etwas anfügen wollte.

Den Inhalt der Ansprache verstand Robert nur zum Teil. Sie handelte von verdorbenem Obst und Widerstand. Und noch etwas anderes hallte darin nach. Es war ein Name, den er schon kannte: Nofra! Sein Onkel hatte ihm von diesem Ort erzählt! Robert verdrängte den Gedanken, denn er bemerkte etwas viel Wichtigeres. Noch immer hielt Negola seine Hand und es dauerte ein, zwei weitere Sekunden, ehe sie es selbst bemerkte und ihn losließ. Einen Moment lang tauchte Robert in ihren grünen Augen unter, verlor die Orientierung.

»Was sollte das alles? Ich meine … ähm … die Ansprache«, fragte er und fühlte, wie ihm das Blut in den Kopf stieg.

»Du musst wahrlich aus Loch kommen. Sonst müsstest du nicht jene Frage stellen.« Sie berührte mit ihren Fingerspitzen seine Wange und ergänzte: »Geht es dir nicht gut?«

»Es liegt an dir. Nein. So meine ich es nicht. Vergiss das wieder.« Während Robert sprach, merkte er, wie dämlich seine Äußerung klang. Negola lächelte ihn an. Dafür war Robert ihr sehr dankbar.

»Hier ist nicht der richtige Ort, um dir die Dinge zu erklären. Lass uns über den Markt gehen. Meine Eltern haben einen Stand und ich will sehen, ob sie meine Hilfe benötigen.« Die Ansammlung löste sich auf und gab die Sicht auf Waren frei.

»Werden irgendwo Schuhe verkauft? Meine Füße schmerzen.« Auf dem Weg hierher lagen vereinzelt lose Steine und Robert war viel zu oft auf besonders spitze getreten.

»Wenn du nicht sofort in Rungars Kerker gesperrt werden möchtest, darfst du die Frage niemals wieder stellen.« Sie sprach leise in sein Ohr und erneut konnte Robert ihren blumigen Duft riechen.

»Was ist denn an Schuhen so schlimm?« Auch er senkte seine Stimme.

»Sie sind verboten. *Das* ist schlimm. Rungar hat befohlen, dass kein Untertan seine Füße verbergen darf. Wer sich dagegen auflehnt, wird von einem seiner Schergen bestraft.«

»Und …« Was er genau erwidern wollte, wusste Robert nicht. Aber die Vorstellung, im Außenbereich einer riesigen Nervenheilanstalt zu sein, wurde deutlicher. Welches Problem konnte jemand mit Schuhen haben? Oder mochte er ganz einfach nackte Füße?

»Du würdest es verstehen, wenn du wüsstest, was man einst versuchte. Das Verbot ist bloß die Antwort darauf.« Negola beobachtete ihr Umfeld.

»Es ist eine Strafe? Ihr dürft keine Schuhe tragen, weil Rungar seine Macht zeigen will?« Ohne es zu merken, schüttelte Robert seinen Kopf. Ein Tritt von Negola gegen sein Schienbein wies ihn zurecht.

»So einfach ist das mit ihm. Er befiehlt und alle gehorchen. Der Zwischenrufer wird spüren, dass man niemals offen Protest zeigen darf.« Sie nahm wieder seine Hand und Robert erstarrte. Wie sollte er darauf reagieren?

»Haben die Soldaten ihn gefangen genommen?« Seine Stimme klang brüchig.

»Ich hoffe für ihn, dass er ihnen in den Gassen entkommen ist. Lass uns gehen. Man könnte auf unser Gespräch aufmerksam werden.« Ihre

Stimme war noch leiser geworden. Robert musste mit dem Kopf so nah an sie heranrücken, dass ihre Haare sein Gesicht berührten. Sekunde um Sekunde genoss er ihren Blumenduft.

Negola riss Robert aus seiner Erstarrung und zog ihn über den Markt. Was hier zum Kauf angeboten wurde, konnte als normale Ware beschrieben werden, die man auf jedem Wochenmarkt fand. Es gab unter anderem einen Stand mit Körben voll Brot und Brötchen und sie gingen an einem anderen Händler vorbei, der Äpfel und weiteres Obst anbot. Allerdings sahen die Verkaufsflächen anders aus, einfacher. Es fehlten die langen Auslagen, die Robert aus Hamburg kannte. An große Autos mit Theken war nicht zu denken und teilweise standen ausschließlich befüllte Weidenkörbe direkt auf dem Boden.

Die Menge wirkte belebter. Es wurden Gespräche geführt, per Handschlag einigten sich Verkäufer mit Kunden und Trommelklänge und Flötentöne lenkten Robert und Negola zu drei Musikern. Sie untermalten die Bewegungen einer Akrobatin, die einen Holzstab in die Luft warf und darunter tanzte. Das Kunststück bestand darin, dass der Stock nicht den Boden berühren durfte. Sie fing ihn mit dem Mund auf und bewegte dabei ihre Hüften im Takt der Klänge. Um sie herum standen Schaulustige und applaudierten jedes Mal dabei.

Sie gingen weiter. Negola führte Robert; er trieb mit ihr durch die Menge. Sie erreichten einen Händler mit Tierkäfigen aus Holz. Er bot Hühner, Gänse und Eier an. Diese hatte Robert so noch nie zuvor gesehen. Sie lagen in einer Schüssel mit Sand und hatten tiefe rote Furchen in der Schale. Daneben stand ein weiterer Käfig, in dem Mäuse eingesperrt waren. Zumindest sah das auf den ersten Eindruck so aus. Als Robert näher herantrat, stand er mit offenem Mund davor und versuchte, die Tiere in eine bestimmte Kategorie einzuordnen. Es gelang ihm nicht, denn sie besaßen gar keinen Kopf. Und auch keine Beine. Im Grunde handelte es sich um pelzige Kugeln, die ständig aneinanderstießen, dabei quiekende Geräusche machten und offenbar nichts anderes taten als umherzurollen. Diese Art von Geschöpfen faszinierte Robert. »Sind das … Hamster … ich meine Mäuse … was ist das?«

»Es sind Pelzlinge.« Negola steckte ihren Finger durch die Gitterstäbe und stieß einen von ihnen an. Er rollte ein Stück fort, stoppte und kehrte zu ihrem Finger zurück, um erneut von ihr abgestoßen zu werden. Während Robert sie dabei ansah, verlangsamte sich sein Atem.

»Wozu braucht man einen Pelzling?«, fragte er.

»Genau dafür.« Sie stieß die Kugel abermals an und verließ den Stand.

»Hast du Hunger? Meine Eltern geben uns sicher einen Bratling.« Durch den Gedanken an Essen fiel Robert ein, dass sein Frühstück Stunden zurücklag. Bei dem Namen überlegte er allerdings, ob ein Bratling früher ein Pelzling war, den man auf den Grill geworfen hatte.

»Hast du es gefunden?« Ein Mann mit Schürze begrüßte Negola mit einer Umarmung. Seine Arme besaßen einen Umfang, als könnte er problemlos eine ausgewachsene Kuh mit bloßen Händen schlachten. Robert reichte ihm seine Rechte, ohne dabei beachtet zu werden.

»Es sind die letzten Gewürze.« Aus einer Tasche an ihrem Rock holte Negola ein Säckchen hervor.

»Deine Mutter ersteht momentan Kräuter für eine neue Mischung.« Negolas Vater öffnete den kleinen Beutel, roch am Inhalt und musterte erst danach Robert. »Wer ist dein Begleiter, Kind?«

»Ist zu Besuch in unserer Stadt. Sein Weg war weit«, antwortete sie.

»Was suchst du bei uns in Nofra?« Nun galt die Aufmerksamkeit von Negolas Vater ihm und Robert wusste nicht, was er sagen sollte – und durfte.

»Seine Reise führt ihn aus einer Stadt her, deren Namen man hier besser nicht ausspricht.« Negola ging einen Schritt auf ihren Vater zu und flüsterte ihm etwas zu.

»Das hat er dir gesagt? Wie sicher bist du, dass er die Wahrheit spricht?« Eine Weile starrte er ausschließlich zu Robert und zupfte dabei an seinem Kinnbart, den er zu einem Zopf geflochten trug.

»Er verhält sich fremdartig und außerdem besitzt er keine Kristalle. Es gibt keine andere Erklärung!« Sie tippte mit dem Zeigefinger auf ihre Handinnenfläche.

»Keine Kristalle? Und dennoch kommt er zu uns? Los. Bring ihn zu unserer Stube. Wir sprechen später weiter … wartet. Nehmt euch etwas zu Essen mit. Du bist mein Gast! Sei willkommen. Ich bin Ulam, Rogons Sohn.«

»Und Negolas Vater.« Robert versuchte vergeblich, ihm seine Hand anzubieten.

»Ja. Gewiss. Und was ist mit deiner Hand? Hast du Schmerzen? Du streckst sie mir stets entgegen.« Ulam umfasste Roberts Fingerspitzen.

»Das scheint man so bei ihm zu machen. Ich glaube, er möchte höflich sein.« Negola ging zum Grill und nahm zwei Spieße herunter. Die Fleischkugeln daran konnten durchaus von Pelzlingen stammen. Robert musste allmählich etwas essen und verdrängte die Vorstellung. Außerdem fand er Kaninchen auch gleichzeitig putzig und lecker.

»Geht jetzt! Da kommen Soldaten.« Ulam erhob seine Stimme: »Werte Diener von Rungar, unserem Herrn! Ihr arbeitet hart und gerecht für unseren Schutz! Lasst euch von mir bewirten! Eine Stärkung möge euch guttun!« Mit ausgebreiteten Armen sprach Ulam auf zwei maskierte Männer ein.

Robert war froh, von hier zu verschwinden. Das lag nicht ausschließlich daran, dass er sich vor den bewaffneten Männern fürchtete. Genauso unangenehm fand er es, bei Negolas Vater zu stehen. Und er fragte ihn noch nicht einmal, ob er seine Tochter fürs Kino – oder wie man wohl hier sagen würde: für ein Schauspiel – abholen dürfte.

Auf dem Rückweg sprachen sie kein Wort miteinander und Robert achtete darauf, mit seinen Füßen auf keinen spitzen Stein oder überhaupt auf einen Stein zu treten. Da die Aufregung um ihn herum verschwand, merkte er umso eindringlicher, wie schmerzhaft es war, ohne Schuhe gehen zu müssen. Genau das bezweckte Rungar mit Sicherheit.

Zwischendurch musste Negola für ihn stehen bleiben. Es war für sie selbstverständlich, barfuß zu gehen. Sie kannte es überhaupt nicht anders.

»Wozu fand die Versammlung überhaupt statt?« Mit seinen Zehen stieß er gegen den Rand eines Schlagloches. Das Pochen ließ Wut in ihm aufkommen. Er gab diesem Rungar die Schuld dafür. Schließlich war Robert nur für ihn zum Markt gegangen.

»Das macht Rungar oft, wenn Markttag ist. Er will uns daran erinnern, dass wir keine Macht über ihn haben, obwohl es mehr Bürger als Soldaten gibt.« Negola sah auf Roberts Füße. »Du läufst nicht oft barfuß.«

»Dafür gibt es auch einen Grund. Er nennt sich Schuhe. Aber bei euch scheint dieser Kerl ja mit allem durchzukommen. Was würdet ihr machen, wenn er befehlen würde, dass jeder Mann bei euch ein weißes Kleid tragen müsste?« Seine Zehen schmerzten weiterhin.

»Du meinst, dass alle Männer heiraten müssten?« Sie hielt ihren Kopf schief und behielt Robert im Auge.

»Moment. Bei euch heiraten die Männer in Frauenkleidern?« Robert vergaß die Sache mit den Schuhen und stellte sich vor, dass er bei jedem seiner Mitschüler auf die Hochzeit gehen würde. Die Jungs würden alle nacheinander im Kleid vorm Altar stehen und vor Rührung weinen. Alleine deswegen lohnte es sich, Junggeselle zu bleiben – um wenigstens bis zum Schluss die Hosen anzubehalten.

»Bist du närrisch? Warum sollten die Männer das machen? Ich dachte, dass du von einem Beinkleid sprichst!« Mit einem Kopfschütteln setzte sie fort. »Komm endlich! Bei uns bleiben die Männer nicht stehen, wenn sie sich leicht gestoßen haben! Wie willst du je eine Frau beschützen, wenn sie in Gefahr gerät?« Jetzt fühlte sich Robert, als würde *er* in einem Frauenkleid vor Negola stehen. Nur, weil sein Zehennagel angeschlagen war, jammerte er. Wie würde er reagieren, wenn ihn gleich ein Schwert traf?

Zurück im Haus bemerkte Robert zuerst den Geruch von Lehmboden, ehe die Erinnerung an die Soldaten zurückkehrte, vor denen er sich verbeugen musste. Wer garantierte ihm, dass sie hier nicht ein zweites Mal eindrangen? »Ich muss jetzt gehen.« Robert blieb am Eingang stehen.

»Willst du das Essen ausschlagen, das Vater uns mitgegeben hat?« Negola hielt einen der Spieße wie eine Waffe in seine Richtung.

»Ich habe tatsächlich Hunger, aber viel Zeit bleibt mir nicht mehr. Außerdem will ich nicht bei Dunkelheit durch das Moor gehen.« Erst jetzt fiel ihm wieder ein, an welchem Ort er war. Nofra! Das Dorf, das einst verschwunden sein soll. Die Vorstellung klang verrückt, aber das, was Robert bis jetzt erlebt hatte, wirkte zugleich alles andere als normal auf ihn. Es musste ein unglaublicher Zufall, eine kosmische Ausnahme sein, dass er hierhergefunden hatte. Wenn er jetzt Nofra wieder verließ, würde er es womöglich kein zweites Mal finden. Sollte er mehr über die Gegend herausfinden? Er wusste es nicht und entschied sich dazu, auf seinen Bauch zu hören. Und der hatte eindeutig Hunger. Also ging er auf Negola zu und griff nach dem Fleisch.

»An unserer Feuerstelle ist es wohliger.« Es war das erste Mal, dass er überhaupt mit einem Mädchen gemeinsam aß. Allerdings konnte man das hier nicht als romantisches Candle-Light-Dinner bezeichnen. Dafür fehlte allein schon ein gedeckter Tisch. Negola ging zu einem offenen Kamin und holte aus einem Fach darunter Zweige und etwas hervor, das Robert von Baumstämmen kannte. »Ist das ein Pilz?«

»Wir nehmen ihn als Zunder.« Negola schlug ihre Hände aneinander, Funken blitzten auf und sie pustete in den Kamin. Ein Glimmen entstand und sie legte dickere Holzscheite nach. Der Rauchgeruch überdeckte das Lehmaroma.

»Wie hast du das gemacht? Kam das aus deiner Hand?« Während sich Negola auf eine Bank seitlich zum Feuer setzte, starrte Robert in die wachsenden Flammen.

»Woher denn sonst? Aus meinem Mund ist das wohl so wenig möglich, wie ich ein Drache bin.« Sie forderte ihn auf, neben ihr Platz zu nehmen.

»Tatsächlich aus deiner Hand? Hat das etwas mit dem Leuchten darin zu tun?« Er wusste nicht, wie nah er neben ihr sitzen durfte. Wenn er zu weit weg saß, konnte das abweisend auf sie wirken. Allerdings wäre es ebenfalls schlimm, oder womöglich schlimmer, wenn sich Robert ihr zu stark näherte.

»Das kommt durch die Kristalle. Ohne Zunder und Holz geht es nicht. Mehr als einen Funken kann ich nicht erzeugen.«

»Von welchen Kristallen sprichst du?« Robert betrachtete weiterhin das Feuer, das wuchs und seine Wärme ausstrahlte.

»Wir tragen sie unser ganzes Leben. Die Kristalle verbinden sich mit uns.« Während sie das sagte, leuchteten ihre Hände und Robert beobachtete das Phänomen.

»Wozu ist das Licht gut?«, fragte er.

»Es spiegelt das Innere wider«, antwortete sie.

»Du meinst deine Gefühle?« Bei dem Wort *Gefühle* spürte Robert ein Kratzen in seiner Stimme.

»Sie sind ein Teil davon. Manche sagen Seelensteine zu unseren Kristallen.« Ihre Hände leuchteten stärker und sie wechselte das

Thema: »Du kannst zwischen Nofra und Loch wandeln? Ich habe bisher einmal gehört, dass jemand dafür die Begabung hatte. Wie hast du das geschafft?«

»Wenn du sagst, dass ich zwischen deinem Wohnort und meinem wandeln kann, meinst du das echt so, oder? Das hier ist eine andere Welt, habe ich recht? Ihr seid nicht normal. Ich meine, ihr seid anders als wir.« Robert sprach, obwohl er einen ersten Bissen vom Fleisch genommen hatte. Wenn das ein Pelzling war, konnte er es auch nicht ändern.

»Auf mich wirkst du ebenso absonderlich! Du besitzt kein Leuchten in deinen Händen!« Sie stand auf, nahm einen Metallhaken aus einem Ständer und stieß damit ins Holz. Funken wirbelten auf und verglühten in der Luft.

»Mein Onkel hat mir eine Legende erzählt. Außerhalb von Loch kennt man sie nicht. Ich habe vor ein paar Tagen zum ersten Mal davon gehört.« Er musste aufpassen, nicht mit zu vollem Mund zu sprechen.

»Kommst du gar nicht aus Loch? Woher stammst du?« Sie drehte sich um.

»Ich wohne in einer Stadt namens Hamburg. Mein Onkel lebt in Loch.« Die ersten beiden Fleischklumpen hatte Robert längst aufgegessen. Er hatte Lust auf mehr. Ob das an den Kräutern lag?

»Was hat dir dein Onkel berichtet? Bei uns kennen nur Eingeweihte die ganze Wahrheit über den Nebel.«

»Früher gab es einen Tauschhandel zwischen Loch und Nofra. Daran erinnert ein jährlicher Schweinemarkt. An diesen Tagen ziehen die Einheimischen Kutten an, mit denen man sein Gesicht verbergen kann. Auf diese Weise wird daran erinnert, dass …«

Negola setzte fort: »… dass keine Verbindung zwischen uns und euch eingegangen werden darf.« Jetzt begann auch Negola zu essen und beide schwiegen.

»Wo hast du sie zuletzt gesehen?« An der rechten Hand trug der Soldat einen Metallhandschuh, der im Nacken des Viehhändlers ruhte. Seine Stimme klang hohl unter der Maske mit Rungars Abbild darauf.

»Sie sind zu Ulam gegangen. Er hat sie fortgeschickt und die beiden haben den Markt verlassen.« Mit dem Kopf wies der Händler quer über den Marktplatz.

»Beschreibe sie mir genauer!« Der Soldat löste seinen Griff und legte seine Hand auf die Schulter des Mannes.

»Das Mädchen ist seine Tochter, da bin ich mir sicher. Nur den Jungen habe ich hier nie zuvor gesehen. Aber das ist nicht der Grund, warum er mir aufgefallen ist.« Immer mehr Marktbesucher wurden auf sie aufmerksam und der Händler senkte seine Stimme.

»Warum dann? Rede endlich!« Dem Soldat waren die vielen Zuschauer gerade recht. Je mehr hinzukamen, desto lauter sprach er.

»Sie musste ihm erklären, was Pelzlinge sind. Dabei kennt die jedes Kind. Daher habe ich ihn mir genauer angesehen. Er ist keiner von uns. Seine Hände. Und seine Aussprache. Alles fremdartig.« Der Händler gestikulierte so stark, dass sein Arm gegen einen Käfig stieß. Die Fellkugeln darin gerieten in Bewegung und rollten gegeneinander.

»Erzähl weiter. Wohin mögen sie gegangen sein?« Der Soldat drückte die Finger fester zusammen und sein Metallhandschuh knirschte dabei.

»Das kann euch Ulam erklären. Er hat ihnen die Richtung gewiesen.« Die Beine des Händlers knickten ein.

»Wer Rungar treu ergeben ist, erntet seinen Lohn.« Der Soldat ließ von dem Mann ab und legte ihm eine Silbermünze auf den Tisch.

Der Händler nahm das Geldstück, machte eine Verbeugung. Mit seinen Männern wechselte der Soldat zu Negolas Vater. »Wir kommen in der Absicht, deine Tochter aufzusuchen. Sage mir, ehrlicher Mann von Nofra, wo ist sie zu finden?«

Ulam blickte auf die Masken der Soldaten. »Ich begleite euch. Wenn ihr mit meiner Negola sprecht, wird es mir erlaubt sein, dem beizuwohnen.« Er legte seine Schürze ab.

»Du begleitest uns, aber die Unterhaltung führe ich ohne dich!« Der Mann legte seine Hand auf das Schwert, das seitlich an einem Ledergurt hing. Ohne ein weiteres Wort zu sagen, verließ Ulam seinen Stand. Die Spieße auf seinem Grill würden bald verkohlt sein, doch das war jetzt seine geringste Sorge.

»Was weißt du darüber?« Robert starrte in das Feuer und spürte die Hitze auf seinem Gesicht. Der Lichtschein aus dem Kamin hüllte sie beide ein und je länger er hier hockte, das Fleisch vom Spieß aß und Negola betrachtete, desto weniger Lust verspürte er, wieder zurück nach

Loch zu gehen. Vielleicht sollte er das auch noch nicht. Anscheinend schaffte es kaum jemand, den Weg durch den Nebel hierherzufinden, und Robert wusste nicht, ob er bloß Glück gehabt hatte. Womöglich gelangte er kein zweites Mal nach Nofra.

»Mein Vater hat mir früher davon erzählt, als ich abends seinen Gutenachtgeschichten lauschte.« Während sie sprach, vergaß Robert, dass er mit einem Mädchen allein vor einem Kamin saß.

»Wovon handelten sie?«, fragte er.

»Manche berichten von meiner Tante. Ich weiß nicht, ob alles davon wahr ist. Zumindest hat sie Nofra einst verlassen und ist seither nur selten zurückgekehrt.« Das Licht in ihren Händen wechselte in ein Pulsieren.

»Moment. Deine Tante lebt bei uns? Wie heißt sie und was macht sie in Loch?« Wenn das stimmte, musste Robert unbedingt mit ihr sprechen.

»Sie hat als Kind ein altes Pergament gefunden, das meiner Familie gehört. Es enthält die Geschichte von einer fremden Stadt, mit der wir einst Handel betrieben haben. Damit hat sie den Weg nach Loch gesucht und gefunden. Das ist vor ihr niemandem gelungen.« Sie sah Robert an.

»Hast du es ebenfalls versucht?« Robert guckte nach wenigen Sekunden woanders hin.

»Ja. Und selbst Rungar hat seine Mannen auf den Weg geschickt. Sie haben zwar den Übergang geschafft, sind aber im Nebel stecken geblieben. Es heißt, dass ihre Seelen dort umherirren. Man hat ihre leblosen Körper aufgelesen und fortgebracht.« Ihre Worte besaßen keinen Klang, kamen kraftlos über ihre Lippen.

»Du meinst, dass sie gestorben sind?« Robert schluckte. Er sollte unbedingt hierbleiben. Was, wenn er dieses eine Mal großes Glück gehabt hatte und auf seinem Rückweg dasselbe Schicksal auf ihn wartete?

»Nein, ihr Geist war matt, willenlos.« Das Leuchten ihrer Kristalle verblasste.

»Was meinst du? Konnten sie denn irgendwann wieder laufen oder sprechen?« Die Beschreibung von Negola kam Robert bekannt vor.

»Es war mehr als das. Sie haben geatmet und hielten ihre Augen offen. Das ist alles. In ihrem Zustand sind sie schließlich verhungert.«

Für Robert erinnerte die Beschreibung an ein Wachkoma. Hier gab es vermutlich keine gute medizinische Versorgung und ohne eine Magensonde konnte man das unmöglich überleben. Zu diesem Thema hatte er nächtelang recherchiert und er musste seine Gedanken bremsen, um nicht erneut in diesen Strudel zu geraten, der Fragen aufkommen ließ, auf die es keine Antworten gab: Warum passiert das ausgerechnet meiner Mutter? Wird sie jemals wieder aufwachen?

»Träumst du?« Negola riss Robert aus dem Gedankenfluss.

»Nein. Ja. Wie viele Männer sind damals im Nebel verunglückt?« Robert dachte an die Schatten, die er gesehen hatte.

»Es ist viel zu vielen widerfahren. Mindestens einem Dutzend.« Mit dem Haken stieß sie erneut in die Feuerstelle, schichtete das Holz um, erzeugte einen Funkenflug.

»Warum schickte man sie in den Tod?«, fragte Robert.

»Darüber gibt es nur Vermutungen.« Die Funken schwebten wie Glühwürmchen durch die Luft, bevor sie erloschen. »Quistan gehörte zu ihnen. Er wohnte früher zwei Häuser weiter. Als ich klein war, hat er mir manchmal Spielzeug geschenkt, das er selbst gebaut hatte. Später hat er Rungar seine Treue geschworen. Er hat seiner Mutter von dem Befehl erzählt, aber er wusste nicht viel. Rungar sucht etwas und die Soldaten sollten einen sicheren Weg finden, damit er sich danach selbst aufmachen konnte. Es gibt Gerüchte und derer viele, was Rungar genau beabsichtigt.« Das Feuer loderte auf und strahlte seine Hitze in den Raum aus.

»Und was denkst du? Warum will er in unseren Ort vordringen?« Hatte Robert tatsächlich so gesprochen, als würde er selbst dauerhaft in diesem verschlafenen Nest leben? In unseren Ort – das waren seine Worte gewesen!

»Ja. Zumindest das ist gewiss. Man glaubt, dass es etwas mit dem Verschwinden des Handelsweges zu tun hat«, hauchte Negola.

»Du meinst, dass Rungar die alte Zeit wieder herstellen möchte?« Auch Robert sprach leiser.

»Das kann ich mir nicht vorstellen. Lass uns nicht weiter über Rungar sprechen. Was ist mit dir? Welchen Dingen gehst du nach?« Sie beugte sich nach vorn und stützte ihr Kinn auf dem Handballen ab.

»Wie ist die Frage gemeint? Meinst du, wie ich lebe?« Sollte er ihr von seiner Schule berichten oder davon, wie er die Nachmittage abwechselnd vor seinem Computer und im Krankenhaus verbrachte? Was er auch sagen würde, es kam ihm alles langweilig vor.

»Wie bestreitet deine Familie ihren Lebensunterhalt?« Damit meinte sie wohl den Beruf seiner Eltern.

»Mein Vater ist Fotograf und meine –«

»Was bedeutet das Wort?« Negola unterbrach Robert direkt und strich eine Haarsträhne aus ihrem Gesicht.

»Wer hat die Bilder an eure Häuser gemalt?«, fragte er.

»Natürlich Maler. Ein halbes Leben dauert es, bis man das Können erlangt hat, ein Haus zu verzieren.«

»Gut. Mein Vater erstellt auch Bilder. Dafür besitzt er ein Gerät, das sie für ihn auf Papier bringt.« Mit den Händen formte er eine Kamera, richtete sie auf Negola, die automatisch lächelte, und drückte ab.

»Das klingt nach Zauberei.« Sie imitierte dieselbe Geste.

»Finde ich nicht. Aber es gibt wichtige Menschen, die meinem Vater Aufträge erteilen.« Robert grinste verkniffen.

»Und deine Mutter?« Ihre Hände waren noch in derselben Haltung auf ihn gerichtet – so als würde sie einen Film von ihm drehen, auch wenn Negola nicht wissen konnte, dass es diese Möglichkeit gab.

»Sie ist krank. Deshalb bin ich hier.« Mit seinem Kopf lehnte sich Robert an den Wandvorsprung hinter ihm, durch den der Kamin in einer Nische stand. Das Feuer zog seine Aufmerksamkeit an und er sah dabei zu, wie die Flammen das Holz zerfraßen.

»Du bist zu uns gekommen, weil du bei uns eine Heilung für deine Mutter suchst?« Die Pose ihrer Hände zerfiel in der Luft.

»Nein. Ich meine Loch. Mein Vater hat mal wieder keine Zeit für mich und mein Onkel lebt dort.« Ihre Blicke trafen sich erneut und es war, als würden sie die weitere Unterhaltung schweigend führen. Robert war niemals zuvor einem Mädchen so nahe gewesen. Das Gefühl entstand, die Zeit zu vergessen. Er spürte den eigenen Puls, während dieser leiser wurde. Robert wusste, dass Negola dasselbe empfand. Es kam ihm so vor, als kannte er sie schon viel länger. Einige Atemzüge lang schloss sie ihre Augen. Dabei fühlte er sich ihr noch näher.

»Du hast vielleicht Vorfahren, die einst mit den meinen Handel betrieben.« Negolas Pupillen waren vergrößert.

»Weißt du, was damals geschehen ist?« Er drückte seinen Rücken durch.

»Man spricht von Wolken, die bei einem Unwetter aus dem Himmel auf die Erde fielen und unsere Stadt vom Umland trennten. Seither gibt es den Nebelwall vor Nofra. Außerhalb des südlichen Stadttors kommen erst das Weideland und die Felder. Dahinter beginnt der Nebel.« Ihr Gesichtsausdruck sah jetzt neutral aus.

»Und warum habt ihr euch versteckt?« Robert dachte an das Bild am Laden seines Onkels Theo. Das Gewitter an der Hausseite zeigte demnach genau die Situation, von der Negola sprach.

»Es gibt eine Geschichte über den Nebel, durch den du zu uns gelangt bist.« Negola seufzte, ehe sie fortfuhr: »Ein Mann aus Loch liebte eine Frau aus Nofra. Zwischen den Einwohnern der beiden Orte durfte aber keine Beziehung entstehen. Diese Regel knüpften die Ältesten in Nofra als Bedingung an das Handelsabkommen. Doch die Herzen der beiden besiegten den Verstand.« Negola rutschte auf ihre Knie, streckte ihre Arme zu Robert aus und kicherte. »Mein Vater hat mir die Geschichte immer mit lebhafter Inbrunst vorgespielt.« Sie setzte sich zurück neben Robert und legte ihre Hand auf seinen Oberschenkel. »Es kam, wie es kommen musste. Die Liebenden bekamen ein Kind. Mit dem Nachwuchs stimmte etwas nicht. Was genau, ist nicht überliefert worden. Die Ältesten sahen darin auf jeden Fall eine große Gefahr und erzeugten die Barriere.«

»Das heißt, dass sie zaubern konnten? Das klingt nach einem Märchen!« Robert betrachtete ihre Hand und wusste nicht, ob Negola sie vergessen hatte, denn sie berührte ihn weiterhin.

»Nein. Sie hatten die Fähigkeit dazu. Du hast ja gesehen, wie ich das Feuer angezündet habe. Findest du, dass ich zaubern kann? Meine Kristalle leiten meine Energie nach außen und mehr haben die Ältesten auch nicht geleistet. Es ist gewiss, dass sie den Nebel erzeugt haben. Alles andere … vielleicht war es so. Darüber denkt jeder anders.« Ihre Stimme verlor sich am Ende im Knistern der Holzscheite.

»Du meinst, dass ein Jüngling eine Jungfrau gestohlen hat und den Zorn des Dorfes heraufbeschwor?« Robert bemerkte, dass sich seine Wortwahl geändert hatte. Er musste aufpassen, dass er nicht bald dauerhaft wie jemand aus Nofra sprach.

»O ja! Er hat sie gepackt und ihr tief in die Augen gesehen. Und dann …« Negola umschloss jetzt seine Hände und ihre Handflächen fingen an zu leuchten. Es fühlte sich warm an und Robert dachte an das Holz im Kamin, das sie mit Funken aus ihren Kristallen anzünden konnte. Außerdem verunsicherte ihn der Rollentausch. Sie hielt seine Hände umschlossen und somit spielte Negola den Mann aus der Geschichte. Außerdem hatte sie zarte Fältchen an ihren Augen. Das Ganze war ein Schauspiel auf dünnem Eis. Wenn er sich zu ihr vorbeugte und sie küsste, zerstörte er die Kulisse. Das Spiel wäre beendet. Warum dachte er das überhaupt? Aus welchem Grund sollte er ihr einen Kuss geben? Oder war er das? Der Moment, in dem er die Initiative ergreifen musste, um Negola an ihrem Hinterkopf zu sich zu ziehen?

»Du musst jetzt verschwinden. Los! Beeil dich!« Negola sprang auf und zog Robert mit nach oben. An ihren festen Griff würde er sich wohl nie gewöhnen.

Eine letzte Gasse trennte den Trupp von Negola und Robert. Einzelne Türen gingen einen Spalt auf und Köpfe lugten heraus. Wie ein Junge, den man bei seinen Eltern zur Rede stellen wollte, ging Ulam mit hängenden Schultern neben dem Anführer mit seinem Brustpanzer her.

Während die Gruppe aus der Gasse trat und nach rechts abbiegen wollte, kam eine Frau von links. Diese Menge an Soldaten überraschte sie. Für eine Sekunde vergaß sie den Tonkrug in ihren Händen. Er zerschellte auf dem Steinpflaster. Um sie herum verstummten die Geräusche, als die Scherben aneinanderklirrten. Die Männer zogen direkt ihre Schwerter und überwachten die Umgebung. Erst als sie sicher wussten, dass es sich um keine Ablenkung handelte, die einen Überraschungsangriff einleitete, steckten die Männer auf ein Zeichen ihres Anführers die Schwerter zurück. Für Ulam hatte dieser Moment jedoch ausgereicht. Jetzt presste er die Handinnenflächen an sein Gewand und wartete, bis das Glimmen in ihnen verschwand.

»Was ist mit dir geschehen?« Robert hatte mit angesehen, wie Negola zusammengezuckt war. Jetzt presste sie sich die Hände auf die Oberschenkel.

»Mein Vater warnt mich!« Sie packte ihn am Arm und zerrte fest an ihm.

»Das geht doch gar nicht ohne … «, begann Robert den Satz und vermied es, ihn mit dem Wort »Handy« abzuschließen.

»Natürlich kann er das! Er hat mir einen Splitter von sich nach meiner Geburt in die rechte Hand eingesetzt! Los! Wir müssen fort!«, erwiderte sie.

»Warum? Was hat er gesagt?«

»Wir müssen den Ort wechseln!« Sie ließ von ihm ab und rannte zur Tür, öffnete sie und spionierte durch einen Spalt nach draußen.

»Zu spät! Komm mit in mein Zimmer! Wir wählen das Fenster dort als Ausgang. Es führt in eine Gasse mit vielen Abzweigungen.« Als Negola ihn abermals am Arm packte, war Robert klar, dass er davon einen Bluterguss bekommen würde.

»Was hast du gesehen?« Er folgte ihr zu ihrem Zimmer, das sich direkt hinter dem Wohnraum befand. Das Fensterbrett knarrte, Negola zwängte ihren Körper durch den Rahmen und kletterte nach draußen.

»Soldaten! Sie können hier nicht durchsteigen. Das verschafft uns einen Vorteil.« Und schon stand sie außerhalb. Robert verharrte vor dem Schrank, in dem seine Kleidung lag. Plötzlich hörte er Schritte in einem gleichmäßigen Rhythmus.

»Halte ein!« Die Männerstimme drang durch die Gasse, in der Negola auf ihn wartete. Er musste aus dem Fenster springen und sich zwischen sie und die Soldaten stellen. Aber ohne Waffe würde Robert nur wenige Sekunden ein Schutzschild sein und selbst mit einem Schwert würde er nicht länger durchhalten. Allerdings könnte Negola flüchten und er als Held sterben. Sie löste sich von ihm. Jetzt musste jeder allein klarkommen.

Während Negola floh und Stiefel hinter ihr her rannten, hockte Robert unter dem Fenster und wartete. Dabei zählte er die Schritte, die auf der anderen Seite an ihm vorbeizogen. Allerdings verfolgten offensichtlich nicht alle Soldaten Negola. Robert schätzte sie auf drei oder vier.

Es dauerte nicht lange, bis jemand die Eingangstür aufstieß. »Sucht ihn!« Die Stimme donnerte durch die Wohnstube, sodass Robert seinen Kopf gegen die Wand presste und mit aufgerissenen Augen zu Negolas

Zimmertür starrte. In der Gasse draußen standen mit Sicherheit Soldaten und weitere würden bald vor ihm auftauchen. Jede Entscheidung, die er jetzt traf, war endgültig und konnte Robert, wenn er einen Fehler machte, direkt in die Arme der Männer schicken, vor denen sie Ulam warnen wollte.

»Er muss hier zugegen sein. Sichert alle Fenster!« Schritte entfernten sich nach draußen. Robert durfte nicht wie ein verängstigtes Kind abwarten. Gleich würden sie das Zimmer betreten – und eine Flucht war schon jetzt chancenlos.

Ulam zeigte auf die Haustür. Der Anführer schob ihn zur Seite und trat ein. Zuerst bemerkte er den Kamin. »Warum flieht deine Tochter vor uns aus dem Fenster, wenn sie es hier so behaglich hat?« Seine Augen starrten durch die Löcher in der Maske und wirkten dabei genauso leblos wie der restliche Gesichtsausdruck.

»Sie treibt einen Spaß mit uns.« Ulam senkte seinen Kopf, wusste, dass er besser geschwiegen hätte, anstatt diese Antwort zu geben.

»Sucht ihn!« Vom Wohnzimmer führten drei Türen in andere Räume und außerdem gab es eine Holztreppe für das Obergeschoss. Vier Soldaten zogen ihre Schwerter und betraten die Stube. »Er muss hier zugegen sein. Sichert alle Fenster!« Drei Maskierte entfernten sich und der Anführer folgte den anderen beiden in den Wohnbereich. Ein Mann blieb bei Ulam an der Schwelle stehen.

Die Zeit war knapp gewesen. Robert hatte es fast nicht geschafft, seinen Plan umzusetzen. Die Tür hätte sich nicht früher öffnen dürfen. Der Anführer betrat den Raum und wahrscheinlich würde er selbst seinen Männern kein Wort von dem glauben, was in wenigen Augenblicken geschehen würde.

Mit einem Lächeln begrüßte Robert ihn und winkte. Die Waffe gezückt, trat Rungars Scherge näher heran. »Ich werde mich jetzt an einen anderen Ort zaubern. Wer versucht, mich dabei aufzuhalten, muss mit seiner Seele bezahlen!« Während Robert sprach, zählte er mit seiner rechten Hand bis fünf und atmete bei jedem weiteren Finger zweimal ein und wieder aus. Sein Brustkorb hob und senkte sich dabei deutlich sichtbar.

»Fünf!«, sagte Robert und pustete sämtliche Luft aus seiner Lunge. Dann war er verschwunden und der Anführer rührte sich nicht. Zurück blieb ein schwarzer Kasten.

»Hier ist niemand.« Der Anführer drehte sich um und sah in dieselbe Maske, die er auch trug. »Das Gemach ist leer. War eure Suche erfolgreich?« Ein Kopfschütteln folgte als Antwort. »Ruft alle zusammen, wir versammeln uns vorm Haus!« Dieser Befehl ließ Robert aufatmen. In seinem Versteck wagte er es kaum, Luft zu holen. Robert hatte in dem Moment den Film gestartet, als der Anführer die Tür geöffnet hatte, und den Schrank schnell von innen geschlossen, um sich darin zu verstecken. Das Timing war für seinen Plan enorm wichtig gewesen. Es hatte funktioniert. Zu gerne hätte Robert gesehen, wie sein improvisierter Videofilm einen Mann – einen Kämpfer – in die Knie zwang. Zum Glück hatte der Akku nicht versagt. Mit dem Problem kämpfte er in letzter Zeit öfter, doch im entscheidenden Moment hatte er sich auf das Gerät verlassen können.

Robert schnappte sich sein Handy vom Boden, kletterte aus dem Fenster und dachte an Negola, die kurz zuvor auf demselben Weg verschwunden war. Er folgte der Gasse und schaffte es, die Stadt zu verlassen. Hinter der Stadtmauer ging er den Pfad zurück, auf dem er das große Tor erreicht hatte. Irgendwann verschluckte dichter Nebel alles. Es wirkte, als wären die Wolken aus dem Himmel gefallen und hätten sich zu einer Wand aufeinandergeschichtet. Mit ausgestreckten Armen ging Robert darauf zu. Alles, was Negola über die verlorenen Seelen im Nebel gesagt hatte, kam ihm in den Sinn.

Man konnte die hohe Luftfeuchtigkeit riechen und während Robert tiefer in den Dunst hineinging, dachte er an ein Detail. Auf seinem Hinweg hatte er aufgrund der Schatten um ihn herum seine Augen geschlossen. Während er das wiederholte und sich auf seine anderen Sinne konzentrierte, dachte er an Loch und dass er dorthin zurückkehren wollte. Es war wie in einem Traum, der sich mit der Realität vermischte, weil man wachte und gleichzeitig schlief. Ob es nötig war, die Augen zu schließen, wusste Robert nicht – aber es fühlte sich richtig an, auf diese Art im Nebel zu gehen und zugleich sämtliche Schatten auszublenden.

Ein Bellen riss Robert aus seinem meditativen Zustand. Wassertropfen liefen von den Haaren über sein Gesicht, die Kleidung klebte auf seiner Haut und Robert nahm die Sonne durch seine Augenlider wahr. Eine Zunge leckte sein Bein ab. Als Robert es wagte, danach zu sehen, stand plötzlich Rüpel vor ihm, als wäre er erst vor wenigen Minuten weggelaufen.

»Für dich bin ich ins Moor gelaufen! Und jetzt sieh mich an. Meine richtige Kleidung liegt in Negolas Zimmer.« Weiter sprach Robert nicht. Er dachte an Negola und daran, dass er auf seinem Weg durch die hintere Gasse gehofft hatte, sie hinter einer der Hausecken zu treffen. Ging es ihr gut? Konnte sie den Soldaten entkommen?

Als Robert zur Straße kam, lichtete sich der Nebel.

Zeitgleich erreichte Negola eine Festung. Sie stand auf einem Hügel oberhalb von Nofra. An ihrer Wange klebte Blut. Soldaten hatten sie aufgegriffen, als sie zum Haus zurückgekehrt war, um nach Robert zu sehen. Der Anführer hatte Wachen zurückgelassen. Ihm selbst war das Erlebnis mit Roberts Smartphone nicht geheuer gewesen. Er wollte nicht riskieren, sich gegen einen mächtigen Magier zu stellen, der in einen schwarzen Kasten steigen und zu einem anderen beliebigen Ort wechseln konnte. All das verschwieg er seinen Männern.

Negola hatte sich gewehrt. Auf dem Marktplatz wurde sie schließlich dem Anführer übergeben. Sie sträubte sich weiter. Kurz darauf lief Blut an ihrer Wange hinab.

Inzwischen war ihre Mutter eingetroffen und hatte sich alles von Ulam berichten lassen. Er hatte die Festnahme seiner Tochter mit ansehen müssen und hielt seine Frau davon ab, zu Negola zu eilen. Gegen so viele Soldaten konnten sie nichts ausrichten.

Negola stand an der Pforte zu Rungars Festung und wusste, dass es bislang kaum Gefangene geschafft hatten, diesen Ort wieder unbeschadet zu verlassen.

6

»Du übertriffst die anderen Kostüme um Welten. Und außerdem barfuß! Sehr cool von dir! Wo hast du die Hose und das Hemd her?« Tinja stand neben Robert und berührte den Stoff. »Ist das Handarbeit? Sieht aus wie im Mittelalter. Na, dann hast du es dir ja anders überlegt!«

»Es lag in einer Kiste.« Das war sogar die Wahrheit, auch wenn genau genommen Negola den Stoff für ihn aus der Truhe hervorgeholt hatte.

»Wie lange bleibst du überhaupt in Loch?«Robert hatte genau jetzt die Chance, ein besseres Verhältnis zu ihr aufzubauen. Nach der ersten Begegnung im Laden war das unbedingt notwendig. Allerdings musste er Negola und die Maskenmänner erst noch verarbeiten. Vielleicht hatte er das alles nur geträumt oder im Moor irgendwelche Faulgase eingeatmet, die seine Fantasie angeregt hatten. Wenn das stimmte, stammte sein Gewand möglicherweise wirklich aus dem Mittelalter – und zwar von einer Moorleiche, mit der er die Kleidung getauscht hatte. Ein verschrumpelter Toter aus einem anderen Jahrhundert mit Jeans und Sneakers löste bestimmt eine Sensationsmeldung in der Boulevardpresse aus.

»Ich werde erst zum Ende der Ferien abreisen, wenn mein Vater wieder zurück in Deutschland ist.«

»Das ist bestimmt schlimm für dich, hier bei uns Bauern leben zu müssen.« Tinja hielt, genau wie Negola, ihren Kopf schief und beobachtete Robert. Er wusste, dass sie es anders meinte und seine Antwort entschied darüber, ob er sich weiter mit ihr unterhalten konnte oder die weiteren Herbstferien ausschließlich mit Theo und Rüpel verbringen musste.

»Findest du, dass du eine Bäuerin bist?« Die Frage rettete ihn davor, eine falsche Antwort zu geben, aber er wusste auch, dass seine Strategie nicht lange funktionieren würde.

»Wäre das denn schlimm?« Tinja hatte leichte Grübchen um ihren Mund und an den Augen. Sie musste ähnlich alt sein wie er und fand die Jungen aus Loch offenbar langweilig. Robert konnte nach der peinlichen ersten Begegnung im Laden von Theo näher mit ihr ins Gespräch kommen, aber nach seinem Erlebnis vorhin in Nofra … Am liebsten wollte er in die Wohnung zurück und alles hinter sich lassen. Damit vertat er jedoch seine letzte Chance. Ein weiteres Mal würde Tinja sich ihm bestimmt nicht nähern. Rüpel bellte. Er hatte einen Stand ganz nach seinem Geschmack entdeckt. Ein aufgespießtes Spanferkel röstete über einem Feuer und zahlreiche Besucher standen lachend davor. Überhaupt gab es an den meisten Ständen entweder etwas zu essen oder zu trinken. Die gesamte Veranstaltung erinnerte an ein Markttreiben im Mittelalter. Selbst die Getränke gab es nicht in Gläsern, sondern in Tonkrügen. Die kleine Straße zwischen den Häusern war komplett mit Menschen ausgefüllt.

»Ob ich Bäuerinnen schlimm finde? Nein. Aber ich bin auch nicht der Meinung, dass du eine bist. Man merkt, dass du aus der Großstadt kommst.« Robert brauchte Ruhe. Er war zu durcheinander und konnte sich nicht auf Tinja konzentrieren. Aus diesem Grund versuchte er, so freundlich wie möglich zu ihr zu sein, um das Gespräch schnellstens zu beenden. Die Strategie funktionierte bei seiner Nachbarin in Hamburg immer. Allerdings war sie mindestens sechzig Jahre alt und im Laufe der Zeit in der Großstadt selbst ziemlich oberflächlich geworden.

»Möchtest du etwas mit mir trinken? Ich kümmere mich darum. Tom steht hinter der Theke.« Roberts Kompliment hatte bei Tinja eine positive Wirkung und er merkte, dass seine Strategie nach hinten losging.

»Eigentlich wollte ich …« Robert zögerte. Bereits jetzt war ihm Tinja nicht geheuer. Sie interessierte sich für ihn und er hatte keine Ahnung, ob ihm das überhaupt gefiel.

»Du musst ja nicht. Ich verschwinde mal wieder. Wir sehen uns bestimmt demnächst im Laden deines Onkels.« Tinja ging einen Schritt nach hinten und wandte sich von ihm ab.

»Nein. Das meinte ich anders. Ich muss Rüpel nach Hause bringen. Er hat anstrengende Tage hinter sich und klappt bestimmt gleich zusammen.« Während Robert das sagte, hypnotisierte der Mops das Spanferkel förmlich und seine Zunge hing stärker als sonst aus seinem Mund. Auf dem Boden bildete sich eine Pfütze aus seinem Speichel.

»Der sieht ziemlich fit aus«, widersprach Tinja.

»Das merkt er gar nicht. Wenn ich ihn nicht in seinen Korb bringe, wird er gleich vor Erschöpfung ohnmächtig.« Zumindest damit sagte Robert die Wahrheit. Sein Onkel hatte ihn davor gewarnt, mit dem Mops zu lange Spaziergänge zu unternehmen. Der Hund würde seine eigenen Grenzen nicht kennen.

Tinja lachte und tat einen weiteren Schritt auf Robert zu, als eine Gruppe Menschen an ihnen vorbeiging. Als sie wieder mehr Platz hatten, blieb sie weiterhin nah bei ihm stehen. Robert sah an ihrem Brustkorb, dass sie schnell atmete.

»Ich gehe einmal rüber zu Tom und begleite dich danach – oder stört dich das?«

Genau jetzt musste sich Robert entscheiden. Tinja war mehr als bloß nett. Sie galt mit Sicherheit als Dorfschönheit. Dennoch wollte Robert lieber alleine in die Wohnung gehen. Bei dem Gedanken daran, nur mit ihr dort zu sein, bekam er feuchte Hände. Außerdem wusste er nicht, ob er in Theos Wohnung überhaupt Besuch mitnehmen durfte.

»Ähm.« Mehr kam nicht über seine Lippen.

Tinja ging trotzdem zum Getränkestand. Erst jetzt bemerkte Robert, dass mehrere Umstehende ihn beobachteten.

Die meisten Menschen trugen eine Verkleidung. Allerdings unterschied sich die Beschaffenheit deutlich voneinander. Manche hatten aus alten Laken einen Umhang geschneidert. Andere besaßen hingegen aufwändige Kutten aus Samt mit Verzierungen darauf. Eine Person hob sich von allen anderen stark ab. Sie hatte einen beigefarbenen Mantel an, der aus Jute bestand. Die Kopfbedeckung verhüllte ihr Gesicht vollständig.

Es war früher Nachmittag; der Nebel nahm insgesamt zu. Robert kam es so vor, als würde der Dunst an der Stelle des Unbekannten noch dichter sein. Er spürte, wie ihn der Kapuzenträger fixierte und Robert bückte sich zu Rüpel und umklammerte sein Halsband. Inzwischen hatte der Mops eingesehen, dass er keinen Schweinebraten erhalten würde, und angefangen, eine Hündin zu umwerben. Sie stand ein paar Meter entfernt und fraß einen Rest Braten vom Boden. Im Vergleich zu Rüpel hatte sie alles: lange Beine, einen normalen Hundekopf – und dazu Schweinebraten. Dass seine Angebetete eine Nummer zu groß für ihn war, schien Rüpel nicht zu stören. Er wedelte mit seinem Stummelschwanz und berührte mit der Zunge beinahe den Boden.

Als Robert zu der Stelle mit dem Kapuzenträger zurückblickte, fehlte von ihm jede Spur. Sein Äußeres hatte ihn an einige Bewohner von Nofra erinnert, die Robert auf dem Marktplatz gesehen hatte. Er konnte sich das nicht alles eingebildet haben! Zumindest Teile seiner Erinnerung musste er erlebt haben. Damit war die Legende realer, als es sich die Einwohner von Loch vorstellen konnten. Sie feierten zwar eine Tradition, aber die meisten gingen mit Sicherheit davon aus, dass der Mythos von Nofra bloß eine Kindergeschichte war. Kaum jemand glaubte, dass mehr dahinter steckte. Allerdings hatte der alte Bahnhofsvorsteher Andeutungen gemacht. Bestimmt wusste zumindest er mehr über das Moor und den Nebel.

»Tom hat uns eingeladen.« Tinja musste trotz der Menschenansammlung nicht lange am Getränkestand warten und reichte Robert einen Krug. Erst jetzt fiel ihm auf, dass er gar kein Geld bei sich hatte. Sein Portemonnaie steckte in seiner Jeans und lag damit in Negolas Zimmer.

»Das ist echt nett von ihm.« Robert nahm das Tongefäß mit der linken Hand entgegen. Das Gewicht zog seinen Arm nach unten und er passte auf, dass das Getränk nicht über den Rand schwappte.

»Er ist in mich verknallt. Wollen wir deinen Hund in die Wohnung bringen?«

Robert spürte, dass sein Kopf glühte.

Theo hatte selbst einen Stand auf dem Markt und verkaufte dort getrocknete Wurst, Wollpullover und andere Schafprodukte. Das bedeutete, dass Robert mit Tinja alleine in der Wohnung sein würde. Allerdings benötigte er einen Wohnungsschlüssel und sein eigener befand sich bei seinem Geldbeutel in der Jeans.

»Ich habe gar keinen Schlüssel.« Mit seiner Hand schlug sich Robert gegen die Stirn.

»Aber dein Hund braucht wirklich Ruhe! Wir bringen ihn zu mir. Ich wohne direkt hier.«

Rüpel hatte sich seitlich auf den Boden gelegt und seine Zunge ruhte auf dem Boden. Er hatte der Hündin zunächst den Braten überlassen, um am Ende bei ihr an seinen viel zu kurzen Beinen zu scheitern. Sie hatte ihn einfach zurückgelassen und sein Herz gebrochen. Wenn Robert nicht wie ein Tierquäler wirken wollte, musste er Tinja folgen.

Als sich die Haustür hinter den beiden schloss, sah Tom ihnen vom Getränkestand aus fassungslos hinterher. Robert war in das Dorf eingedrungen, hatte ihm Tinja weggenommen. Tom überlegte, was er gegen Robert unternehmen konnte. Er musste auf die passende Gelegenheit warten. Und ein Gefühl sagte ihm, dass sie bald kommen sollte. Sehr bald schon …

Der Krug unter dem Zapfhahn lief über und Schaum bedeckte die Gitterplatte. Erst ein Schlag auf seinen Rücken riss Tom aus seinen Gedanken.

7

Die Nähe zu Tinja trocknete seine Kehle aus. Robert nahm einen zu großen Schluck aus dem Krug, hustete.

»Das ist Wein.« Tinja nippte an ihrem Getränk und stellte es ab. Welche Wirkung Alkohol auf ihn haben konnte, hatte Robert schon schmerzhaft erfahren. Wenn er Glück hatte, ging es ihm danach wie Rüpel. Der sah aus, als hätte er einen ganzen Napf voll Bier leer getrunken. Er lag auf dem Rücken mit ausgestreckten Beinen und schlief.

Großartig, Kumpel! Jetzt lässt du mich wieder alleine!, dachte Robert und setzte sich auf einen mit Kuhfell überzogenen Hocker. In Hamburg galt solch ein Möbelstück im Landhausstil als modisch. Hier beschrieb man es wahrscheinlich bloß als traditionell.

»Welche Musik magst du?« Tinja saß an ihrem Schreibtisch vor einem Laptop.

Was sollte er sagen? Gerade beim Musikgeschmack konnte man alles richtig machen oder komplett versagen. Allerdings fragte sich Robert noch eindringlicher, warum er überhaupt mit zu ihr gegangen war. Während Tinja den Umhang ablegen konnte, trug er weiterhin seine Lumpen und hatte staubige Füße. Außerdem musste er vom Wein aufstoßen. Eigentlich sorgte somit sein gesamter Auftritt dafür, dass er sich keine weiteren Gedanken machen musste. So würde er Tinja auf gar keinen Fall gefallen!

»Wie wäre etwas aus den Charts?« Mit seinem Fuß stieß Robert gegen Rüpel und hoffte, dass er wieder aufwachte und nach draußen wollte. Der Hund rührte sich nicht. Es war im Rahmen des Möglichen, dass er inzwischen einen Herzstillstand erlitten hatte.

»Hast du keinen eigenen Geschmack? Lässt du dich von der Masse beeinflussen?« Tinja drehte sich zu ihm um und hatte wieder Grübchen im Gesicht. Sie provozierte ihn bewusst.

»Ich glaube nicht, dass meine Musik etwas für dich ist.« Er zog seinen Fuß von Rüpel zurück und lächelte sie an. Vielleicht war das ein Fehler. Allerdings musste er auch die nächste Woche in Loch verbringen. Mit Tinja würde es weniger langweilig werden. Erst jetzt bemerkte Robert, dass er ihre Lippen anstarrte. Womöglich wirkte der Wein. *Teufelszeug*, dachte er und kämpfte dagegen an, erneut aufzustoßen.

»Jetzt wird es spannend! Wir machen das so. Ich spiele dir meinen Lieblingssong vor. Danach bist du dran!« Tinja betätigte die Computermaus. Erste Klänge erfüllten das typische Mädchenzimmer. An der Wand hingen Poster von Kinofilmen und auf den Holzbohlen lag ein roter Teppich. Zusätzlich stand überall glitzernde Dekoration herum. Zu der Musik gesellte sich eine Stimme. Ein Mann spielte auf seiner Gitarre und sang, nein klagte über den Schmerz, den er fühlte. In diese Richtung ließ sich der englische Text in etwa übersetzen. Kurz darauf unterstützte sogar eine Geige die traurige, aber zugleich kraftvolle Stimmung.

»Das höre ich zum ersten Mal.« Robert versuchte weiter, den Text zu übersetzen. Allerdings wechselte der Sänger in eine leise Tonart und die Instrumente überdeckten ihn.

»Gefällt es dir?« Mit ihrem Kopf wies Tinja zu Roberts Bein, das im Takt wippte. Er hatte sich dermaßen auf den Inhalt konzentriert, dass er nicht bemerkte, wie ihn ein Gefühl in das Lied zog. Ob das am Wein lag? Oder an Tinja? Er vergaß seine Begegnung mit Negola und konzentrierte sich auf das Hier und Jetzt. Tinja wirkte zufrieden und umwickelte mit ihrem Zeigefinger eine Haarsträhne, während der Sänger im Duett mit einer Sängerin zu seiner kraftvollen Stimme zurückfand.

»Kennst du die Gruppe The Cure?« Robert fühlte sich flau im Magen. Er war an der Reihe und das bedeutete, dass er etwas von sich selbst offenbaren musste. Bestimmt würde sie ihn gleich fragen, warum ihm der Titel gefiel.

»O ja. Ich glaube, dass meine Mum eine Schallplatte von denen besitzt.«

»Echt?« Er sah ihre Lachfalten und realisierte, wie sie ihre Äußerung meinte.

»Dann kann ich ja mit ihr Musik hören!« Er musste in die Offensive gehen, um nicht vollkommen als Idiot dazustehen. Allerdings hätte er sich vor seiner Begegnung mit Negola so etwas wahrscheinlich niemals getraut. Er war nur kurz dort gewesen und konnte kaum begreifen, was er genau erlebt hatte. Irgendwie hatte ihn die andere Stadt verändert. Er fühlte sich sicherer als vorher, denn es gab einen Ort direkt in der Nähe, an dem fremde Lebensumstände herrschten. Schließlich bedeutete das, dass sein Leben und überhaupt seine Gesamtsituation lediglich eine von vielen Möglichkeiten war. Es spielte keine Rolle, wie man lebte. Auch war es nicht notwendig, sich ständig über seine Handlungen und ihre Wirkung auf andere Gedanken zu machen. Niemand konnte mit Absolutheit sagen, dass es nur eine richtige Lebensweise gab.

»Das wäre schade. Außerdem sind wir alleine. Sag mal den Songtitel. Ich suche ihn im Internet.«

Sein Gegenkommentar hatte die richtige Wirkung gehabt.

»Das Lied heißt Pictures of You. Und wenn du wissen möchtest, warum es mir gefällt, musst du es zuerst abspielen. Am besten suchst du eine Live-Version.«

»Das klingt geheimnisvoll. In Ordnung. Hier ist ein Video. Es dauert über sieben Minuten!«

»Die Zeit musst du dir nehmen.« Inzwischen gefiel Robert seine neue Rolle. Er sagte einem Mädchen wie Tinja, was er dachte, und zeigte ihr gleichzeitig, dass sie das akzeptieren musste.

Während die Musik lief, sprachen beide kein Wort mehr. Robert spürte Lust auf mehr Wein und Gedanken an den nächsten Morgen interessierten ihn nicht. Er griff nach dem Krug und trank, setzte erneut an, und nach dem dritten Mal hatte er das Gefühl, sein neues Lieblingsgetränk entdeckt zu haben. Tinja machte dasselbe und schaute ihm tief in die Augen.

»Hast du eigentlich eine Freundin in Hamburg?« Tinja stellte die Frage scheinbar beiläufig und nahm einen weiteren Schluck.

»Das kann man so oder so sehen.« Der Alkohol lockerte seine Zunge und Robert fühlte sich großartig. Wahrscheinlich saß er mit dem schönsten weiblichen Wesen im ganzen Hinterland im selben

Raum und, ja, trank noch mehr Wein. »Es gibt da eine Gummipuppe aus einem Erste-Hilfe-Kurs. Meine Mitschüler fanden, dass ich bei meinen Beatmungsversuchen zu lange an ihren Lippen hing.«

»Das war reine Eifersucht, weil die Puppe ihnen einen Korb gegeben hat. Bestimmt, weil sie Mundgeruch haben.« Tinja rümpfte die Nase.

»Das ist gut. Vielen Dank!«, erwiderte Robert und meinte es aufrichtig. Genau der Spruch wäre perfekt gewesen, um als Sieger aus der Situation zu gehen! Er hätte Andi damit in die Augen sehen, vielleicht sogar auf ihn herabblicken können.

Mit einem Klick wählte Tinja einen Titel aus, der es für Robert notwendig machte, wieder etwas zu trinken. Es handelte sich um eine Cover-Version von Pictures of You. Dieses Mal sang eine Frauenstimme. Dabei saß Robert auf seinem Hocker, hatte den Mund geöffnet.

»Du musst mal ein Update machen! Manche Lieder klingen viel besser, wenn man sie etwas entstaubt und der Gegenwart anpasst. Das könnte mein neuer Favorit werden. Wir beide sind uns gar nicht so fern. Es liegen aktuell höchstens ein paar Jahrzehnte zwischen uns.« Sie schloss die Augen und wippte mit den Füßen zum Sound. Das war sie also, die Situation, vor der man sich als Teenager fürchtete: Man ist mit einem Mädchen im selben Raum, tauscht Lieder aus und irgendwann kommt er – der Moment der Entscheidung. Geht man weiter? Wie reagiert sie darauf? Hat man einen frischen Atem? Bleibt einem nach dem ersten Kuss das Herz stehen?

Er stand auf und ging zu Tinja. »Den Namen der Sängerin muss ich mir merken.« Während sich Robert dem Bildschirm zuwandte, rückte Tinja näher an ihn heran, anstatt weiter von ihm fort. Jetzt war es möglich! Er könnte sich zu ihr drehen und … aber wollte er das auch – sich ihr annähern? Durchlebte Robert bloß ein Klischee? Was wusste er eigentlich über sie? Ein paar Sätze, etwas Wein und zwei, drei Musikdateien. Dachte er so kritisch über alles nach, weil er Angst hatte? Er sollte etwas unternehmen, bevor es peinlich wurde. Warum küsste er sie nicht einfach und beurteilte danach, ob das richtig gewesen war? Und wenn sie ihm dann eine Ohrfeige gab, weil er ihre Signale falsch deutete, so nahm sie ihm wenigstens die Entscheidung für die weiteren Schritte ab. Während er verharrte und die junge Frauenstimme gefühlvoller sang als das Original, stand Tinja auf. Sie kam näher! Er ließ es geschehen, gab die Kontrolle an sie ab. Nun konnte sich Robert sicher sein, dass sie ihn mochte – selbst wenn das die ganze Zeit über eindeutig gewesen war. Was war mit ihm? Er musste sich fragen, ob dasselbe für ihn galt. Zunächst erwiderte er ihren Kuss. Ob das alles am Rausch lag? Die Antwort darauf spielte im Moment keine Rolle.

Offensichtlich wusste Tinja, was sie tat, und das überraschte Robert kaum. Die Begegnung mit Negola verschwamm und löste sich allmählich in seinem Geist auf.

»Denkst du an etwas?« Tinja legte ihren Kopf auf seine Schulter.

»Ich hatte heute eine seltsame Begegnung im Moor. Aber das ist jetzt unwichtig geworden.« Er suchte ihre Nähe. Tinja gewährte sie ihm und Robert vergaß das Moor und seine Geheimnisse.

Er brauchte Ruhe und davon gab es hier genug. Man ging vor die Tür und hatte sie direkt gefunden. In seinem Kopf fühlte er ein Hämmern. Die Stille tat ihm gut.

Nachdem Robert gestern die Wohnung von Tinja verlassen hatte, war er direkt zu Theo gegangen. Der Markt war längst geschlossen gewesen. Lediglich am Ausschank hatten ein paar Menschen gestanden.

Als ihm sein Onkel geöffnet hatte, hatte er gefragt, woher Robert die Verkleidung habe. »Die lag in einer Truhe«, war Roberts Antwort gewesen. Augenkontakt mit Theo hatte er vermieden.

»Auf dem Dachboden befindet sich offenbar Einiges, das ich längst vergessen habe. Du hast dich auf jeden Fall passend angezogen.« Er hatte Robert auf die Schulter geklopft und etwas ergänzen wollen, sich aber nur geräuspert.

Im Wohnzimmer hatte eine Frau gesessen und ein Glas in der Hand gehalten. Sie war in Theos Alter, hatte braune glatte Haare und eine zierliche Statur. »Das ist Melissa. Möchtest du dich zu uns setzen?«

Robert wollte lieber in sein Zimmer gehen. Theo schien darüber glücklich gewesen zu sein.

Nach einer unruhigen Nacht brachte der Morgen Kopfschmerzen. Die Sonne stand hoch am Himmel. Theo war längst aus dem Haus gegangen.

In der Spüle lag das Geschirr vom Frühstück: Teller, Tassen und Besteck – alles in doppelter Anzahl.

Rüpel hatte die Nacht bei Tinja verbracht. Er wollte nicht mehr aufwachen. Die letzten Tage steckten ihm offensichtlich in den Knochen. »Du kannst ihn morgen bei mir abholen«, hatte sie gesagt und ihn zum Abschied mit ihren Fingerspitzen am Hals berührt.

Der Schweinemarkt öffnete erst am frühen Nachmittag und Robert gelangte schnell zu Tinjas Haus. Zu schnell. Er stand vor der Tür und hielt den Finger an die Schelle. Über irgendetwas musste er mit Tinja sprechen und konnte Rüpel nicht einfach nur abholen. Aber was? Und wie verhielt er sich ihren Eltern gegenüber am besten? Die wollten ihn bestimmt kennenlernen. Sein Finger drückte fester auf den Messingknopf, doch die Kraft reichte nicht. Robert war wütend, dass er den Hund gestern nicht nach Hause getragen hatte. Warum ihm die Idee erst jetzt kam, war Robert schleierhaft. Das lag wohl am Wein! Nun war der Rausch verflogen und sein Herz schlug schneller.

Einen Moment abwarten. Das änderte nichts. Im Gegenteil. Robert fühlte sich immer schlechter. Je mehr sein Puls beschleunigte, desto stärker dröhnte es in seinem Kopf.

Es half nichts! Sein Arm drückte den Finger nach vorne, der Knopf verkantete im Gehäuse und die Schelle ertönte viel zu lange. Der Kopfschmerz wuchs und die Übelkeit erreichte ein kritisches Maß. Nichts geschah. Abwarten. Aufatmen. Nach einer Minute nahm das Pochen in Roberts Kopf ab und er beschloss, zurück zum Moor zu gehen. Noch hatte er seine Erlebnisse von gestern nicht verarbeitet.

Wolkenloser Himmel und freie Sicht – heute war es Robert mehr als ein Rätsel, wie er nach Nofra gelangen konnte. Am Horizont sah man den Hügelkamm, der das Tal mitsamt des Moors umschloss. Wenn er gestern in einen – wenn auch vollkommen verrückten – Nachbarort gewandert war, hätte er irgendwann einen Aufstieg aus dem natürlichen Kessel bemerken müssen. Allerdings war sich Robert sicher, dass er stets geradeaus gegangen war. Und es gab keine Hinweise auf einen anderen Ort. Vor ihm wuchsen nur Gräser, vereinzelte Sträucher und wenige Bäume, die alle gleich aussahen in dieser tristen Landschaft.

Die Straße führte zum Bahnhof und somit immer weiter von Loch fort. Genau diese Richtung gefiel Robert heute gut. Das Datenvolumen auf seinem Handy war fast aufgebraucht und der Akku sowieso leer. Er wollte auf dem Fahrplan nach Hinweisen für andere Städte gucken. Mit etwas Glück gab es dort eine Karte, auf der er herausfinden konnte, wo er sich gestern aufgehalten hatte. Es wäre für seinen Verstand besser, wenn ihn ein großes Schauspiel hereingelegt und ein Nachbarort die Legende von Nofra bis ins kleinste Detail imitiert hatte!

Während Robert den Weg entlanglief, fühlte er die Sonne auf seinem Kopf. Er ärgerte sich darüber, nicht ein T-Shirt angezogen zu haben.

»Hast du Tabak für mich dabei?« Der Bahnhofsvorsteher überraschte Robert am Fahrplan.

»Ich habe mir erst unterwegs überlegt, hierherzukommen«, sagte Robert entschuldigend.

Der Alte stützte sich auf einem Besen ab, an seiner Hose klebte Dreck. »Möchtest du irgendwohin fahren?« Die Augen des Mannes sahen matt aus, besaßen einen grauen Schimmer. Bestimmt dachte er auch bei schönem Wetter andauernd, dass es neblig sei.

»Ich suche eine Information. Wissen Sie, wie weit der nächste Ort entfernt ist?«

»Du kommst mit dem Zug in zwanzig Minuten dort an. Es gibt einen Kiosk am Bahnhof. Du könntest mir etwas mitbringen. Obwohl ...« Der Alte machte eine Pause und kratzte sich am Kopf. Er blickte Robert an und schwieg. Es verstrich eine Minute, die sich wie eine Stunde anfühlte. »Der Inhaber wird dir keinen Tabak verkaufen«, beendet er endlich seinen Gedanken, hustete und spuckte anschließend auf den Bahnsteig.

»Und wenn man mit dem Auto in diese Stadt fahren möchte?«, fragte Robert und fixierte einen Spuckefaden, der dem Alten im Mundwinkel hing.

»Warum gehst du dafür zu einem Bahnhof?« Der Mann kniff die Augen zusammen.

»Ich möchte eben wissen, wie weit es bis in die nächste Ortschaft ist«, sagte Robert eher beiläufig und versuchte unauffällig zu wirken.

»Es ist egal, wie du das machst! Kannst ruhig die Bahn nehmen. Möchtest du einen Fahrschein bei mir kaufen?« Der Bahnhofsvorsteher kramte in seiner Hose. Am liebsten wollte Robert einwilligen. Ein Ausflug in eine andere Gegend und die Aussicht, alles hinter sich zu lassen – wenn auch nur für einen halben Tag – waren vielversprechend.

»Ich habe kein Geld bei mir. Wie lange müsste ich denn laufen?«

»Junge, das rate ich dir nicht! Dafür brauchst du mindestens zwei Stunden pro Strecke und an den meisten Stellen sind weder ein Gehweg noch ein Randstreifen.« Er zog die Hand aus der Hosentasche und lehnte sich wieder an seinen Besen.

»Gibt es nicht eine Abkürzung durchs Moor?« Jetzt stellte Robert genau die Frage, die ihn eigentlich interessierte. Der Bahnhofsvorsteher hatte selbst gesagt, dass er aus Loch stammte. Er war mindestens siebzig Jahre alt und kannte sich in dieser Gegend perfekt aus.

»Davor habe ich dich neulich gewarnt! Das ist kein Ort für Kinder. Du würdest nicht mehr zurückkehren.« Der Mann blinzelte.

»Gibt es denn einen Weg?«, hakte Robert nach. An seinem Vorhaben, nicht auffällig zu wirken, war er gescheitert.

»Nein. Davon ist mir nichts bekannt. Das Moor ist vom Umland eingeschlossen und es gibt keinen festen Weg nach oben. Schon oft sind Tiere vom Oberland abgerutscht. Viele von ihnen schaffen es nicht, einen festen Weg zur Straße zu finden und versinken dann. Es gibt Lücken in den Zäunen.« Warum der Vorsteher lächelte, während er von sterbenden Tieren sprach, wusste Robert nicht. Und er fragte sich, woher der Alte die Information hatte. Schließlich konnte man ein versunkenes Tier nicht mehr sehen und sicherlich stellte sich der Bahnhofsvorsteher nicht neben einen Hasen oder ein Reh, um zu warten, bis das Geschöpf vollständig in einem Loch verschwand.

Auf dem Bahnsteig lag eine halb gerauchte Zigarette. Der Mann bückte sich und griff wie in Zeitlupe nach dem Stumpen. Nachdem er eine gefühlte Ewigkeit brauchte, um sich wieder aufzurichten, zog er aus seiner ausgebeulten Cordhose eine Schachtel Streichhölzer hervor. »Geht. Kann man rauchen«, sagte er, entblößte beim Grinsen sein braunverfärbtes Gebiss und steckte den Filter in den Mund. »Komm, wir setzen uns auf die Bank vorne am Bahnsteig. Und nenn mich Nob. Das machen alle.«

Mit zitternder Hand hielt Nob ein Streichholz an die Zigarettenspitze und zog schmatzend am Stumpen. Der Tabak knisterte und die Flamme des Zündholzes berührte seine Finger, als in Nobs Mundwinkel endlich ein erster Rauchfaden erschien.

»Nob?«, fragte Robert, denn ihm fiel kein Name ein, den man so abgekürzte.

»Eigentlich heiße ich Nobortius, aber Nob klingt besser«, sagte er, während der Qualm aus seinem Mund drang. Jetzt wusste Robert, warum ihm die Bezeichnung Nob seltsam vorkam. Dennoch fand er, dass der vollständige Name besser klang – obwohl Robert direkt vergessen hatte, wie man ihn richtig aussprach.

»Es wird deinem Onkel das Herz brechen, wenn er deine Fußspuren an einem Moorloch findet und du darin versunken bist. Oder bist du bereits im Ödland gewesen?« Das war die Erklärung für die toten Tiere, denn der Bahnhofsvorsteher konnte Fährten lesen und wusste auf diese Weise, welche armen Geschöpfe im Moor verendeten.

»Sie haben mir bei meiner Ankunft gesagt, dass es Dinge in Loch gibt, über die niemand spricht. Ich wollte mir davon ein eigenes Bild machen.« Was hatte Robert zu verlieren? Der Kerl war alt und bestimmt verrückt – wenn das nicht aufs Selbe hinauskam. Im Ort belächelte man ihn. Es barg kein Risiko, ihm mehr zu erzählen. »Was ist dort draußen im Moor?« Robert wippte mit seinen Schuhen unruhig auf und ab.

»Richtig, die Geheimnisse! Das erzähle ich jedem, der neu am Bahnhof ankommt. Oft bringen mir die Besucher später ein Päckchen Tabak vorbei, weil ich ihnen davon berichten soll.« Nob lachte und hustete gleichzeitig. Zumindest hörte sich das so an.

Seit dem ersten Zug von seiner Zigarette wirkte Nob verwirrter als vorher. Das lag mit Sicherheit an den vielen Jahren, in denen er Teer, Nikotin und das andere giftige Zeug freiwillig in sich aufgenommen hatte. Seine Nerven drehten durch, wenn er rauchte. Oder es lag an Loch. Hier verlor jeder im Laufe der Jahre den Verstand. Oder die Mischung war der Schlüssel dafür: Wer rauchte und in Loch lebte, der musste um seine geistige Gesundheit fürchten. Robert hatte kein Interesse daran, die Antwort selbst herauszufinden.

»Also gibt es nichts Ungewöhnliches über Loch zu berichten? Sie haben mir doch gesagt, dass man im Nebel besser die Augen schließen soll.«

»Ja. Diese Dinge sage ich oft, Junge. Wie heißt du noch gleich? Ist zu lange her, dass mir dein Onkel das gesagt hat.« Nachdem Robert auf die Frage geantwortet hatte, nahm Nob einen letzten Atemzug von seiner Zigarette, hustete erneut und stand auf. Besser gesagt versuchte er es, schaffte es jedoch nicht, die Bank zu verlassen. Nach zwei missglückten Anläufen gab er auf. Wie Nob vor einer Woche überhaupt seinen Koffer hatte tragen können, war Robert unbegreiflich.

»Als ich dein Alter hatte, gab es einen Vorfall. Damals ging ich mit einem Freund ins Moor. Als Nebel aufkam, hielten wir uns an den Händen, um den jeweils anderen nicht zu verlieren. Es müssen Stunden gewesen sein, die wir in der Suppe verbrachten. Irgendwann hat man das Gefühl, nicht mehr allein zu sein. Es ist, als würden einen Schatten begleiten, die etwas bewachen.« Der Alte holte tief Luft und betrachtete starr die Gleise. Es wirkte, als würde er träumen.

»Die Schatten kenne ich!« Robert wischte mit seinen Sohlen über den Boden. Er überlegte, ob Nob diese seltsame Stadt kannte und inzwischen zweifelte Robert sogar daran, ob er sie überhaupt wirklich besucht hatte. Die Theorie mit den Moorgasen kam ihm inzwischen schlüssig vor und wenn er an gestern und die Fülle an Ereignissen dachte, wirkten ausschließlich Tinjas Küsse echt. Sie überdeckten alles andere. Bis in Roberts Träume waren sie gelangt, doch allmählich drängte seine Erinnerung an Negola zurück in seinen Verstand. Genau genommen war ihre Kleidung der einzige Grund dafür, dass Robert die Geschichte nicht als Einbildung abhaken konnte. Denn die Erklärung, mit einer Moorleiche das Outfit getauscht zu haben, kam ihm im Vergleich zu seinen Erlebnissen in der fremden Stadt Nofra inzwischen sogar noch viel unwahrscheinlicher vor.

»Viele sehen die Schatten! Unsere Augen sind daran schuld. Irgendwann entstehen diese Eindrücke im Nebel automatisch. Zumindest glauben das die Leute hier – eine andere Erklärung würde sie erschrecken.«

»Und was denken Sie darüber? Welche Erfahrung haben Sie damals gemacht?«

»Du meinst, was ich als Junge erlebte? Weißt du, mein Freund und ich haben die Schatten stärker als an normalen Tagen gesehen. Eigentlich waren es vielmehr Schemen. Sie sahen wie echte Menschen aus. So ist das sonst nicht!« Ein weiteres Mal versuchte Nob, sich aus seiner Sitzposition zu befreien und Robert fragte sich, ob der Bahnhofsvorsteher nachts im Stehen schlief, damit er morgens ohne fremde Hilfe den Schlafbereich verlassen konnte.

Robert stand vor Nob und bot ihm seine Hand an.

»Das ist sehr aufmerksam, Junge! Aber ich muss das alleine schaffen!«

»Ist noch mehr geschehen, damals im Moor?« Ein Geräusch gelangte aus der Ferne zu ihnen. Es klang wie eine Sirene. Ein Zug näherte sich.

»Im Nebel? Damals habe ich Glück gehabt, denn andernfalls könnte ich nicht hier sitzen! Mein Freund hingegen … er hat irgendwie seinen Verstand verloren. Du gehst besser niemals ins Moor! Falls du es nicht vermeiden kannst, halte unbedingt deine Augen geschlossen! Wenn du mich fragst, hält der Nebel die Seele von jedem Menschen fest, der jemals im Moor verunglückt ist. Oft stammen sie von Personen, die aus bestimmten Gründen durch das Sumpfgebiet schleichen wollten. Und diesen Schatten begegnet man lieber nicht!« Nobs Warnung klang für Robert wie eine Geschichte, die man Kindern erzählt, um sie vor Gefahren zu schützen.

Der Zug erreichte den Bahnhof, bremste ab und der Lokführer öffnete das Seitenfenster. Nob schüttelte seinen Kopf. Robert hatte den Eindruck, als sei der Bahnbedienstete glücklich, nicht in Loch anhalten zu müssen.

Die vorbeifahrenden Waggons erzeugten einen Windstoß, der die Arbeit von Nob zunichtemachte. Staub wirbelte auf und glich dabei Nebel. Wie ein Tänzer wehte der Kehricht in der Luft am Zug entlang – so als wollte er einsteigen. Selbst der Dreck hielt es in dem Kaff nicht mehr aus.

»Ich werde darauf achten. Warten Sie, ich helfe Ihnen wieder auf die Beine!« Robert wollte aufbrechen, hatte genug erfahren. Für ihn stand fest, dass er unbedingt zurück ins Moor musste.

»Ist gut, Junge. Lass mich hier sitzen. Ich brauche eine längere Pause, bis ich den Bahnhof zu Ende fegen kann.« Auf diese Weise besaß Nob zumindest den kompletten Tag lang eine Beschäftigung. Schließlich kamen regelmäßig Züge und sorgten für Wind. »Komm morgen wieder. Dann plaudere ich mit dir etwas mehr über diesen Ort. Ich kenne Geschichten, die inzwischen in Vergessenheit geraten sind.« Der Alte spielte mit dem erloschenen Zigarettenstumpen in seiner Hand und sprach mehr mit dem Filter als zu Robert.

»Soll ich Ihnen beim nächsten Mal Tabak mitbringen?« Robert wollte unbedingt mehr herausfinden.

»Du bist ein guter Junge. Wie ist noch einmal dein Name?« Wenn sich Nob das nicht merken konnte, wie wusste er dann etwas von früher? Ob er ihm die Wahrheit oder eine seiner Touristengeschichten aufgetischt hatte, blieb ungewiss. Robert verließ den Bahnhof.

Zugleich hatte er immer noch keine Ahnung, wie er Tinja am besten gegenübertrat. War es das nun? Befand sich Robert seit gestern auf dem Weg, erwachsen zu werden? Wenn das so sein sollte, musste er wie ein Mann und nicht wie ein Junge handeln!

Die Sonne schien; es gab heute keinen Nebel. Robert wollte seine neue Rolle – die eines Erwachsenen – annehmen. Also ging er nicht zurück zu Tinja, sondern stoppte auf der Hälfte der Strecke, um über den Wall neben der Straße zu steigen und auf direktem Weg ins Moor zu gelangen. Genau auf diese Art handelte ein Mann: Er wich den Dingen – oder genau genommen Tinja – aus. Sein Vater hatte sich schon viel zu oft so verhalten. Damit war er für Robert wohl ein stärkeres Vorbild gewesen, als er es sich selbst gewünscht hätte.

Der Pfad, auf dem er ging, führte durch Heidekraut und direkt an Moorlöchern vorbei. Warum er am Vortag nicht längst in eine dieser düsteren Pforten zur Hölle gestürzt war, konnte sich Robert jetzt nicht erklären. Eigentlich lauerten in der Gegend hier viele solcher Gefahren. Sobald man den Weg verließ, konnte es für Hilfe zu spät sein.

Die umliegenden Hügel, die das Moor eingrenzten, waren in zu weiter Ferne. Robert zweifelte, ob er gestern überhaupt bis dorthin gekommen sein konnte. Andererseits musste genau das der Fall sein und wahrscheinlich befand sich dort irgendwo ein schmaler Wanderweg, der auf die obere Ebene führte. Wenn Nob sein gesamtes Leben in Loch verbracht hatte, kannte er möglicherweise gar nicht sämtliche Ortschaften um sich herum. Oder …

Robert hatte eine Idee, die ihm so verrückt vorkam, dass sie durchaus zutreffen konnte. Er hatte mal in einem Making-of gesehen, dass Filmfirmen für große Projekte komplette Städte aufbauten und sich die Schauspieler darin auf einen Dreh vorbereiteten, indem sie vollkommen in ihre Rolle schlüpften. Vielleicht begann in den nächsten Tagen eine Kinoproduktion und Robert war mitten in die Proben hineingeplatzt. Dann musste die Filmkulisse nach wie vor an derselben Stelle sein und er hätte somit etwas Spannendes entdeckt, das er Tinja zeigen könnte – aber wollte er das überhaupt? Wenn er ehrlich war, wusste er es nicht. In absehbarer Zeit würde Robert in den Zug steigen, zurück zu seinem Vater reisen und wieder seine Mutter besuchen. Spätestens dann musste der Kontakt zu Tinja sowieso enden. Man fuhr von seinem Zuhause in Hamburg über drei Stunden bis nach Loch und brauchte zusätzlich gute Argumente, wenn man im Zug den Schaffner dazu bringen wollte, dort zu stoppen. Wie konnte auf diese Weise eine Freundschaft halten? Andererseits wäre sein Vater froh darüber, wenn Robert freitags nach der Schule direkt zum Bahnhof fuhr und erst am Sonntag zurückkehrte. So konnte er seinem Beruf nachgehen, im Fotoatelier arbeiten und anfangen, eine andere Frau zu treffen. Vielleicht geschah das längst und Robert wusste nichts davon.

Ohne Nebel schienen ungewöhnlich viele Mücken in der Luft zu schwirren. Roberts lange Hose stellte für sie kein Hindernis dar. Diese Blutsauger hatten es bisher zweimal geschafft, ihn zu stechen und dabei wanderte er erst seit fünf Minuten in Richtung Hügelkette. Der Abstand dorthin wirkte unverändert weit und Robert zweifelte inzwischen daran, dass er auf dem richtigen Weg wanderte. Es gab die Möglichkeit, zurückzugehen und mit Theo über die eigentümliche Stadt zu sprechen. Allerdings bestand zugleich die Gefahr, dass sein Onkel mit ihm ins Krankenhaus fuhr, um seinen Geisteszustand untersuchen zu lassen. Im Fernsehen hatte Robert einmal einen Bericht über Menschen gesehen, die an einem Gehirntumor litten. Manche von ihnen hatten Wahnvorstellungen und Veränderungen der Persönlichkeit. Aber konnte das die Erklärung für alles sein?

Es half nichts. Robert musste die Stadt ein weiteres Mal finden und dort mit Negola sprechen. Er brauchte unbedingt Antworten, wobei er ihr an sich nur eine einzige Frage stellen wollte: Meint ihr alle das hier, verdammt noch einmal, ernst?

Die Mückenstiche nahmen zu und allmählich leuchtete Robert ein, dass er heute keinen Erfolg haben würde. Es war sogar denkbar, dass er niemals wieder zu diesem Ort zurückkehren konnte. Beim nächsten Angriff der Blutsauger wollte er die Suche abbrechen! Der Gedanke war kaum zu Ende gedacht, da schaffte es eine Stechmücke, durch seine Schuhe zu dringen. Robert gab auf und verließ das Heideland mit gesenktem Kopf.

Auf der Straße und in den Nebengassen entstand Leben. Die Stände öffneten, Stimmen sprachen durcheinander und das Bild erinnerte Robert an das Treiben in Nofra.

»Tom ist sauer auf uns!« Wie aus dem Nichts tauchte Tinja neben ihm auf, begleitet von Rüpel.

»Wer ist Tom?« Robert konnte keinen klaren Gedanken fassen. Mit Tinja hatte er nicht gerechnet und vergaß völlig, sie zu begrüßen.

»Er hat uns gestern den Wein ausgegeben, den du ja höchstens bis zur Hälfte leer getrunken hast.« Tinja sah aus, als sei sie erst vor einigen Minuten aufgestanden. Ihre Haare waren durcheinander und die Haut glänzte. Genau das gefiel Robert. In seiner Wohngegend verließen die Mädchen spätestens mit zwölf Jahren nicht mehr ungeschminkt das Haus. Meistens fing es mit den Fingernägeln an, später kamen die Augen hinzu und inzwischen sahen seine Mitschülerinnen gestylter aus als die Lehrerinnen – obwohl das genau betrachtet nicht schwierig war. Besonders für seine Religionslehrerin kam es offensichtlich Gotteslästerung gleich, die Krone der Schöpfung mit ein paar Pinselstrichen zu verschönern. Allerdings vergaß sie dabei vollkommen, einmal genauer in den Spiegel zu sehen. Das war auch besser so, damit sie nicht plötzlich ihren Glauben verlor. Für Tinja stellte sich diese Frage nicht. Bei ihr hatte der alte Herr auf seiner Wolke alles richtig gemacht. Genau das verunsicherte Robert. Er kannte es nicht, dass sich ein Mädchen wie sie für ihn interessierte. Er sollte ernsthaft darüber nachdenken, eine Jahreskarte von Hamburg nach Loch zu kaufen.

»Richtig. Tom! Der wird uns heute bestimmt nicht mehr bedienen.«

»Zumindest dich nicht«, lachte Tinja und wurde sogleich wieder ernst. »Meine Mum möchte dich bei uns zum Abendessen einladen. Ich musste ihr erklären, warum Theos Hund in meinem Zimmer geschlafen hat. Jetzt will sie dich kennenlernen.«

»Oh. Du hast ihr alles erzählt?« Robert merkte, wie sein gesamtes Blut in seine Beine strömte. Sein Körper machte sich bereit für die Flucht.

»Ich habe ihr gesagt, dass wir zusammen Musik gehört haben. Findest du, dass ich sonst noch etwas Wichtiges vergessen habe?«

»Sag ihr am besten noch, dass ich …« Robert hoffte, die Situation mit einem Witz aufzulockern, doch ihm fiel keiner ein – und das erzeugte noch mehr Spannung.

»Am besten kommst du zu uns und sagst es ihr selbst, Robert. Sie lässt auf keinen Fall locker, bis sie dich ausgequetscht hat. Und bei uns zu Hause ist das angenehmer als draußen auf der Straße.« Tinja drückte ihm die Hundeleine in die Hand. Rüpel blieb dicht an ihren Beinen stehen, wollte bei ihr bleiben.

»Hat sie das mit Tom ebenfalls gemacht?«

»Nein. Zum Glück nicht!« Energisch schüttelte Tinja ihre Haare und verströmte einen süßen Duft, der ihn an Negola erinnerte. Warum dachte er ausgerechnet jetzt an sie? Das war Tinja gegenüber nicht fair. Andererseits war zwischen ihm und Negola nichts geschehen. Dennoch wirkte sie ausgerechnet jetzt, als dieses blumige Aroma ihn umschwebte, in seinen Gedanken auf eine Weise real, als würde sie direkt vor ihm stehen. Konnte es sein, dass Tinja und sie dasselbe Parfüm verwendeten? Gleichzeitig zweifelte er daran und versuchte seine Erinnerung an Negola zu verdrängen.

»Wie viel Uhr soll ich bei euch sein?« Er gab sich geschlagen und ging auf ihre Forderung ein. So gewann er ein paar Stunden. Vielleicht konnte er bis dahin einige seiner offenen Fragen beantworten. Bei Theo standen alte Bücher im Wohnzimmerregal. Mit viel Glück gab es von Nobs Chronik über Loch ein paar weitere Exemplare und Robert konnte darin lesen, ohne zurück zum Bahnhof zu müssen. Er wollte alles von der Legende erfahren, die sein Onkel erwähnt hatte. Es war schließlich denkbar, dass andere vor ihm seltsame Erlebnisse im Moor hatten. Ihre Berichte konnten Robert dabei helfen, nicht mehr an seinem Verstand zu zweifeln. Das Gespräch mit dem seltsamen Bahnhofsvorsteher hatte ihm nichts gebracht.

»Wir essen um achtzehn Uhr. Und bring bitte keine Blumen mit! Auf die Idee ist Tom letztens gekommen und das war echt peinlich! Versuch am besten gar nicht erst, dich bei meiner Mum einzuschleimen!« Mit ihrer Hand verdeckte Tinja die Augen und schüttelte gleichzeitig den Kopf. Abermals gelang das betörende Aroma aus ihrem Haar zu Robert. Es war Zeit, sich zu verabschieden.

»Moment! Hast du nicht eben gesagt, dass Tom noch nie bei euch gegessen hat?«

»Er hat uns zwar besucht, aber da war nur mein Dad zu Hause. Meine Mum musste weg, weil eine Kuh oder ein Schaf Probleme hatte. Sie ist Tierärztin und wird oft abends angerufen. Und dann hat Tom meinem Dad die Blumen gegeben, die er eigentlich meiner Mum schenken wollte.« Tinja gluckste.

»Das war aber … nett von ihm.« Robert musste grinsen, allerdings hatte er keine Ahnung, wie er sich in Toms Situation verhalten hätte.

»Mein Dad hat Tom gefragt, warum er nicht mir die Blumen überreicht hat. Schließlich wolle er ja auch nicht mit ihm Händchen halten.«

»Damit hat dein Vater auf jeden Fall recht.«

»Der meinte das eher lustig, aber Tom hat das ganze Essen über nicht mehr als ein paar knappe Sätze über die Lippen gebracht. Schließlich habe ich mit meinem Dad gequatscht. Tom hat dabei geschwiegen und manchmal genickt. Beim Essen hat er sich außerdem total vollgekleckert, weil seine Hände wie bescheuert gezittert haben. Mein Dad hat ihm mit der Serviette den Pullover sauber gerieben. O Mann! Voll peinlich. Das kannst du dir nicht vorstellen.«

Roberts Anspannung legte sich. Tinjas Vater schien Humor zu haben und ihre Mutter hatte studiert. Es bestand Hoffnung, dass ihre Eltern keine spießigen Dorfbewohner waren. Und er musste keine Blumen kaufen – obwohl das jetzt sogar ziemlich witzig sein konnte.

Es kostete etwas Überzeugung, Rüpel von Tinja zu trennen und letztlich entschied Robert, ihn zu tragen. Jetzt hockte Rüpel in der Wohnung vor der Haustür und winselte ab und an.

Im Wohnzimmer stand ein antikes Regal, das bis knapp unter die Decke reichte. Es war vollgestopft mit Büchern und Zeitschriften. Mit dem Finger glitt Robert an den Titeln entlang und las sie durch. Dabei glaubte er noch immer, den Duft von Tinja und zugleich von Negola wahrnehmen zu können. Es kam ihm vor, als würden sie neben ihm stehen und dabei zusehen, wie er nach einem bestimmten Buch suchte.

Manche Einbände bestanden aus Leder und fühlten sich brüchig an. Wie wahrscheinlich war es, dass Robert hier etwas Schriftliches über Loch fand? Nob hatte seine Chronik sicher selbst zusammengeschustert und in einer lächerlich limitierten Auflage herausgegeben. Eine Weile stand Robert vor dem Regal und starrte darauf. Er fand nichts, das ihm dabei helfen konnte, seine Begegnung mit Negola zu begreifen. Weil Rüpel nicht aufhörte, vor der Tür zu winseln, verließ Robert das Regal und ging zu dem Hund. Auf seinem Weg zur Diele blieb sein Blick an der Wand haften. An einem Holzbalken hing eine Schwarz-Weiß-Fotografie. Zwar kannte Robert das Bild, doch wirkte es jetzt wie ein Magnet auf ihn. Eigentlich zeigte es nichts Besonderes. Die

Aufnahme enthielt einen Straßenzug mit Fachwerkhäusern und bisher dachte Robert, dass sie aus Loch stammte. Fotos wie dieses hingen überall in der Wohnung. Kaum eins war eingerahmt. Sein Onkel hatte ihm erzählt, dass die Abzüge von seinem Vater stammten. Schon als Junge hatte er sich für die Fotografie interessiert und verbrachte damals die Nachmittage und Wochenenden in einem eigenen Labor.

Noch immer starrte Robert auf das Motiv. Es lag weniger an den Häusern als daran, was sich auf ihnen befand. Da die Fassaden in Loch zahlreiche Verzierungen aufwiesen und dieses Bild zwischen all den anderen verborgen war, hatte Robert es bisher nur oberflächlich betrachtet. Der Drache sah aus wie eines der Geschöpfe, das er in der fremden Stadt an einer Hauswand gesehen hatte. An einer anderen Stelle entdeckte Robert auf der Fotografie ein Einhorn und realisierte, Häuser aus Nofra hier im Wohnzimmer seines Onkels zu sehen.

Die Darstellung elektrisierte ihn, bis er eine Idee bekam. Vielleicht stammte die Aufnahme von einem vollkommen anderen Ort – weit weg von Loch – und Robert kannte das Bild unterbewusst. Wenn das der Fall war, hatte er sich alles bloß eingebildet. Er war im Moor ohnmächtig geworden und sein Treffen mit Negola und die Auseinandersetzung mit Rungars Schergen entstammten seiner Fantasie.

9

Es fühlte sich wie eine Ewigkeit an, bis abermals dichter Nebel die Stadt einhüllte. Inzwischen waren die Spuren des Schweinemarktes verschwunden. Theos Erzählung trieb Robert dazu, genau jetzt das Moor zu betreten, obwohl die Gefahr greifbar war, dass man dort zuerst die Orientierung und dann das Leben verlor.

Dieses Mal begleitete ihn Rüpel nicht. Die Straße war menschenleer und die Schwaden hüllten Robert ein. Auf seinem Weg zum Moor blieb Robert an einer Stelle stehen. Bei Tinja brannte Licht im Zimmer und er hätte ihr bloß schreiben müssen: Stehe vor deinem Fenster.

Oder: Der Nebel zieht mir die Wärme aus dem Körper. Darf ich zu dir kommen?

Vielleicht auch: Kommst du mit ins Moor? Ich glaube an eine Geisterstadt und setze dafür mein Leben aufs Spiel!

Sie hatte ihm in den letzten Stunden sogar Nachrichten geschickt, aber die waren anders gewesen. Darin ging es meistens um Situationen, die das gemeinsame Abendessen mit ihren Eltern betrafen.

Das Display beschlug durch die Luftfeuchtigkeit. Mit seinem Daumen wischte Robert die Wassertropfen fort. Bevor er tiefer ins Moor ging, wollte er Tinja eine Nachricht zukommen lassen. Davor las er noch mal alles durch, was sie sich gegenseitig geschrieben hatten:

Tinja: Na? Wie geht's?
Robert: Super! Was haben deine Eltern gesagt?
Tinja: Mein Dad hat voll gute Laune. Das war eine coole Idee! :-)))
Robert: Was sagt deine Mutter?
Tinja: Sie findet dich kreativ. Wie bist du darauf gekommen?

Robert: Den Einfall mit den Blumen hatte ja schon jemand. Da blieb nicht mehr viel übrig. ;-)
Tinja: Sieht irgendwie krass eklig aus. Spinner!!! :-O
Robert: Ist halt eher etwas für Männer! :-D
Tinja: Sehen wir uns morgen?
Robert: Ja.

Hier endete die Unterhaltung mit Tinja. Und er hatte tatsächlich »Ja.« geschrieben! Ein »Ich freue mich!« oder »Kann es kaum erwarten!!!« wäre angemessen gewesen. Er spielte hingegen den abgeklärten Cowboy. Was Tinja wohl dabei dachte? Seither schwieg sie und Robert fühlte sich mit jeder Stunde unsicherer. Ob Tinja seine Reaktion zu cool fand? Zumindest das Geschenk für ihre Eltern war ein voller Erfolg gewesen. Nachdem Tinjas Vater zunächst mit offenem Mund vor Robert stand, musste er über den Strauß aus Wurst lachen. Robert hatte von seinem Onkel dafür selbst gemachte Salami, Pfefferbeißer und andere Zutaten erhalten. Theo hatte Robert auch den Tipp dafür gegeben. Schließlich kannte er Tinjas Eltern gut genug und wusste, dass sie diese Lebensmittel oft in seinem Laden kaufen. Ab diesem Zeitpunkt verlief das Abendessen ziemlich normal. Danach durften sie Musik in Tinjas Zimmer hören. Ihre Eltern hielten sich im Raum daneben auf. Dieses Mal geschah nichts weiter zwischen ihm und Tinja. Auch die Songs waren anders. Sie ließen das neue Livekonzert eines bekannten DJs laufen und schwiegen dabei.

Jetzt stand er mitten im Nebel, tippte Wörter ein und löschte sie sogleich wieder. Ob Tinja sauer war? Oder hatten ihre Eltern verboten, dass sie sich weiter mit ihm treffen durfte?

Robert: Hast du heute Zeit?
gelöscht

Robert: Wollen wir uns treffen?
gelöscht

Robert: Bin auf dem Weg in eine andere Stadt. Hole mir dort meine Kleidung zurück. Habe sie bei Negola im Zimmer vergessen.

Jedes Wort stimmte. Genau das, was Robert in sein Handy schrieb, war seine Absicht. Ein Geräusch hielt ihn davon ab, den letzten Text zu entfernen. Glockenschläge wurden über das Moor zu ihm getragen. Der Takt klang unregelmäßig – als würden sie von Hand geschlagen. Direkt beim ersten Ton sah Robert ein Bild vor Augen, denn es musste dieselbe Glocke sein, die er beim letzten Mal wahrgenommen hatte.

Es war Zeit aufzubrechen und jetzt wusste Robert, was er Tinja schreiben konnte. Er löschte den Text und schrieb neu: Muss etwas herausfinden. Wenn ich zurück bin, würde ich gerne die Musik vom ersten Abend mit dir hören.

senden

Als Robert das Handy in seine Tasche stecken wollte, gab es einen Signalton von sich.

Tinja schrieb: Ja. ;-)

Es war der Smiley in ihrer Antwort, der es schaffte, dass Robert den Rücken durchstreckte und den ersten Schritt ins Moor tat. Während er darauf achtete, den Pfad nicht zu verlassen, dachte er an den Rat von Nob: Augen zu! Aber Robert ignorierte zunächst die Warnung.

Der Nebel nahm zu und erneut entstand der Eindruck, dass Schatten darin lauerten. Hatte Nob recht mit seiner Warnung? Umkreisten ihn verlorene Seelen? Bald schon könnte Robert zu ihnen gehören.

Der Drang, die Augen vor dem zu verschließen, was um ihn herum geschah, siegte und das unregelmäßige Schlagen der Glocke wurde lauter. Irgendwann dachte er gar nicht mehr darüber nach, wohin er seine Füße setzen musste, vergaß die Zeit. Zugleich fühlte Robert, dass ihn etwas begleitete. Nebelfinger strichen durch sein Haar, berührten den Nacken und hinterließen Wassertropfen.

Halte die Augen geschlossen!

Die Schatten wollten ihn vom Weg abbringen. Ihre Versuche nahmen zu und der Dunst tränkte seine Kleidung.

Und plötzlich war alles vorbei. Robert bemerkte die Sonne auf seinem Gesicht. Sie blendete ihn, als er die Augen öffnete. Es dauerte eine Weile, bis Robert den Weg erkannte, den er beim letzten Mal nach Nofra gegangen war. Nach ein paar Schritten tauchte die Mauer auf und er sah das Stadttor. Das Moor lag hinter ihm. Nur sein nasses Äußeres erinnerte an die Attacken im Nebel.

Am Tor strich Robert mit seinen Fingern über den Lehmboden. Das war niemals eine Einbildung, die irgendwelche Sumpfgase erzeugten! Er stand wieder an der Pforte, die groß genug war, dass mehrere Pferde nebeneinander hindurchpassten. Und genau das geschah gerade! Vier Reiter stürmten auf ihn zu. Sie trugen dieselbe Rüstung, die er vom ersten Besuch kannte. Nur dieses Mal war er selbst nicht verkleidet, trug einen Kapuzenpullover und Jeans.

»Wenn hier kein Mittelalterfilm gedreht wird, habe ich jetzt ein massives Problem!« Während Robert das zu sich selbst sagte, kam ihm eine Idee. Er zog sein Handy hervor und aktivierte seine Kamera. Dabei fiel ihm auf, dass er keinen Empfang hatte.

Die Reiter beschleunigten, als würden sie aus der Stadt flüchten und dabei jedes Hindernis achtlos überrennen wollen. Hatten sie ihn überhaupt nicht erkannt? Robert stand seitlich am Tor und die Reiter trugen einen Helm mit einem Visier. Ihre Sicht musste eingeschränkt sein und so übersah ihn die Horde möglicherweise.

Hätte Robert daran gedacht, die Kleidung zu wechseln, bevor er zu Negola aufgebrochen war, wäre mit Sicherheit nichts weiter geschehen. Die Reiter passierten ihn und er atmete auf, als plötzlich ein Soldat die Zügel anzog und sein Pferd zu einer Wendung zwang. Die Begleiter folgten dem Beispiel und wirbelten Staub auf, der zu Robert wehte. Er brannte in seinen Augen. Eine Stimme drang zu ihm. Sie klang, als würde jemand in einen Eimer brüllen.

»Was ist dein Begehr?« Das musste der Anführer sein, denn die anderen stiegen ab und stellten sich vor Robert auf. Er blieb in seinem Sattel sitzen und sprach als Einziger mit ihm.

»Ich möchte jemanden besuchen.« Durch Negola wusste er, dass man Rungars Schergen nicht direkt ansehen durfte. Während Robert seinen Kopf gesenkt hielt und auf eine Reaktion wartete, bemerkte er nicht, wie der Reiter seine rechte Hand hob. Sie kreiste in der Luft. Die Begleiter strafften ihre Schultern und wussten direkt, was er von ihnen erwartete. Sie wagten es nicht, den Befehl zu verweigern. Robert bemerkte, dass etwas um ihn herum geschah, hörte, wie sich die Rüstungen bewegten. Er überlegte zurückzulaufen. Zurück in den Nebel. Es war zu spät und das wusste er.

10

»Warum störst du mich beim Seelenspiel?« Der Reiter nahm seinen Helm ab und kniete vor ihm – Rungar – nieder. Jeder wusste, dass man sein Leben riskierte, wenn man Rungar verärgerte. Er sah nicht auf, betrachtete seine Figuren und tippte mit dem Finger auf einen Drachen, der aus Zinn gegossen war. Ein Diener setzte ihn drei Spielfelder nach vorn. Jetzt war er selbst am Zug. *Wenn du absichtlich verlierst, hast du deine letzte Partie gespielt!*, dachte Rungar. Er verlangte von seinen Gegnern, dass sie ihm die Stirn boten.

Rungar sah, dass der Diener schwitzte. An seinem weißen Leinenhemd hatten sich nasse Flecken gebildet. Er zögerte.

Die Kohlen unter dem Tisch glühten und erhitzten einundzwanzig der insgesamt siebzig Felder. Wer seine Figur zu lange auf einem heißen Feld stehen ließ, musste dabei zusehen, wie sie allmählich schmolz und als silberfarbenes Rinnsal in den Fugen verschwand.

Der Raum war höher als zwei Zimmer und an der Steinwand hingen Ölgemälde mit Jagd- und Kampfszenen darauf. Bei einem Bild rissen Hunde ein Reh. Ein anderes Kunstwerk zeigte zwei Ritter, die ihre Schwerter gegeneinanderschlugen. Aus dem offenen Kamin drang ein rötlicher Lichtschein und unterstrich die Atmosphäre auf den Gemälden.

Der Reiter räusperte sich und sprach erneut zu seinem Gebieter. »Jenen Eindringling haben wir am Tor entdeckt.« Noch immer blickte Rungar auf das Spielfeld. Sein graues Haar reichte bis zu seinen Schultern. Im Gegensatz zu den Masken, die seine Untergebenen trugen, klaffte unter dem linken Auge eine Wunde auf. Sie bestand aus drei parallelen Schnitten. Aus ihnen war Blut gelaufen. Es haftete auf der Wange und war noch nicht vollständig geronnen.

»Woher kommt er?« Rungar achtete ausschließlich auf das Spiel.

»Wir haben ihn nicht danach gefragt. Und nun … er wird nicht antworten können.« Ein Soldat, der in der Ecke stand und eine Lanze in seiner Faust hielt, lachte. Erst jetzt sah Rungar, dass dort jemand leblos auf dem Boden lag.

»Warum trägt er jene fremdartige Kleidung?« Mit einem weiteren Fingerzeig schickte Rungar einen Magier von seinem Feld nach vorne und schaffte es damit, den Gegner auf einem heißen Feld zu blockieren. »Wir unterbrechen das Spiel.« Rungar stand auf und schritt zu dem Reiter. »Erzähle mir mehr! Wer ist der Fremdling?«

»Wir haben ihn am Tor gefunden und direkt zu euch gebracht.« Der Reiter hob seinen Kopf und stand auf.

»Und was soll ich mit ihm anfangen? Warum habt ihr ihn nicht auf der Stelle beseitigt?« Rungar stemmte seine Hände gegen die Hüfte.

»Er hat etwas bei sich gehabt.« Der Reiter zog einen Gegenstand aus einem Lederbeutel und reichte ihn Rungar. »Wenn man darauf drückt, leuchtet die schwarze Seite.«

»Ist es eine Waffe?« Rungar untersuchte das Gerät, während das Display leuchtete.

Noch nie zuvor hatte Robert solche Kopfschmerzen gehabt. Er lag auf einem Steinboden. Die Kälte daraus tat ihm gut. Sie dämpfte das Dröhnen in seinem Schädel etwas. Über sich hörte er Männerstimmen. Allmählich erinnerte er sich. Am Stadttor hatten die drei maskierten Männer mit ihren Schwertgriffen gleichzeitig auf ihn eingeschlagen. »O Mann! Wäre ich nur in Loch geblieben. Bei Tinja.« Robert versuchte, sich aufzurichten, sackte jedoch sofort in sich zusammen.

»Was sagt er da?« Robert konnte noch nicht klar sehen und erkannte schemenhaft einen Mann mit grauen Haaren, der die Frage gestellt hatte.

»Warum sprechen Sie nicht direkt mit mir?« Robert presste den Satz heraus.

»Das tue ich! Und zwar zum letzten Mal! Was er sagt, möchte ich wissen!«

»Los! Antworte Rungar!«, fügte ein anderer Mann an. Es war einer der Reiter, wie Robert erkannte. Der Mann holte aus und trat in Roberts Magen. Er krümmte sich.

»Ich will zurück nach Loch. Was soll das alles? Wo bin ich hier?«, stöhnte er.

»Er wiederholt es! Aus Loch kommt er? Helft ihm auf die Beine! Wir haben einen hohen Gast bei uns!« Arme griffen unter Roberts Schultern, zogen ihn nach oben, stützten ihn. Schließlich fand er sich an einem Tisch wieder.

»Gießt ihm Wein ein! Ich bin Rungar und heiße dich in Nofra willkommen.« Ein Lächeln umspielte seinen Mund.

Robert stellte sich ebenfalls vor.

Mit einem Kopfnicken deutete Rungar auf eine Karaffe, die vor ihm stand. »Für das Verhalten meiner Männer entschuldige ich mich. Trink einen großen Schluck! Sodann kehrt die Farbe in dein Gesicht zurück«, sagte er, prostete Robert zu und gab ihm sogar sein Handy zurück.

Einmal war Sven, ein Mitschüler von Robert, auf die Idee gekommen, heimlich Schnaps in eine Colaflasche zu kippen – wobei die Mischung viel zu gering war, um einen Effekt zu erzeugen. Dennoch hatten sich einige Jungs in die Vorstellung hineingesteigert, besoffen zu sein. In den nachfolgenden Unterrichtsstunden waren drei Schüler aus dem Klassenraum geschmissen worden. Vor der Klassenfahrt am Ende der Mittelstufe hatte Sven dann den Geistesblitz bekommen, ein paar Tage früher mit dem Zug zum Schullandheim zu fahren und dort im Kaminholzlager eine Flasche Wodka zu verstecken. Als er am ersten Abend aus dem Fenster klettern wollte, um den Alkohol ins Zimmer zu schmuggeln, verriet ihn der Hund der Herbergseltern durch sein Bellen. Direkt am nächsten Morgen musste Sven nach Hause fahren. Mit ihm verschwand die Hoffnung, beim Disco-Abend ohne schweißnasse Hände mit den Mädchen zu tanzen.

Der Abschlussabend war dann vollkommen anders verlaufen als erwartet. Zunächst frisierten und schminkten sich die Mädchen stundenlang und zogen saubere Kleidung an. Das Verhalten führte bei den Jungs dazu, für diesen Abend sicherheitshalber zu duschen.

Im Gemeinschaftssaal passierte allerdings nicht viel. Die halbe Klasse stand an der Musikanlage und diskutierte über jeden Song, der als Nächstes gespielt werden sollte. Einige Mädchen hockten in einer Ecke, guckten zu drei Jungen auf der anderen Seite des Raums und kicherten andauernd. Irgendwann fingen ein paar andere Jungs an, mit einer leeren Getränkeflasche Fußball zu spielen, als die zahlreichen Discjockeys wieder zu lange über die Playlist diskutierten. Gegen zehn beendeten die Lehrer den Abschlussabend, indem sie gelangweilt das Deckenlicht einschalteten.

Was wäre geschehen, wenn Sven, der Held aus Zimmer Nummer neun, seinen Wundertrank zu ihnen gebracht hätte? Genau darüber sprachen die anderen noch lange, bis sie irgendwann einschliefen und am Ende waren es wohl die Lehrer, die Svens Plan in die Tat umsetzten. Bei dem Gedanken daran, dass Roberts Mathelehrerin mit dem Sportlehrer angetrunken im Gemeinschaftsraum Klammerblues tanzte, schlief Robert schließlich ein und wachte am frühen Morgen wie gerädert auf.

»Trink!« Rungars Stimme riss Robert aus seinem Gedankenfluss.

»Nein!« Er wollte das eigentlich nicht laut aussprechen, doch ihm fehlte die Kontrolle. Der Boden, die Wände, einfach alles um ihn herum drehte sich. Robert konnte nicht mehr. Er fühlte sich am Ende. War fertig. Mit allem. Es wäre das Beste, wenn sein Gegenüber sein Schwert nahm und ... Er wollte den Gedanken nicht zu Ende denken. Wenn nur die Übelkeit nachließe! Doch sie war gnadenlos, blieb weiterhin in Roberts Körper und nahm ihm den letzten Lebensmut.

»Welch anderes Getränk beliebt dir besser?« Mit der Frage hatte Robert nicht gerechnet. Rungar lächelte zusätzlich und offenbarte ein goldenes Gebiss im Unterkiefer.

»Eine Col... ich meine, Wasser wäre gut.« Robert spürte die Nachwirkung der Schläge auf seinen Kopf und hatte einen starken Brechreiz. Er durfte keine falsche Bewegung machen. Trotzdem schaffte er es allmählich, seine Situation genauer zu erfassen.

Ein Diener reagierte umgehend. Während Robert einen Schluck nahm, beäugte Rungar ihn. »Du musst ein mutiger und heldenhafter Mann sein. Wie hast du es geschafft, zu uns zu kommen?«

Die Worte schmeichelten Robert und er merkte zu spät, dass Rungar damit seine Zunge lockern wollte. »Ich bin durch das Moor gegangen und ... eigentlich habe ich keine Ahnung. Plötzlich war ich hier. Die

Glocke. Ja. Bevor ich hier angekommen bin, habe ich eine Glocke gehört. Ihr bin ich auch beim ersten Mal gefolgt.«

»Dein Weg führte dich mehrmals in mein Land? Es freut mich, dass es dir hier gefällt! Wen hast du seither kennengelernt? Welche Bekanntschaften konntest du gar schließen?«

»Negola. Sie … nein. Eigentlich habe ich mich hier nicht lange aufgehalten.« Robert spürte, dass es ein Fehler gewesen war, ihren Namen zu nennen.

»Weißt du, Junge? Das Schicksal muss uns zusammengeführt haben.« Rungar senkte seine Stimme und sprach weiter: »Es heißt, dass in deinem Land etwas verborgen liegt.« Er machte eine weitere Pause und tippte mit dem Zeigefinger auf den Tisch. Einmal. Zweimal. Wieder und wieder. Robert beobachtete Rungar dabei. Die Übelkeit reichte ihm bis zum Hals. Das Gespräch hatte ihn überanstrengt. »Es ist ein Gegenstand, der aus Nofra gestohlen wurde. Vielleicht kannst du mir helfen, das Verbrechen rückgängig zu machen. Bring ihn mir. Dein Schaden soll es nicht sein.«

11

Im Keller zog ein beständiger Windhauch durch den Gang und nach jedem fünften Herzschlag ächzte die Tür im Luftzug. Wie lange Negola schon hier verharrte und den Spalt am Ausgang beobachtete, hatte sie vergessen. Ihre Lippen waren eingerissen und sie schmeckte den modrigen Kellergeruch im Mund.

Ohne ihre Kristalle wollte Negola am liebsten nur schlafen, aber gleichzeitig konnte sie es nicht. Ihre Augen fanden keine Ruhe und starrten auf nichts anderes als die Tür und ihre Bewegung im Wind. Mit den Steinen hatte Rungar einen Teil von Negola entfernt. Seit sie denken konnte, gehörten sie zu ihr. Nun waren ihre Hände leer, verlassen. Inzwischen fehlte Negola selbst die Kraft, um wütend auf ihren Peiniger zu sein. Er hatte sie nicht einmal festketten lassen, obwohl direkt über ihr ein Metallring mit Eisengliedern an der Wand hing. Anfangs hatte sie sich noch stark gefühlt, denn die Lebensenergie verließ nicht schlagartig den Körper, wenn die Kristalle in den Händen fehlten. Vielmehr wurde sie nicht erneuert – wie bei einer Lampe, die irgendwann erlosch, wenn man kein Öl nachfüllte. Nur mussten die Kristalle niemals gewechselt werden. Sie reichten für ein ganzes Leben.

Es dauerte ein paar Stunden, bis man neue Energie aus den Kristallen benötigte. Rungar hatte Negola in dieser Übergangszeit befragt: »Wo kann ich ihn finden?« Wieder und wieder dieselbe Frage.

»Was begehrst du zu finden?« Negola schaffte es zu diesem Zeitpunkt, das Gespräch in die Länge zu ziehen. Bisher ahnte er bloß, dass sie ihm mehr über das Versteck verraten konnte. Sie durfte ihm keine Gewissheit geben, musste schweigen.

Es gab Gerüchte darüber, was einem in Rungars Festung als Gefangener widerfuhr. Kaum einer von ihnen kehrte zurück. Negola wusste, dass sie dasselbe Schicksal erleiden musste. Ohne ihre Kristalle kämpfte ihr Herz darum, den Takt beizubehalten. Wenn es zu schlagen aufhörte, würde Negola ihren Geist, ihr Bewusstsein, alles verlieren. Sterben.

Jemand ging die Treppe in den Keller hinab und Negola wusste, dass er sie abholen wollte.

»Gewöhn dich nicht daran! Deine Kristalle lasse ich bei dir, bis du wieder stehen kannst.« Ihr Kerkermeister roch nach verdorbener Ziegenbutter. »Du solltest seine Frage beantworten, denn ein weiteres Mal wird er dich nicht sprechen! Dann kommst du mit leeren Händen zu den Würmern!«

Was er damit meinte, wusste Negola genau. Bei dem Gedanken daran, welchen Schaden ihre Antwort anrichten konnte, wollte sie trotzdem lieber schweigen und von Rungars Mannen ohne ihre Kristalle lebendig begraben werden.

»Das reicht!« Es fühlte sich an, als würde sie erneut ihre Seele – das Kostbarste, das sie besaß – verlieren. Durch ihre Blutbahn strömte der Schmerz bis in ihr Herz, riss dort eine Wunde auf, die so düster wie eine sternenlose Nacht war. Ihre Hoffnung verlor sich darin. Negola konnte dem Verlust nicht standhalten. Mit bebender Unterlippe sackte sie auf ihre Knie.

»Bitte«, flüsterte sie, obwohl genau das ihrem Vorsatz widersprach, wenigstens ihren Stolz zu behalten. Der einzige Weg, der ihr als Gefangene sinnvoll erschien, bestand darin, standhaft zu bleiben und nicht um Gnade zu flehen. Soeben scheiterte sie zum zweiten Mal daran, ihrem Peiniger auf Augenhöhe zu begegnen.

»Komm jetzt, wenn du nicht endgültig bei den Kellerbewohnern bleiben willst!«, schrie er ihr direkt ins Ohr.

»Ich werde sterben. Er lässt keinen seiner Feinde überleben«, hauchte Negola.

»Rungar macht dich nur dann zu seinem Feind, wenn du ihm die Antwort schuldig bleibst.« Der Mann drückte seine Hand fester um ihr Handgelenk und zog Negola auf die Beine. Ihr Sichtfeld verengte sich. Sie brauchte ihre Kristalle. Dringend! Die Gewissheit, bald zu sterben, und noch mehr der Wunsch, Rungar und seinen Gefolgsleuten endlich die Stirn zu bieten, ließen ihren Puls plötzlich aufblühen. Mit ihrem Widerstand rechnete der Maskierte offensichtlich nicht. Sie konnte ihre Körperhaltung stabilisieren, die Knie durchstrecken und setzte ihren rechten Fuß fester auf den Boden. Das reichte aus. Negola stoppte und der Mann ging alleine weiter. Es dauerte einige Sekunden, bis er bemerkte, was geschah.

»Du wagst es!« Der Kerkermeister riss sein Schwert hoch und schlug dabei mit dem Arm gegen die Kellerwand. Putz bröckelte ab.

»Mir kann niemand mehr drohen! Mein Tod ist in jedem Fall gewiss!« Es war genau dieser Stolz, den Negola die ganze Zeit über hatte zeigen wollen. Jetzt wusste sie, wie sie es schaffen konnte, ihrem Gegenüber ohne Furcht zu begegnen. Sie musste aufhören, ihr eigenes Leben zu lieben, und den Gedanken verdrängen, überhaupt eine Aussicht auf Erfolg zu haben. Jetzt spürte sie eine Vorfreude darauf, das Spiel zu beginnen. Und sie fühlte sich bereit dazu, es zu verlieren.

Ihr Gegenüber starrte sie durch die Maske mit Rungars Bildnis darauf an. Ohne Vorwarnung richtete er seine Waffe auf ihren Kopf und holte seitlich aus. Die Klinge kratzte am Stein entlang und erzeugte einen Funkenflug. Negola verharrte in ihrer Position.

12

Auf einen Außenstehenden musste es wirken, als sei Robert ein wichtiger Gast. Neben seinem Becher stand eine Karaffe mit Wein. Er hatte Rungars Angebot angenommen und hoffte, mit dem Getränk seine Schmerzen zu betäuben. Der Geschmack in seinem Mund erinnerte an Trauben, die mit Erde vermischt zu Saft gepresst worden waren. Außerdem war der Alkoholgehalt sehr hoch, denn inzwischen schaukelte der Fußboden wie auf einem Schiff.

Ein Diener trug ein Silbertablett in den Saal. Auf seinen angespannten Oberarmen zeichneten sich Adern ab.

»Leistest du mir am Tische weiterhin Gesellschaft?« Rungar schenkte Robert bei der Frage keine Aufmerksamkeit und wandte sich dem Tablett zu. Etwas Rotes, das im Ansatz einem Spanferkel glich, lag darauf. Mehr konnte Robert aus seiner Position nicht erkennen. Der Diener war zu weit entfernt. Die Fackeln an der Wand und das Feuer im Kamin warfen Wogen aus Licht in den Raum. Es schien, als zuckte das Abendessen.

»Möchtest du unsere Speise prüfen?« Rungar legte einen Dolch auf den Tisch und schubste ihn mit der Hand über den Tisch. Das Metall klang stumpf auf der Steinplatte. Aus den Reiseerlebnissen seines Vaters wusste Robert, dass es in vornehmen Restaurants üblich war, Meerestiere aus einem Wasserbecken fangen zu lassen. Der Gast wusste dadurch, dass sein Hummer – oder was auch immer – gleich in der Küche für ihn frisch getötet und schmackhaft zubereitet werden würde. Das Ritual stellte allerdings bloß sicher, dass der Gast ein schmackhaftes Tier sah. Der Koch warf danach womöglich Küchenabfälle und Reste vom Vortag mit viel Fett in die Pfanne. So hielten manche Wirte sogar besonders statthafte Exemplare, um bei den Gästen eine wahre Vorfreude auf den Müll zu wecken. Es musste an dem Wein liegen, dass Robert daran dachte, später unbedingt eine Model-Agentur für Restaurant-Tiere zu gründen.

Einen halben Meter vor Robert blieb Rungars Waffe liegen und einen Atemzug später stellte der Diener das Tablett rechts neben Robert ab. Erst jetzt erkannte er das Tier. Sein Blick wanderte zwischen dem Dolch und dem, was Rungar als Speise bezeichnet hatte, hin und her. Was da vor ihm abgestellt wurde, bewirkte, dass Robert direkt einen weiteren Schluck aus seinem Kelch nahm. Der Geschmack nach Erde breitete sich aus und hinderte ihn daran, den halben Liter komplett zu trinken. Das Tier atmete gleichmäßig mit geschlossenen Augen. Je länger Robert darauf blickte, desto weniger konnte er seinen Augen glauben. Das Geschöpf auf der Silberplatte elektrisierte ihn: breites Maul, spitze Dornen auf dem Rücken, eingeklappte Flügel und dazu Krallenfüße. Robert vergaß zu atmen. Da lag wahrhaftig ein kleiner Drache und schlief. Ein Drache! Die Farbe seiner schuppigen Haut war der Grund dafür, dass Robert ihn im ersten Moment für ein knuspriges rotes Spanferkel gehalten hatte. Die Augen des Wesens bewegten sich im Schlaf. Robert streckte seine Hand aus und berührte die Haut. Sie fühlte sich warm an. Das Tier zuckte am Bauch und schnaubte einmal. Es rollte sich noch enger zusammen. Robert tastete nach den Dornen. Sie waren so spitz wie Nägel.

»Nimm den Dolch auf!«, forderte Rungar ihn auf. Er sollte das Tier am Tisch töten.

Selbst wenn Robert die Einladung annahm und Rungar bewies, dass er einen Drachen erlegen konnte – wenn er also wie ein Mann, ein richtig bescheuerter Mann handelte: Woher konnte er wissen, wie man so etwas überhaupt anstellte? Vielleicht war das Herz an einer vollkommen anderen Stelle. Oder man musste einem Drachen den Kopf abschlagen. Denkbar war auch, dass sämtliche Märchen-Klischees nicht stimmten und man mit dem Dolch ins Hinterteil stechen musste. Dadurch lief die Kreatur vor Schmerz im Kreis, um die Klinge mit den Fangzähnen zu entfernen, und spie dabei gleichzeitig aus Wut Feuer. Auf diese Weise grillte sich der Drache von selbst. Man musste bloß noch eine Prise Salz über den Rücken streuen und den Braten mit Wein ablöschen – nur deswegen wurde Robert überhaupt Wein serviert. Robert ärgerte sich über seine absurde Fantasie. Da lag ein wahrhaftiger Drache vor ihm und er stellte sich solche Dinge vor.

Ein Geräusch riss Robert aus seinen besoffenen Gedanken. Ein Soldat erschien. Auf seinen Schultern trug er eine Person, deren Oberkörper so hing, dass man das Gesicht nicht sehen konnte.

»Bring sie zu mir!« Schon wenn Rungar zu Robert sprach, hörte er die Kraft in seiner Stimme deutlich. Jetzt presste er seine Worte buchstäblich aus der Lunge, sodass der Soldat verharrte und genau dadurch den Befehl missachtete. Nach ein paar Sekunden bemerkte er seinen Fehler.

»Was ist mit ihr? Sie soll mir Antworten geben und nicht in deinen Armen schlummern!« Rungar stand auf und obwohl er kleiner als der Maskierte war, wich dieser zurück und senkte seinen Kopf.

»Sie leistete Widerstand. Ich musste –«

»Was musstest du? Wer erlaubt dir, eigene Entscheidungen zu treffen? Bist du ein Anführer? Willst du mir den Platz streitig machen? Wie ist dein Name?« Rungar nahm ihm die Maske ab, legte seine Hand auf die freie Schulter des Soldaten und drückte ihn zu Boden. Er taumelte und stützte sich mit beiden Händen ab, um nicht nach hinten zu fallen. Schließlich kniete der Soldat vor Rungar.

»Ich bin Cergon, mein Herr«, antwortete er. Dabei senkte er seinen kahlgeschorenen Kopf. Er presste die Zähne fest aufeinander und die Adern an seinen Schläfen pulsierten. In ihm brodelte offensichtlich Wut, doch Cergon wagte es nicht, sie nach außen zu lassen.

»So nennt man dich? Hör zu, Cergon. Mir ist vollkommen egal, wer du bist. Ich werde deinen Namen gleich wieder vergessen. Jetzt leg sie auf den Boden und verschwinde aus meinen Augen!« Mit einem Kopfschütteln machte Rungar kehrt und verharrte ruckartig. »Warte! Wir haben einen Gast aus einer fremden Stadt! Er soll verstehen, warum das junge Ding vor meinen Füßen so matt aussieht. Komm mit!« Cergon richtete sich auf. Er ging zur Längsseite des Tisches zwischen Rungar und Robert, hatte die Hände zu Fäusten geballt und seine Augen zusammengekniffen. In ihm tobte ein Sturm, den er mühsam beherrschte. »Strecke deine Hände aus.« Rungar legte seinen Daumen und den Zeigefinger in die Handinnenflächen seines Soldaten, drückte sie zusammen. Cergons Arme zitterten. Ein Glimmen entstand unter der Haut. Schließlich glühte der Handteller und ein Kristall drang ein Stück nach außen. Der Körper des Untergebenen bebte.

»Er hängt an ihnen! Siehst du, wie jener mächtige Mann leidet? Mit Sicherheit erhebt er alsbald sein Schwert gegen mich, wenn ich fortfahre.« Seine Finger lösten sich und Cergon sackte abermals auf die Knie. Mit einer Geste bedeutete Rungar einem anderen Bediensteten, dem geschwächten Soldaten aufzuhelfen. Dieser hatte inzwischen Fäuste gebildet, als wollte er seine Kristalle mit aller Kraft festhalten, sie umklammern. Es huschten lautlose Worte über seine Lippen, die zu der Wut passten, die Cergon gezeigt hatte. Niemand konnte sie hören und dennoch waren sie ausgesprochen worden. Als der Soldat nach draußen geführt wurde, erinnerte ein münzgroßer Blutfleck an die Schmerzen, die er durchlitten hatte.

»Sieh dir jetzt das schlaffe Bündel an! Ihre Hände sind leer. Seit letzter Nacht fehlen ihr die Kristalle. Sie verliert ihren Lebensgeist. Dabei könnte sie sofort erlöst werden. Ich habe nur eine Frage an sie. Sie scheut die Antwort und glaubt den Gerüchten, die sich gegen mich richten.« Rungar hob den Kopf zur Decke und sprach offenbar gar nicht zu Robert oder einem anderen. Seine Rede war an ihn selbst gerichtet.

Robert erkannte nicht, wer dort auf dem Boden kauerte. Zudem bewirkte der Wein ein Rauschen in seinem Kopf. Es überdeckte zwar die Kopfschmerzen, sorgte aber zugleich dafür, dass sein Verstand mehrfach gähnte und sich schlafen legen wollte.

»Hebt sie auf und bringt sie zu uns an den Tisch. Er kann von ihr erfahren, welch Antwort ich erwarte.« Rungar setzte sich zurück auf seinen Stuhl und deutete auf das Tablett vor Robert. »Du musst bald den Dolch ansetzen. Der Drache soll noch ausbluten und der Koch schürt schon das Feuer an.«

Das hatte Robert vollkommen vergessen. Mit zusammengepressten Lippen starrte er auf den Drachen, der tief schlief. Robert fragte sich, ob es ein natürlicher Drachenschlaf war. Oder hatte der Koch das Wesen irgendwie betäubt?

Nach dem, was der Soldat eben durchlitten hatte, ahnte Robert, was geschah, wenn er das Tier vor ihm nicht bald lynchte. Versunken in seiner Angst davor, den mächtigen Mann auf der anderen Tischseite zu verärgern, bemerke er gar nicht, dass die schlaffe Gestalt inzwischen so festgehalten wurde, dass sie seitlich neben Rungar auf einem der Holzstühle saß.

»Setzt ihr die Kristalle ein!« In dem Moment, als Rungar die Aufforderung aussprach, zuckten ihre Hände. »Negola!«, huschte es ihm über die Lippen.

Robert hatte Mühe, das Mädchen zu erkennen, mit dem er bei seinem letzten Besuch gemeinsam vor dem Kamin gesessen hatte. Ihre Haare sahen strähnig aus und das beigefarbene Kleid besaß Schleifspuren, hatte an einzelnen Stellen Risse. Der Grund jedoch, warum Robert sie mit offenem Mund anstarrte, war ihre Haut. Sie glich einer ehemals weißen Gardine, die im Lauf der Jahrzehnte vom Staub in der Luft grau geworden war. Sämtliches Leben fehlte in ihr. Es schien, als säße dort bloß eine Hülle von dem, was Robert beim letzten Mal als energiegeladene Persönlichkeit kennengelernt hatte.

»Wartet!« Der Mann hinter Negola bog bereits die Finger ihrer linken Hand auf, als er in seiner Bewegung stoppte. Rungar beugte sich vor, stemmte seine Arme gegen den Tisch und rückte diesen bis an die Armlehnen gegen Roberts Stuhl. »Er kennt ihren Namen? Sitzt die Antwort auf meine Frage gar längst an meiner Tafel und missbraucht meine Gastfreundschaft?«

»Warum fragen Sie nicht, was Sie wissen möchten? Sie …« Negolas Äußeres nahm Robert zunächst vor Schreck den Atem. Es folgte Wut. Dann Hass. Sein Kopf pochte zwar, aber die Worte sprudelten wie von selbst aus ihm heraus.

»Antworte mir und ich werde sie verschonen.« Rungar umrundete den Tisch, griff nach dem Dolch und tippte mit der Spitze gegen Roberts Brustkorb. »Ein Drache trägt sein Herz seitlich unter dem rechten Flügel. Man muss ein wahrhafter Kämpfer sein, um ein ausgewachsenes Exemplar dort mit dem Schwert tödlich zu treffen. Bei einem Jungtier brechen die Rippen hingegen ganz leicht.« Der Druck der Klinge auf Robert nahm zu. »Du interessierst dich nicht für die Drachenjagd. Meine Frage an deine Negola brennt in dir. Sodann antworte mir aufrichtig. Es ist ein Gegenstand, den ich suche. Sie sollte mich über seinen Verbleib aufklären.« Rungar stand mit dem Rücken zum Kamin. Schatten überzogen sein Gesicht. »Man nennt ihn Oron. Wir werden sehen, was du und deine Verbündete zu seinem Versteck sagen. Setzt ihr jetzt die Kristalle ein.«

Ob Negola vor Freude oder Schmerz aufstöhnte, konnte Robert nicht unterscheiden. Aber es war offensichtlich, wie sehr ihr das Leben fehlte, das nun aus ihren Händen in den gesamten Körper floss. Die Haut wurde durchblutet, ihre Augen öffneten sich und sie konnte allein im Stuhl sitzen bleiben. Ihre Gesichtszüge entglitten ihr, als sie Robert erkannte. Negola sprach kein Wort.

»Mein Gast sagte mir, dass ihr euch kennt und mir kam in den Sinn, dass er mir bei der Suche nach dem Oron helfen könnte.« Rungar ging zu Negola. Mit seiner flachen Hand strich er über ihre Stirn. Sie zuckte mit dem Kopf zurück und stieß dadurch an die Rückenlehne. Weiter konnte sie ihm nicht ausweichen.

»Meine Lippen bleiben versiegelt!«, sagte sie mit einer Entschlossenheit, die Robert beeindruckte. Es beeindruckte sie anscheinend nicht, dass Rungar ihr jederzeit weiteren Schaden zufügen konnte.

»Das weiß ich längst. Etwas anderes beliebt mir herauszufinden! Wie mag wohl die Verbindung zwischen euch sein? Wie nah seid ihr euch?« Mit der Dolchspitze tippte Rungar an seinen Zeigefinger und verrieb mit dem Daumen einen Blutstropfen. »Meine Mannen schärfen jede Klinge sorgfältig.« Er kehrte zu Robert zurück, stellte sich neben ihn und zog das Tablett heran. Mit einer Hand hob er den Flügel des Drachen hoch, setzte die Stichwaffe an und wartete. Die Augen des Tiers sprangen auf.

»Mir ist der Appetit vergangen«, versuchte Robert das Geschöpf zu retten. Er wollte das Jungtier am liebsten an sich reißen und gemeinsam mit Negola fliehen. Da lag ein wahrhaftiges Fabelwesen vor ihm und so ein bescheuerter Machthaber wollte es essen. Robert musste handeln, aufspringen, kämpfen, alles geben! Er konnte verlieren, aber das wusste er nicht genau. Negola beeindruckte ihn. Ihr ging es viel schlechter als ihm und dennoch stellte sie sich gegen ihren Peiniger, bot ihm die Stirn. Er durfte sich nicht gehen lassen. Seine Arme spannten sich an. Der Dolch konnte ihm helfen, wenn er das Überraschungsmoment ausnutzte und ihn aus Rungars Hand riss.

»Und du glaubst, dass du noch immer eingeladen bist, die Tafel mit mir zu teilen?« Der Drache öffnete sein Maul und ein schriller Ton drang heraus. Robert wollte handeln, doch die Gehirnerschütterung war zu stark. Als er sich ruckartig bewegte, flimmerten unzählige Lichtpunkte vor seinen Augen. Augenblicklich stieß Rungar mit der Klinge zu. Die

Pupillen des Wesens weiteten sich. Begleitet von einem Knacken drehte Rungar den Dolch und schob ihn tiefer in den Körper hinein. Dabei beachtete er überhaupt nicht seine Handbewegung, sondern war Robert zugewandt. Inzwischen war der Drache auf dem Tablett zusammengesackt und atmete nicht mehr. Ein Diener nahm die Silberplatte und trug sie fort. »Deine Negola bleibt bei mir und ich lasse den Dolch schleifen! Wenn mir die Wartezeit zu lange erscheint, werde ich ihr mit der Klinge die Kristalle aus den Händen schneiden und dieses Mal nicht wieder einsetzen!«

Der Anblick des Drachens und Negolas aufgerissene Augen verstärkten das Pochen in Roberts Kopf. »Warum ist dieser verdammte Oron so wichtig? Was ist das überhaupt? Ach Mist. Sie sind einfach nur wahnsinnig.« Robert fehlte die Kraft, laut zu sprechen. Er flüsterte und war sich noch nicht einmal sicher, ob ihm Rungar überhaupt zuhörte. Negola öffnete ihren Mund und lächelte einen kurzen Moment. Zumindest sie hatte gesehen, dass er sich gegen Rungar stellen wollte. »Er will Macht und nimmt sich alles, was er möchte. Er ist rücksichtslos. Die Nofras werden das nicht mehr lange hinnehmen!«

»Sie droht mir? Sodann gilt mein Wort! Was ich begehre, kann sie ihm selbst kundtun. Und wenn ihr das Leben lieb ist, sagt sie ihm, wo er danach zu suchen hat.« Rungar verließ den Tisch und schritt zum Kamin. Er stellte sich vor die Flammen und streckte seine rechte Hand aus. Ein Diener eilte mit einem Kelch herbei. Direkt neben Rungar hing das Bild, auf dem riesige Doggen ein blutendes Reh töteten. Für Robert wäre es unter normalen Umständen leicht gewesen, etwas zu der Darstellung zu sagen. Aber die Kunststudentin war sowieso nicht in der Nähe – und das war auch gut so.

»Wie geht es dir, bist du verletzt?« Plötzlich war es egal, was um Robert und Negola herum geschah.

»Du bist zurückgekehrt. Warum?« Sie neigte ihren Kopf und ignorierte seine Frage.

»Meine Kleidung liegt bei dir.« Ohne es zunächst zu merken, hielt Robert seinen Kopf ebenfalls schräg – bis sich das Pochen darin wieder verstärkte.

»Die vermisst du? Reichen dir nicht die Lumpen an dir?«

»Gefalle ich dir nicht?« Das kam Robert einfach über die Lippen. Es lag nicht am Wein oder an seinen Kopfschmerzen, dass er das fragte.

Er wollte es wirklich wissen und war körperlich viel zu angeschlagen, um sich dafür zu schämen.

»Kleidung kann man wechseln«, sagte sie und biss sich auf ihre Unterlippe.

»Was ist ein Oron und warum hat man dich dafür misshandelt?« Mehr musste Robert nicht wissen und er wechselte lieber das Thema, denn er glaubte nicht, dass sie noch lange allein miteinander sprechen durften.

Während ihm der Wein vom Kinn tropfte, prostete Rungar ihnen zu. »Sie verstehen sich vortrefflich, sind einander vertraut. Das ist vorzüglich! Ich weiß mich bestätigt. Trennt sie!« Rungar richtete seine Aufmerksamkeit auf Robert. »Ich tausche den Oron gegen ihr Leben. Die Zeit rinnt durch deine Hände. Falls sie stirbt, hole ich mir den nächsten aus ihrer Familie!«

Das reichte! Robert wollte etwas erwidern, eine Ansprache halten und Rungars Gefolgsleute zu einer Revolution aufrufen – oder vielleicht ebenso gut darauf verzichten und Negolas Hand greifen. Verschwinden!

Die erste Hürde bestand darin, überhaupt aufstehen zu können. Das Dröhnen in seinem Schädel war unerträglich. Das Gefühl, sich übergeben zu müssen, entstand in dem Moment, als Robert seine Sitzposition veränderte und versuchte, sich zu erheben.

Noch hatte er nichts verloren! Aus einigen Hollywood-Filmen wusste Robert, dass ein geschundener Held am Ende siegte. Allerdings hatte er keine Vorstellung davon, ob schon der Abspann auf ihn wartete oder er bloß ein Statist war, der zu viel gesagt hatte und deshalb in der Mitte des Blockbusters sterben musste. Im Film sind die Regeln knallhart – Nebendarsteller mit einer Sprechrolle sind zu teuer.

Ohne den Tisch wäre Robert längst zusammengebrochen. Sein Oberkörper lag über der Kante, die immer stärker in seinen Magen drückte. Da hing er nun und wusste nicht, was er sagen konnte, um durch eine große Rede von seiner Körperhaltung abzulenken.

Ohne Vorwarnung wurde es dunkel. Es dauerte einige Zeit, bis er verstand, was geschah.

Der Stoff vor seinem Gesicht roch nach Keller und die Hände unter seinen Armen pressten sich wie Schraubzwingen um ihn.

»Negola!«, sagte Robert mit Mühe, ehe sich sein Magen zusammenzog.

13

Rungars Mannen hatten Robert bis zur Nebelwand gebracht. Jemand begleitete sie. Er trug eine Kapuze, verbarg sein Gesicht darunter. Kurz bevor ihn die Soldaten losließen, legte der Begleiter eine Hand auf Roberts Stirn und flüsterte ihm Worte zu. Je mehr er sprach, desto stärker leuchtete sein Kristall. Robert öffnete allmählich die Augen, spürte Wärme, die von dem Licht ausging. »… Kraft für dreitausend Schritte«, hallten die Worte des Unbekannten in Roberts Geist nach.

»Los! Rungar hat dir einen Auftrag gegeben und dir damit dein Leben geschenkt! Erfülle unseren Herrn mit Stolz und rette das Leben deiner Gefährtin!«, schrie der Anführer der Soldaten und stieß Robert in den Nebel.

Dreitausend Schritte. Woher wusste der Kerl, dass die Anzahl bis nach Loch reichte, und wer war er überhaupt? Seine Kleidung erinnerte Robert an das Bild vor Theos Laden. Der Magier mit den Blitzen und dem Gewitterhimmel besaß offensichtlich denselben Herrenausstatter.

Als Robert festen Boden unter den Füßen spürte, verließ ihn die Kraft. Auf dem Weg hierher fühlte er weder die Lust noch die Energie, beim Laufen mitzuzählen. Ob der Kapuzenmann den Weg falsch berechnet hatte oder Robert nach viel weniger Schritten zusammengebrochen war, ließ sich nicht mehr feststellen. Der Möchtegernmagier hatte es nicht geschafft, Robert bis nach Hause zu schicken. Bestimmt hatte Rungar ihm genau das aufgetragen. Wie konnte Robert sonst seinem Befehl nachkommen und den Oron nach Nofra bringen?

»Da liegst du also«, sagte Tom – der Junge, der beim Schweinemarkt für den Gratiswein gesorgt hatte. Mit seiner Fußspitze stieß er gegen

Roberts Bein. »Draußen, am Rande des Moors, allein und bewusstlos.« Breitbeinig stand Tom auf der Straße und überlegte, was er mit seinem Fund anstellen wollte. Seit Robert in Loch wohnte, hatte Tinja bloß Augen für ihn. Jetzt konnte Tom alles ändern und seinen Konkurrenten beseitigen. »Ich ziehe dich ein paar Meter ins Moor. Der Rest erledigt sich von selbst!« Tom war ein schmächtiger Junge und er wagte es nicht, Robert auf Augenhöhe gegenüberzustehen. Beim Schweinemarkt konnte er ihm und Tinja nur grimmig hinterhersehen. Aus diesem Grund erschien ihm jetzt seine Begegnung mit Robert wie vom Schicksal herbeigeführt. Die Gelegenheit lag direkt vor ihm. Er konnte zugreifen und sein Glück in die Hand nehmen – oder besser gesagt: wie die Schicksalsgöttin am Schopfe packen und … Tom versuchte vergeblich, Robert auch nur einen Meter zu bewegen. Weder an den Armen noch an den Füßen schaffte er es, den schlaffen Körper von der Straße zu ziehen.

»Was mache ich mit dir? Du schreist ja geradezu danach, dass ich direkt hier mit dir abrechne«, sagte Tom und stellte sich noch breitbeiniger vor Robert. Er konnte froh sein, dass ihn niemand in der Pose sah, denn spätestens diese Körperhaltung machte ihn zu einer ziemlichen Witzfigur. »Mal sehen, was ich dir anbieten kann«, fügte er hinzu. Nach ein paar Sekunden lachte Tom laut und glich einer irren Comicfigur, kurz bevor ein Superheld sie zur Strecke brachte. Aber das funktionierte nur im Film. Auf dieser Straße gab es nachts ausschließlich Statisten und die waren selbst für Schafe viel zu langweilig.

Der fremde Klang einer Glocke hatte Tom nach draußen gelockt. Während seine Eltern vor dem laufenden Fernseher schliefen, entschied er, heimlich das Haus zu verlassen. Wenn man in einem Nest wie Loch aufwuchs, wusste man alles darüber und kannte jeden Ton hier. Das Uhrwerk der Kapelle oder die Glöckchen der Schafe klangen nicht wie das, was er da hörte.

Außerhalb seines Elternhauses vernahm Tom den Glockenschlag weitere Minuten lang und hoffte, etwas Neues zu entdecken. Er folgte dem Ton bis zum Moor. Dass der Nebel bis zum Wall neben der Straße reichte, so als würde ihn eine unsichtbare Wand zurückhalten, überraschte Tom wenig. Für die meisten Einwohner kam der Wetterbericht im Fernsehen einer Werbepause gleich. Vor wenigen Jahren hatte ein privates Institut eine Messstation in Loch installiert. Die Daten sorgten ständig für Abweichungen in den Prognosen. Nachdem vergeblich einzelne Module gewechselt wurden, zog die Station nach sechs Monaten in den Nachbarort um. Damit gewann der Wetterhahn auf dem Gotteshaus seine Herrschaft zurück und zeigte viel stolzer als zuvor die Windrichtung an – auf mehr konnte man sich nicht verlassen. Daher besaß jeder Bauer ein eigenes System, um das Wetter für den kommenden Tag abzuschätzen. In den meisten Fällen bestand es im Kern daraus, in den Himmel zu blicken. Fahles Mondlicht überzog Robert, ließ sein Gesicht wesentlich blasser erscheinen, als es ohnehin war.

»Bis morgen früh kommt niemand hier vorbei. Wenn ich dich auf dem kalten Boden liegen lasse und mich schlafen lege, verfliegt mein Problem mit dir über Nacht!« Tom ging in die Hocke und kam ganz nah an Roberts Ohr. »Kapierst du das?«, flüsterte er. »Du schläfst und ich schlafe, aber nur einer wacht wieder auf. Und du kannst nicht raten, wer das sein wird, denn du wirst nie wieder etwas sagen oder mit Tinja sprechen! Falls sie dann jemanden braucht, um sich auszuheulen, bin ich für sie da. Dieser verfluchte Ort hat keine besondere Geschichte, ist absolut öde, und da fügst du dich perfekt ein!« Während Tom unter der Mondsichel einem kläffenden Straßenköter ähnelte, bemerkte er den Wetterumschwung nicht. Der Nebel drängte vor und mit ihm kamen Schatten über den Wall auf die Straße. Sie formierten sich um Robert, schlossen ihn mit Tom in ihrer Mitte ein.

»O mein …« Tom verschlug es die Sprache, als er sah, was um ihn herum geschah. Die Silhouetten verengten den Kreis und etwas, das eher Ästen als Armen glich, wollte sie berühren. An zwei Stellen sah Tom Lücken zwischen den Schatten. Der eine Ausweg führte zum Wall und von dort ins Moor. Ohne lange nachzudenken, entschied sich Tom für den zweiten Durchlass und schaffte es, über die Straße zurück nach Loch zu flüchten. Nicht nur seine Zunge, sämtliche Muskeln erschlafften vor Schreck beim Anblick der Nebelgeschöpfe. Mit breitbeinigen Schritten rannte Tom nach Hause, wo er seine Hose, so schnell es ging, im Hausmüll entsorgen wollte.

Die Schatten sprachen miteinander: »Er kommt aus Nofra.«

»Doch seine Herkunft liegt woanders. Die Kleidung! Seht!«

»Wir kennen ihn! Er kann die Grenze passieren.«

»Warum liegt er leblos auf dem Boden? Hat der junge Recke ihn angegriffen?«

»Dafür war er viel zu schwächlich.«

Sie sprachen durcheinander, bis eine Stimme die anderen übertönte: »Wenn er zwischen den Ortschaften wandeln kann, ist das Rungar nützlich! Wir müssen ihn wecken und erkunden, ob er unserem Herrn zu Diensten steht!«

Die Schatten verstummten und warteten darauf, dass ihr Anführer den Anfang machte. Ein Ton erklang, der dem Heulen eines Sturms glich. Die anderen stimmten mit ein und erzeugten ein vielstimmiges Echo, das sowohl zum Bahnhof als auch nach Loch drang. Einzelne Fenster öffneten sich und Köpfe lugten nach draußen. Wäre Loch nicht für sein verrücktes Wetter bekannt gewesen, hätte dieses geisterhafte Heulen viele Einwohner mehr als erschreckt. »Der Wind fegt mal wieder übers Land«, sagte ein Mann und seine Frau nickte automatisch. Rollläden rasselten nach unten, Türen wurden verriegelt.

Die Schatten riefen und klammer Nebel strich Robert durchs Gesicht.

»Er öffnet seine Augen! Los! Beschwört den Nebel stärker. Es wirkt!«

Nob öffnete seine Haustür und die Nacht verschluckte das Licht aus der Diele. »Ist kein normaler Wind«, brummte er und spuckte alten Kautabak aus. »Irgendetwas tut sich dort draußen. Werde besser nachsehen, wenn nötig, die Wesen zurück in ihr Reich treiben.« Der Bahnhofsvorsteher nahm einen Spazierstock, der von einer Mooreiche stammte. Daran hingen Kettenglieder. Nob suchte in der Manteltasche nach dem Lederbeutel mit Asche darin. »Ich fülle besser welche nach«, murmelte er.

Robert lag mitten auf der Straße und Nob bemerkte direkt, dass kein Mondlicht auf ihn fiel. Ein Wall aus Schatten schirmte den Jungen ab. Das Heulen hatte hier seinen Ursprung und der Bahnhofsvorsteher schlug beim Gehen mit seinem Stock so auf den Boden, dass die Ketten daran klirrten. Den Lederbeutel mit der Asche hielt er geöffnet in der anderen Hand.

»Wir wurden erhört!«

»Es ist der alte Mann!«

»Hinfort von der Straße!«

Das Mondlicht erreichte Robert wieder. Er schlug seine Augen auf und erkannte Nob. Der packte ihn und half ihm auf die Beine. Die Kraft des Alten passte nicht zu seiner äußeren Erscheinung. »Ich habe heute kein Trinkgeld und keinen Tabak für Sie bei mir«, stammelte Robert.

»Junge, ich helfe dir auch ohne Bezahlung. Du musst ins Warme und dich ausruhen. Wenn du bei Kräften bist, möchte ich alles erfahren. Das ist mehr wert als Geld.« Nob stützte Robert und beide schlichen durch die Nacht.

»Sie wartet auf mich. Ich muss etwas finden. Die Zeit ist viel zu knapp dafür!« Je mehr Schritte er ging, desto wacher wurde sein Verstand und es dauerte nicht lange, bis sämtliche Erinnerungen zurückkamen.

Nob zog seinen Arm fort und der Junge ging schlagartig in die Knie. Mit seiner Hand packte er Robert am Kragen und verhinderte damit, dass er mit dem Gesicht auf den Boden schlug.

»Sie hätten mich warnen müssen«, schimpfte Robert, während Nob ihn wieder stützte.

»Auf diese Weise hast du die Botschaft am schnellsten verstanden. Du schaffst im Moment gar nichts. Wer auch immer auf dich wartet, wird sich noch länger gedulden müssen. Wir gehen jetzt zu deinem Onkel Theo.«

14

»Du schaust besser nicht in den Spiegel.« Tinja küsste ihn auf die Stirn.

»Das habe ich längst.« Robert war froh, dass er nicht mehr seinen Schlafanzug trug.

»Wie kann man sich im Moor eine Gehirnerschütterung einfangen? Da liegen kaum Steine! Du hast großes Glück gehabt, überhaupt einen zu finden, auf den du mit deinem Kopf fallen konntest.« Ihr Kuss schwirrte durch seinen Geist.

»Ich muss dahin zurück! Du kannst dir nicht vorstellen …« Robert brach seinen Satz ab. Wovon sollte er Tinja berichten? Von einer fremden Stadt im Nebel und einem Mädchen, das darauf hoffte, dass er einen – wie hieß das Ding noch gleich … Aurok … Nein … Auron … – Oron fand? Selbst wenn Robert herausbekam, was das überhaupt sein sollte, konnte er nicht davon ausgehen, dass Rungar Wort hielt und Negola freiließ. Wie verhielt man sich überhaupt richtig bei einer Erpressung? Wann ging man auf die Forderungen ein und wie lange ließ man einen Verbrecher warten?

Er spürte, dass er unbedingt mit Tinja über alles sprechen wollte. Die Worte schwebten im Raum und es gab genau zwei Möglichkeiten: Entweder erklärte sie ihn nach den ersten Sätzen für verrückt oder sie hörte ihm bis zum Ende zu und schätzte ihn erst dann als absolut bescheuert ein.

»Wohin willst du? Ins Moor? Wie benebelt bist du überhaupt? Du hast dir den Kopf angeschlagen! Ich mache hier einen Krankenbesuch. Ist dir das eigentlich klar?« Sie legte ihre Hand auf seine Stirn. Und obwohl die Geste andeutete, dass er unter Fieberwahn litt, erzeugten ihre Fingerspitzen dieselbe Nähe wie ihr Kuss.

»Kennst du eigentlich die Sage von Loch? Oder sind dir ungewöhnliche Vorkommnisse bekannt?« Während Robert versuchte, sich aufzurichten, verstärkte Tinja den Druck ihrer Hand.

»Du musst liegen bleiben! Das habe ich Theo versprochen. Wie hast du es überhaupt bis unter die Dusche geschafft?« Sie glitt durch sein feuchtes Haar und Robert hoffte, dass sie ihm weiterhin so nah bleiben würde wie jetzt gerade. Während sie bei ihm saß, wollte er, dass sie ihn berührte, und war für jede Sekunde dankbar, in der sie es tat. Der Wunsch verschmolz mit der Realität und der Moment durfte nicht enden.

»Wer hat dir von meinem Unfall erzählt?« Er wechselte besser das Thema. Tinja wusste nichts über die Nebelstadt. Sonst hätte sie längst auf seine Frage reagiert. Also hoffte Robert nicht länger, dass sich Tinja zu ihm beugte, ihn umarmte, um dann mit Tränen in den Augen zu sagen, dass sie schon lange auf jemanden wartete, der das Geheimnis von Nofra mit ihr teilte. Es geschah nicht und das lag möglicherweise an dem Stein, den Tinja erwähnt hatte. Während er im Nebel irgendwelchen Schatten ausgewichen war, musste er sich daran verletzt haben – und seine Erinnerung an Negola stammte somit bloß aus einem Traum! Eine Geschichte wie diese konnte man in vielen Büchern lesen und in zahlreichen Filmen sehen. Der Hauptdarsteller erlebte etwas sagenhaft Fantastisches und fand am Ende heraus, dass er bloß zu lange geschlafen oder sein erstes Bier getrunken hatte. Manchmal geschah auch beides zusammen – obwohl Robert gerade bemerkte, dass er sich an einen Film mit genau solch einer Handlung nicht erinnerte. Vielleicht konnte man daraus ja etwas machen: Ein Junge gerät in eine fremde Welt und stellt fest, dass er nur volltrunken durch eine Pforte in die andere Daseinsebene gelangen kann. Und sein Trip endet jedes Mal in der Notaufnahme eines Krankenhauses. Robert dachte daran, dass wahrscheinlich ausschließlich seine Mitschüler über diese Story lachen konnten. Aber eigentlich reichte bei den Jungs schon das Wort »Alkohol«, um Aufmerksamkeit zu erzeugen.

»Ich rufe besser Theo.« Tinja streichelte seinen Oberarm.

»Warum?« Robert schaffte es, sich aufzusetzen.

»Deine Augen haben irgendwie geflackert.«

»Ich habe an etwas gedacht, aber das war nur Quatsch.«

»Warum wolltest du etwas über Loch wissen? Woran denkst du genau? Hier leben nur Bauern und andere Dörfler. Einige haben Kinder, die sich langweilen und dann kommt da jemand wie du zu Besuch … und reist bald ab.« Tinja zog einen Schmollmund. Damit erzeugte sie denselben Effekt, den ihr Kuss und ihre Berührung ausgelöst hatten. Wärme überflutete seinen Körper. Er bekam feuchte Handflächen und seine Zunge fühlte sich an wie nach einem Wespenstich. Gerade bestand die Gefahr, dass er nicht nur Schwachsinn dachte, sondern diesen – womöglich lallend oder stotternd – zugleich aussprach.

»Vielleicht verlängert der Arzt meinen Aufenthalt um ein paar Tage.« Robert ärgerte sich direkt darüber, was er gesagt hatte.

»Und was soll das ändern?« Tinja brachte es auf den Punkt. Wenn der Doktor entschied, dass er nicht reisefähig war, musste er weiter hier liegen. Dann konnte er die Zeit nicht so mit ihr verbringen, wie man es bei Teenagern auf dem Land erwartete – in einer Scheune zum Beispiel, in der sie zuerst Heu aufeinander warfen und dann …

… *Negola! Wie viel Zeit bleibt ihr?*, dachte Robert urplötzlich. »Verdammt! Du musst mir helfen und es ist egal, was du über mich denkst! Entweder glaubst du mir oder ich werde mich alleine um die Sache kümmern!«

»Warte einen Moment! Ich hole deinen Onkel. Er muss entscheiden, ob der Arzt wiederkommen soll.« Sie trat zwei Schritte nach hinten und beobachtete Robert, der seinen Kopf abstützte und schwer atmete. Die schnelle Bewegung überforderte ihn. Dass er durch den Schlag auf seinen Kopf keinen Schädelbruch erlitten hatte, war pures Glück gewesen. Die Kraft hätte dafür ausgereicht.

Während Robert in seinem Bett hockte und auf seinen Magen achtete, um ihn unter Kontrolle zu halten, wusste er, dass es Negola bedeutend schlechter ging. Wenn Rungar genau das mit ihr anstellte, was er angekündigt hatte, würde sie bald sterben.

»Hör zu, Tinja! Du hast gesagt, dass das Leben hier langweilig ist. Ich biete dir ein Abenteuer an, wenn du mir vertraust.« Er hustete.

»Ich werde es versuchen. In Ordnung. Leg los.« Sie lehnte am Türrahmen.

»Das musst du mir vorher versprechen.« Robert schaffte es, seinen Kopf zu heben. »Ihr habt dieselbe Augenfarbe«, fügte er an.

»Wovon sprichst du? Und wie soll ich dir vertrauen, wenn ich nicht weiß, was du erwartest? Bekloppter Kerl!«

»Eure Iris.« Robert atmete hörbar ein, betrachtete Tinja und dachte gleichzeitig an Negola. Wenn er das absolut Unmögliche schaffte und den Oron fand, ihn zu Rungar brachte und sie befreite: Was folgte daraus? Dann hatten Tinja und Negola weiterhin grüne Augen. In welche würde er zukünftig blicken wollen?

»Wahrscheinlich werde ich bereuen, was ich jetzt mache.« Sie tippte mit dem Fuß auf den Teppich und zögerte. »In Ordnung. Bis zu einem gewissen Punkt werde ich dir helfen. Aber ich gehe kein Risiko ein!«

»Ohne geht es nicht. Wir müssen etwas suchen und ich weiß nicht, worum es sich handelt. Wenn wir es gefunden haben, gehe ich damit zurück ins Moor. Du kommst besser nicht mit.« Robert vergaß seine feuchten Hände und musste aufpassen, dass er nicht zu viel erzählte. Schließlich zögerte Tinja. Und selbst wenn sie ihm glaubte, wusste er selbst nicht, wie sie ihm genau helfen konnte. Doch das Gefühl, seine Probleme mit jemanden zu teilen, half ihm schon. Seit seine Mutter im Krankenhaus lag, musste er mit den meisten Dingen allein klarkommen.

»Ist das deine Masche?« Ihre Stimme klang heller.

»Was meinst du?«

»Versuchst du, dich interessant zu machen? Glaubst du, dass das notwendig ist? Ich meine, hast du überhaupt kapiert, dass ich … dass du …« Sie beendete den Satz nicht.

»Genau das merke ich und deshalb bitte ich dich darum, mir zu helfen.« In einer anderen Verfassung wäre Robert aufgestanden und zu ihr gegangen. Allerdings hätte er ohne seine Gehirnerschütterung dieses Gespräch mit Tinja niemals angefangen.

»Was machen wir jetzt?«, fragte sie.

»Du hörst mir zu.«Sie nickte und ging zurück an sein Bett.

»Leg deinen Kopf hin. Ich habe keine Lust, einen Eimer zu holen«, sagte sie, ohne dabei zu lächeln.

»Erinnerst du dich an die Kleidung, die ich auf eurem Schweinemarkt getragen habe?«

»Klar, damit hat alles angefangen. Mit dem Markt, meine ich. Der Abend mit dir war wirklich schön.« Sollte er darauf reagieren? War das hier der Moment, in dem er mit Tinja über seine Emotionen sprechen musste?

»Ich habe das Outfit nicht bei Theo gefunden. Jemand hat es mir gegeben.«

»Dann kann er einen Kostümverleih eröffnen und braucht nur einmal im Jahr arbeiten.« Ihre Mimik blieb unverändert.

»Darum geht es nicht. Ich habe eine andere Stadt entdeckt. Da haben alle so etwas an. Und Schuhe gibt es für die normalen Bürger nicht.«

»Wo willst du denn gewesen sein? Bist du mit dem Zug weggefahren? Gibt es irgendwo ein Stadtfest? Einen Mittelaltermarkt?«

»Ich bin durchs Moor gelaufen und irgendwann dort angekommen. Es gab ein paar Probleme. So ein Kerl will, dass ich etwas auftreibe. Einen bescheuerten Oron. Das ist irgendein Ding – mehr weiß ich darüber nicht. Ich habe gehofft, dass das etwas ist, das ihr hier in Loch aus einer Sage kennt.« Robert beobachtete Tinja und erkannte, dass seine Hoffnung wie eine Seifenblase zerplatzte.

»Du bist richtig bescheuert! Du hast bestimmt am Bahnhof mit Nob gesprochen. Er hat dir mit Sicherheit seine Chronik gezeigt und jetzt willst du dich über mich lustig machen! Hat er dir die Kleidung gegeben? Robert, ich verstehe deine Witze nicht.« Sie streckte ihren Finger aus, verharrte in der Bewegung und tippte sich dann selbst an die Stirn. »Wenn du wieder laufen kannst, darfst du mich gerne besuchen.«

»Warte! Was von dem, das ich dir erzählt habe, kennst du? Sagt dir dieser Oron etwas?« Robert beachtete die Anweisung vom Arzt nicht und bereute sofort darauf seine Bewegung. Wenn er nicht aufpasste, musste Tinja gleich einen Putzeimer holen.

»Klar kenne ich so etwas Ähnliches! Wer mal mit Nob gesprochen hat – und das haben sämtliche Bewohner in Loch sicher öfter getan, als sie es eigentlich wollten –, der kennt diese Geschichten. Außerdem besitzt er Aufzeichnungen. Die hat er dir bestimmt für Tabak oder etwas anderes verkauft. Du musst dich nicht wichtigmachen. Das versuchen schon die Jungs aus dem Dorf. Lass uns normal zueinander sein! Das reicht mir vollkommen.« Sie tat wenige Schritte nach hinten und verharrte im Türrahmen.

»Bitte! Jemand braucht meine Hilfe!«

Sie wartete schweigend und er versuchte zu ergründen, ob es ein Fehler gewesen war, mit Tinja über Nofra zu sprechen. Was, wenn er sich alles einbildete? An ihrer Reaktion bemerkte er deutlich, wie absurd seine Worte klangen. Vielleicht hatte Nob ihm etwas eingeflüstert und jetzt, nach seinem Unfall, hielt er es für real. Seit seine Mutter völlig aus dem Nichts ins Koma gefallen war, hatte sich Robert viel mit diesem Bewusstseinszustand beschäftigt. Es gab Mediziner, die davon ausgingen, dass diese Patienten nur scheinbar bewusstlos waren. Ihr Geist war demnach so aktiv wie bei einem Traum. Deshalb sei es gut, mit Komapatienten zu sprechen, weil sie so den Bezug zur Außenwelt behielten und sich nicht allein gelassen fühlten. Und wenn er nun selbst eine Art geistigen Aussetzer hatte und das Krankheitsbild seiner Mutter zeigte? Wenn er alles in einer Art Wahnzustand erlebte? Aber er konnte sich nicht daran erinnern, vorher etwas von diesen Dingen gehört zu haben. Und auch die Kleidung! Nein. Er hatte von Tinja eine Spur erhalten und musste unbedingt aus Theos Laden eine Packung Tabak bekommen, um mehr zu erfahren. Nob besaß Antworten, wusste das Meiste über Loch.

Roberts Augen fielen zu.

Er wollte nicht schlafen.

Nur kurz die Augen schließen. Einen Moment ausruhen.

Dunkelheit.

Die Zeit reichte aus, dass die Bilder von Rungar, dem Drachen und besonders von Negola erneut seinen Geist ausfüllten. Negola! Der Gedanke an sie zerstörte seinen inneren Frieden. Wie lange konnte sie durchhalten?

»Ich muss jetzt zum Bahnhof.« Es war niemand im Raum. Als Robert seine Füße aus dem Bett stellte, brauchte er einen Moment, ehe er es schaffte, seinen Oberkörper aufzurichten. Der Schmerz in seinem Kopf strahlte bis in seine Fingerspitzen und schlug ihm wieder auf den Magen.

Negola!

Ihr ging es mittlerweile bestimmt wesentlich dreckiger als ihm, wenn sie überhaupt noch … diesen Gedanken durfte Robert nicht zulassen – und tat es doch. Das, was Rungar mit ihr anstellte, übertraf

Folter. Er wollte ihr die Lebensenergie rauben und schreckte nicht davor zurück, sie für seine Pläne zu opfern. Nur wusste Robert nicht genau, welche Pläne er verfolgte. Unbedingt musste er bei Nob weitere Puzzlestücke erhalten. Jetzt!

Dass es Robert bis zur Straße schaffte, überraschte ihn selbst. Bisher hatte er zweimal gewürgt und hockte erneut auf dem Boden. Sein Magen war inzwischen längst leer.

Weitergehen!

Robert richtete sich auf. Er schwitzte und zitterte. Die Sonne stand tief am Himmel und Nebel zog übers Moor. Wenn Nob ihm keine Antworten gab, musste er ohne diesen Oron zu Rungar zurückkehren und um einen Aufschub bitten. Er würde alles versuchen, um Negola zu helfen. Sie brauchte seine Hilfe. Zugleich wusste Robert, dass er die Schuld an ihrer Situation trug.

Den Weg schaffte man schnell. Normalerweise. Bei seiner Ankunft brauchte er mit seinem Gepäck, das Nob für ihn getragen hatte, etwas weniger als eine halbe Stunde vom Bahnhof bis zu Theos Wohnung. Ohne Nob wären es höchstens zwanzig Minuten gewesen.

»Verdammt! Der Tabak!« Robert blieb stehen und fühlte, wie sein Magen ein weiteres Mal verkrampfte. Ohne eine Packung davon schwieg der Bahnhofsvorsteher womöglich. Für ihn war es ein klares Tauschgeschäft. Man lauschte seinen Geschichten, wenn man ihm dafür etwas mitbrachte. Allerdings hatte Robert an seinem ersten Tag in Loch ein ordentliches Guthaben bei Nob eingezahlt – wahrscheinlich hatte der Alte das inzwischen für Schnaps und Kautabak ausgegeben. Ob Nob überhaupt etwas anderes zu sich nahm?

Die Sonne ging bald unter, der Nebel verdichtete sich und Robert glaubte, dass die Schatten darin darauf warteten, dass er wehrlos zusammenbrach. Vielleicht suchten sie einen Weg hinaus aus dieser Zwischenwelt, in die Rungar sie geschickt hatte. In fremden Körpern sahen sie ihre Chance für einen Neuanfang.

Er musste sich konzentrieren, an Negola denken, und durfte sein Ziel nicht aus den Augen verlieren. Wie lautete es überhaupt – dieses Ziel? Robert riskierte seine Gesundheit, damit ihm ein Greis mit Wackelgebiss selbst ausgedachte Legenden erzählte? Wahrscheinlich hatte Nob im Laufe der Jahrzehnte seinen Verstand gegen Weingeist getauscht. Aber genau deshalb musste Robert mit ihm sprechen, denn zumindest das hatten Nob und er gemeinsam: Für ihre Geschichten erhielten sie ein Kopfschütteln.

Seine Beine zitterten stärker und der gesamte Körper stimmte mit ein. Robert spürte jede Bewegung in seinem Kopf. Sein Magen sorgte zudem dafür, dass ihm ständig neue Krämpfe die Luft zum Atmen nahmen. Aus seinem Mund tropfte Spucke. Wenn er jetzt umfiel, würde er nicht mehr aufstehen und stattdessen die Nacht hier draußen verbringen. Wie wahrscheinlich war es, dass jemand nachts über diese Straße fahren oder gehen würde? Höchstens Viehdiebe, die keinen Zeugen gebrauchen konnten, schlichen um diese Zeit hier umher. In diesem Moment wünschte sich Robert, dass ein solcher Geselle des Weges kam. Und genau diese Worte bildete er dazu in seinem Geist: »Hoffentlich kommt ein solch düstrer Geselle des Weges.«

Negola!

Weitergehen!

Auf keinen Fall stehen bleiben!

Es war unmöglich. Immerhin wollte er nicht nur am Bahnhof ankommen, sondern auch eine Unterhaltung führen, um unbedingt diesen Gegenstand zu finden – den Oron. Robert spürte, dass er bei diesen Gedanken die letzte Kraft verlor. Wieso hatte er in seinem Zustand die Wohnung verlassen? Damit half er Negola nicht. Er wäre bei Tinja besser hartnäckiger gewesen. Aber wie viel konnte er ihr überhaupt anvertrauen? Während Tinja von einem weiteren gemeinsamen Abend sprach, wollte er ihr von einem anderen Mädchen berichten, bei dem seine Kleidung im Zimmer lag und das darauf wartete, dass er es aus einem Verlies rettete?

Er bekam einen Hustenanfall. Seine Lunge schmerzte. Robert sackte zu einem Häufchen Elend zusammen, fiel auf die Seite und blieb in gekrümmter Haltung liegen.

Ein Tuch aus Nebel glitt über ihn.

Die Schatten kamen.

Sie waren auch dieses Mal keine Einbildung.

Während die Sonne ihre letzten Strahlen über das Land schickte, versammelten sich die Seelen im Nebel und trieben auf Robert zu. Je dichter der Nebel wurde, umso näher rückten sie. Von mindestens einem Dutzend, das der Nebel gefangen hielt, hatte Negola gesprochen.

Hier wuchsen keine Bäume, niemand war in der Nähe und auch keine andere Barriere hätte die Schattenbildung erklären können. Es handelte sich um mannshohe dunkle Kegel. Sie glitten in einer Formation auf ihn zu, die Robert den letzten Zweifel daran nahm, dass es sich um ein natürliches Phänomen handelte. An der Spitze befand sich eine einzelne Kontur und rechts und links dahinter folgten weitere, sodass ein nach hinten geöffnetes Dreieck entstand. Es glich einem Schwarm Zugvögel. *Eine militärische Formation!*, dachte Robert.

»Verpisst euch.« Robert hustete erneut. Um den Fluch richtig zu betonen, fehlte ihm die Kraft und er konnte auch die folgenden Worte lediglich stöhnen: »Lasst mich in Frieden hier ruhen«, sagte er in der Hoffnung, jetzt für Rungars Truppe verständlicher gesprochen zu haben.

Inzwischen hatte die untergehende Sonne den Nebel in ein rotes Meer verwandelt. Robert ertrank darin. Seine Aufforderung erzeugte keine Wirkung. Die verlorenen Seelen kamen weiter auf ihn zu, waren nun bloß zwei Meter entfernt. Zugleich realisierte Robert, was er ihnen gesagt hatte. Normalerweise ließ man Verstorbene in Frieden ruhen und daher hatte er die Schatten dazu aufgerufen, ihn genau hier tot liegen zu lassen. Kälte durchflutete ihn, er zitterte noch mehr. Sein Körper gehorchte ihm längst nicht mehr. War es das? Sein Ende? Das durfte nicht sein! Er wollte leben, musste Negola retten! Robert hasste sich selbst. Jede Minute, die er hier lag und jammerte, raubte Negola die Chance darauf, zu überleben. Er wollte der Held sein und war an seiner Selbstüberschätzung jämmerlich gescheitert. Es wäre einfacher gewesen, im Telefonbuch Nobs Nummer herauszusuchen und ihn anzurufen.

Ich schaffe es nicht!

Die Schatten erreichten ihn, beugten sich zu ihm herab und streckten ihre Arme aus.

»Was wollt ihr? Verdammt!« Robert spürte Wut.

»Ihr verdankt es … Rungar, dass … euch der Nebel … gefangen hält!« Robert holte für den Satz mehrmals Luft. *Einatmen. Warten. Sich sammeln.* Ihm fiel etwas ein. Negola hatte einen Namen gesagt, von ihrem Nachbarn. Rungar hatte ihn mit anderen Soldaten in den Nebelwall geschickt.

Konzentrieren! Wie hieß er?

Robert biss auf seine Zunge, schmeckte Blut.

Quistan! Das ist der Name! »Bist du unter ihnen, Quistan? Von dir hat Negola erzählt. Rungar trug dir auf, einen sicheren Weg nach Loch zu finden. Das ist es. Ihr wollt wissen, wie ich es geschafft habe. Ich weiß es nicht. Warum interessiert euch das überhaupt? Rungar hat euch hier zurückgelassen. Er hat euch geopfert. Und dasselbe macht er mit Negola! Sie schwärmte von dem Spielzeug, das du ihr gebaut hast, Quistan. Rungar lässt sie sterben! Negola ist …« Ein Hustenanfall überkam Robert. Seine Lunge brannte. Er konnte nicht weitersprechen, hatte den letzten Rest seiner Energie verbraucht – aber es war alles gesagt.

Die Schatten formierten sich in einem Halbkreis um Robert. Das letzte Abendlicht glimmte auf und würde bald verschwunden sein. Der Mond schien heute zu schwach. Die Seelen waren kaum dunkler als der Nebel und so verschwand mit der Sonne in wenigen Minuten die Möglichkeit, ihre Schemen weiterhin sehen zu können. Schon jetzt fehlte Robert die Kraft, sich auf sie zu konzentrieren. Er wollte Ruhe, am liebsten schlafen. Das Gefühl entstand, in einem Strudel zu treiben, der ihn in den Abgrund zog. Und allmählich flüchtete sein Geist.

»Was weißt du?« Die Stimme drang von allen Seiten zu Robert.

»Das habe ich euch gesagt«, antwortete Robert, ohne überhaupt zu wissen, mit wem er sprach.

»Warum ist Negola bei ihm?« Robert erkannte einen Schatten, der weiter vorne zwischen ihm und den übrigen Seelen stand.

»Bist du Quistan? Rungar hat Negola gefangen genommen und jetzt muss ich etwas finden, das in Loch sein soll. Den Oron.« Robert spuckte erneut Blut aus, während er sprach.

Die Schatten bewegten sich und er konnte nicht abschätzen, welche Absicht sie ihm gegenüber hatten. Er sollte aufpassen, schließlich standen sie einst unter Rungars Befehl.

»Wie meinst du das? Warum hat uns Rungar zurückgelassen?« Der Schatten rückte ganz nah.

»Ich meine damit, dass …« Robert stoppte mitten im Satz und dachte nach. Das Sprechen strengte ihn an. Er wollte über eine neue Idee nachdenken, um Negola zu retten.

»Wenn ihr mir helft, … erzähle ich euch … alles über eure Situation.« Robert musste jetzt genau aufpassen. Ein guter Pokerspieler verriet niemals sein Blatt. Nur konnte er nicht gut Karten spielen – hatte genau genommen nie Interesse daran gehabt. Er konnte es dennoch schaffen, denn er besaß einen Trumpf. Offenbar wussten die Soldaten gar nicht, dass ihre Körper längst gestorben waren. Für die gefangenen Seelen gab es keine Möglichkeit, nach Nofra zurückzukehren. Nur war es jetzt kein guter Moment, ihnen das zu sagen. Und Robert konnte nicht abschätzen, was die Seelen anrichten konnten – insbesondere, wenn sie nichts mehr zu verlieren hatten. Schließlich schlug man stets dem Boten und nicht dem Sender einer schlechten Nachricht den Kopf ab.

Die neu gewonnene Hoffnung erzeugte einen Adrenalinschub, der Roberts Kreislauf stabilisierte. »Bevor ich mit euch verhandle, muss ich wissen, ob ihr mir überhaupt nützlich seid.« Robert hatte den Satz kaum beendet, als bereits ein Flüstern entstand. Die anderen Schatten sprachen miteinander. Er konnte nicht verstehen, was sie sagten.

»Warum sollen wir uns auf ein Geschäft mit dir einlassen?« Das Spiel begann und beide Seiten handelten bestmöglich mit dem Wert ihrer Karten.

»Welche andere Möglichkeit gibt es für euch? Ihr seid im Nebel gefangen«, hielt Robert dagegen.

»Du liegst auf dem Boden, kannst nicht aufstehen, wirst im Laufe der Nacht sterben.« Quistan erhöhte seinen Einsatz und Robert musste mithalten.

»Rungar hat mir aufgetragen, den Oron zu finden. Wenn ihr mir nicht helft, missachtet ihr seinen Befehl.« Jetzt würde deutlich werden, wie nah die Seelen ihrem Herrn standen.

»Und du beabsichtigst, Rungars Wunsch nachzukommen? Wirst du ihm den Oron aushändigen, wenn wir dir helfen?« Neue Energie durchströmte Roberts Körper. Bluffte Quistan oder wussten sie, wo der Gegenstand versteckt war? Wenn jemand diesen Oron durch den Nebel von Nofra nach Loch gebracht hatte, hatte er sie passiert. Die Seelen konnten also etwas wissen und sagen, wer die Person war.

»Rungar wird Negola töten, wenn ich ihm den Oron nicht bringe. Ihr bleibt keine Zeit! Welche andere Möglichkeit habe ich, als seinem

Befehl nachzukommen?« Seine Stimme überschlug sich vor Aufregung, denn Quistan wusste bestimmt etwas!

»Auf der anderen Seite der Grenze wandelt eine Frau durch den Nebel. Sie bewacht das, was Rungar von dir verlangt.« Robert versuchte, irgendwelche Regungen im Nebel auszumachen, doch selbst wenn die Silhouette im Wind schwankte, sagte das nichts über ihre Verhandlungsstrategie aus. Er selbst war hingegen ein offenes Buch für Quistan.

»Welche Grenze meinst du?«

»Zwischen Nofra und Loch ist ein Schutzwall. Wer ihn passiert, bleibt im Nebel stecken. Wir haben nicht auf unser Gefühl geachtet, das uns stoppen wollte«, sagte Quistan in einer Stimmlage, die sich von seinen anderen Äußerungen unterschied. Robert glaubte, Wut darin zu erkennen.

»Und warum kann ich unbeschadet von der einen zur anderen Seite gehen, ohne dass mir etwas geschieht?«, fragte Robert.

»Die mächtigsten Männer haben sich vor Jahrhunderten zu einem Bund vereint und Nofra vor dem Rest der Welt in Nebel gehüllt. Mehr obliegt mir nicht zu sagen. Steh auf und folge uns ins Moor. Dort findest du das, wonach Rungar sucht!« Die Schatten glitten auseinander und bildeten einen Gang in ihrer Mitte.

»Du bluffst!« Die Seelen konnten ihm anscheinend nicht direkt etwas anhaben, denn andernfalls hätten sie ihn schon bei seinem ersten Besuch angegriffen. Aber sie besaßen die Fähigkeit, ihn ins Verderben zu locken und im Moor verschwinden zu lassen.

»Was meinst du damit?« Quistans Stimme klang heller und Robert verstand, dass er ein anderes Wort wählen musste.

»Du willst mich hinters Licht führen. Aber warum? Aus welchem Grund möchtest du mich beseitigen?« Die Euphorie darüber, dass Quistan ihm etwas über den Verbleib des Oron verraten hatte, verflog. Robert spürte, wie ihn die Kälte der Erkenntnis nach unten zog.

»Warum denkst du, dies sei mein Begehr?« Offenbar war das Spiel noch nicht beendet und Quistan setzte jetzt alles, was er besaß. Er wollte Robert unbedingt ins Moor locken. Allerdings konnte Robert nicht mehr lange mithalten. Seine Augen brannten, während er sich auf die Schatten konzentrierte. Gleich würden sie in der Nacht verschwinden.

»Ihr dient Rungar. Reicht das nicht?« Robert sagte genau das, was er dachte, denn er wusste, dass ihm die Zeit durch die Finger glitt und er nicht länger mit einer verlorenen Seele spielen konnte, während Negola gleichzeitig Höllenqualen litt.

»Du kannst hierbleiben und sterben, bevor der Tag zurückkehrt. Nachts verirrt sich kaum jemand zu uns. Oder du kommst mit und wir bringen dich zu der Frau mit dem Oron.« Quistan bestätigte das, was Robert längst gedacht hatte. Wenn er weiter auf dem kalten Boden lag, würde er seine Nieren schädigen oder eine Lungenentzündung bekommen. Aber die Kraft aufbringen, um zu den Seelen ins Moor zu kommen? Wenn er das schaffte, konnte er ebenso gut zum Bahnhof wandern. Die Hälfte der Strecke hatte er immerhin hinter sich gebracht.

»Wie heißt sie?« Als Robert nicht direkt eine Antwort erhielt, fragte er ein zweites Mal. »Die Frau. Wie ist ihr Name?«

»Spare deinen Atem. Steh auf«, forderte Quistan.

Robert schaffte es nicht.

»Das kann ich nicht. Meine Beine! Wenn ich …« Robert brach den Satz ab. Sein Gespräch mit Quistan hatte ihn ins Verderben geführt, denn die Schatten hatten ihn hier festgehalten und beobachtet, wie sein Leben allmählich vom Nebel aufgesaugt worden war. Vielleicht ernährten sich die Seelen der Soldaten auf irgendeine Weise davon und nahmen Roberts Energie in sich auf.

»Du hast die Kraft dafür! Die Angst lähmt deinen Körper. Du tötest Negola, wenn du nicht mit uns kommst! Wir dienen Rungar, bis wir nicht mehr dazu in der Lage sind. Rungars Worte kamen über deine Lippen. Sie gelten für uns, als hätte unser Herr direkt zu uns gesprochen. Es ist unsere Pflicht, dass wir dich zum Oron führen!« Robert fühlte sich schlecht, aber er konnte nicht riskieren, länger zu warten und damit Negolas Leben zu verspielen, musste mit den Schatten gehen. Wenn sie ihn ins Verderben führten oder er sich überanstrengte, konnte Robert zumindest mit der Gewissheit sterben, alles für Negola gegeben zu haben.

»Ich folge euch«, sagte Robert und irgendwie gelang es ihm, wieder auf die Beine zu kommen.

Abseits der Straße federten seine Schritte auf dem Untergrund. Dennoch spürte Robert seine Gehirnerschütterung. Allein der Gedanke an Negola hielt ihn auf den Beinen.

Die Seelen verharrten zwischenzeitlich, bis Robert sie wieder einholte. Auf ihrem Weg sprachen sie kein Wort miteinander. Lange konnten sie nicht mehr bloß vor ihm her schweben. Die Nacht war kurz davor, das letzte Licht zu verscheuchen. Bald müssten sie ihm Richtungsanweisungen geben – allerdings setzte das voraus, dass Robert ihnen blind vertraute. Wenn sie wollten, brachten Rungars Soldaten ihn dann vom Weg ab.

»Wie weit ist es noch? Ich kann nicht mehr! Mir reicht's« Robert wusste nicht, wie er später überhaupt bis zu Rungars Festung gelangen sollte, und verdrängte diesen Gedanken direkt wieder.

»Wir erreichen in wenigen Ellen die Grenze. Ab da trennen sich unsere Wege. Du musst nur einige Schritte weitergehen und ihren Namen rufen. Sie wird dir antworten.« Aus dem Matheunterricht kannte Robert dieses Längenmaß, aber er hatte vergessen, wie man eine Elle in Meter umrechnete.

»Wie heißt sie?«

»Serina.«

»Du verarschst mich!« Robert vergaß, auf seine Wortwahl zu achten. War das sein Ernst? Diesen Namen gab es sehr selten. Genau genommen kannte Robert nur eine Person, die so hieß – seine Mutter.

15

»Ich hätte besser mit ihm über seine Mutter gesprochen. Ihn über alles aufgeklärt.« Theo lehnte bei Nob im Türrahmen.

»Und du bist dir sicher, dass er zu mir gehen wollte?« In seinen Händen hielt Nob einen Pott, aus dem Wasserdampf in die Nachtluft wehte. »Trinkst du einen Jagertee mit? Der wärmt.« Dem Geruch nach befand sich die doppelte Menge Rum in dem Schwarztee, als die Rezepte angaben.

»Tinja hat ihn besucht. Wenn sie ihn richtig verstanden hat, denkt Robert, dass er Nofra gefunden hat«, sagte Theo. Neben ihm stand ein mindestens zwanzig Jahre altes Hollandfahrrad, mit dem er zum Bahnhof gefahren war. Nachdem er Roberts Zimmer leer vorgefunden hatte, war er zunächst bei Tinja gewesen – vergeblich. Sie gab ihm den Tipp, bei Nob nachzusehen, und wollte Theo zudem begleiten. Auf ihrer Stirn zeichneten sich Falten ab und in diesem Moment wirkte Tinja nicht wie ein Teenager auf ihn. Das Bild einer Erwachsenen, die sich um ein Kind ängstigte, passte besser dazu.

»Komm herein zu mir. Was hat er alles gesagt?« Der Bahnhofsvorsteher öffnete die Tür ein weiteres Stück und trat nach hinten. Dabei schwankte er und versuchte, sein Getränk auszubalancieren. Etwas Tee lief über seine Hand und er schüttelte sie, sodass noch mehr Jagertee herausschwappte. »Verdammt«, sagte er. »Schmeckt heiß am besten.«

»Robert hat eine Gehirnerschütterung und daher nur ein paar Fetzen geäußert.«

Der Nebel hatte das Umland erobert und Theo konnte bloß den Vorplatz vom Bahnhof sehen. Die Straße, die nach Loch führte, war vollständig verhüllt. »Er wird wohl nicht ins Moor gegangen sein?«, sprach Theo mehr zu sich selbst, während Nob sein Getränk von der Hand schlürfte.

»Wo soll er sonst sein?« Der Alte sprach das aus, was Theo längst befürchtete. »Ich begleite dich.« Er wackelte zurück in seine Wohnung und ließ Theo auf der Schwelle warten.

Im Moor musste man langsam gehen und Nob kannte sich dort besser aus als jeder andere Einwohner von Loch. In jedem Fall war der Alte – zumindest dort – hilfreich. Mit einem dicken Stock in der einen und einer Öllampe in der anderen Hand kehrte Nob zurück. »Der Tee wärmt ungemein. Du willst keinen trinken?«, fragte er und wischte sich Schweiß mit dem Ärmel seines Bundeswehrparkas von der Stirn. »Die Wesen im Moor mögen unsere modernen Taschenlampen nicht«, ergänzte Nob, schloss die Wohnungstür und sagte dabei: »Heute kommt kein Zug mehr.«

»Nein«, antwortete Theo und es blieb unklar, ob er sich auf das Angebot mit dem Jagertee oder den Zug bezog.

»Kennt er die Wahrheit über seine Eltern?« Beim Gehen stützte sich Nob auf den Stock, der jedoch mehr als eine bloße Gehhilfe zu sein schien. Die Metallketten an ihm klirrten bei jedem Schritt aneinander.

»Mein Bruder möchte nicht mit Robert darüber sprechen.« Theo schob sein Fahrrad und erzeugte mit dem Dynamo Licht, das die Wassertropfen in der Luft reflektierte.

»Dann musst du das machen.« Nobs Lampe bewirkte denselben Effekt.

»Nein! Das habe ich Klaus versprochen.« Theo wäre am liebsten auf sein Fahrrad gestiegen, um seine Suche zu beschleunigen. Dennoch ging er besser nicht alleine ins Moor. Heute war der Nebel besonders dicht und Nob hatte mehr Erfahrung als Theo.

»Am Ende wird Robert es selbst herausbekommen, den Weg in die Nebelstadt fand er auch alleine.« Seine Schritte verlangsamten sich, Nob stoppte schließlich. Aus seiner Lunge drang ein Pfeifton. Er musste husten.

»Das hoffe ich schon lange. Ich glaube, dass Klaus es gut meint. Er will Robert nicht verlieren. Der Junge sieht seiner Mutter sehr ähnlich. Mein Bruder hat früh geahnt, dass er ihr nicht nur äußerlich gleicht. Serina würde ihr neues Leben nicht mehr aufgeben, aber was ist mit

Robert? Klaus hat Angst, dass sich sein Sohn irgendwann für Nofra entscheidet.«

»Und trotzdem reist er durch die Welt und ist nicht bei ihm?« Jedes Mal, wenn er einatmete, entstand das Pfeifen und Theo fragte sich, ob der Alte die Ketten an seinen Stock genagelt hatte, um genau dieses Geräusch zu übertönen.

»Das ist sein Beruf und seit Serina im Koma liegt, lastet die Verantwortung komplett auf seinen Schultern. Klaus hat Geldsorgen. Darüber will er natürlich nicht mit Robert sprechen. Er spart für einen gemeinsamen Urlaub mit ihm. In den nächsten Ferien möchte er mit Robert verreisen und ihm die Länder zeigen, die er selbst beruflich kennengelernt hat.« Seine Jacke sah nicht schöner aus als die von Nob. Theo zupfte an einem Faden, der aus einer Naht ragte. Die Stelle hatte er kürzlich erst gestopft. »Ich habe ganz knapp mein Auskommen. Aber das ist mir wenigstens sicher. Hier in Loch ändert sich nicht viel. Solange genügend Menschen im Ort wohnen, kann ich überleben. Bei Klaus ist das anders! Vor ein paar Jahren konnte man als Fotograf gut verdienen«, setzte Theo fort.

»Das liegt an diesem Internet! Es verändert alles.« Nob machte eine Pause und überlegte ziemlich lange, ehe er weitersprach. »Können wir damit Robert finden? Das tragen sie doch überall mit sich herum.«

»Das Internet?«, fragte Theo.

»Du weißt, was ich meine. Hat Robert sein Telefon mitgenommen?«, erwiderte Nob und kämpfte beim Sprechen um seine Stimme.

»Du meinst sein Smartphone?«

»Hat er es nicht mitgenommen? Die Jugendlichen kleben alle förmlich daran fest. Irgendwann wachsen ihre Körper damit zusammen.«

»Da wirst du recht haben. So schlau war ich selbst, Nob! Bin nur auf der Mailbox gelandet; das ist wie ein Anrufbeantworter. Egal. Übrigens könntest du auch ein Handy gebrauchen! Auf deinem Festnetzanschluss habe ich dich nicht erreichen können.« Theo legte seine Hand auf Nobs Rücken, der gegen einen weiteren Hustenanfall ankämpfte, und ergänzte: »Du weißt selbst, dass man sich im Moor auf seine Sinne verlassen muss. Sei ehrlich! Schaffst du den Weg oder möchtest du, dass ich Robert alleine suche?« Theo betrachtete Nob. Er konnte nicht einschätzen, ob der Alte genug Kraft besaß. Schließlich war er kein Arzt und hätte schon vor Jahren darauf getippt, dass Nob den kommenden Monat nicht mehr überlebt.

»Die Pause hat geholfen. Das ist der Tee, weißt du? Zieht mir in die Beine. Und wärmt. Das kannst du mir glauben! Heizt ungemein auf, der Jagertee. Ist besser als jeder Wollpullover.« Mit einem Schlag, der wohl bis nach Loch hallte, knallte Nob seinen Stock auf den Boden. Als er weiterging, hatte Theo Schwierigkeiten, mit Nob mitzuhalten. Die Strecke führte steiler bergab und wenn der Tee tatsächlich schwere Beine erzeugte, so zogen diese den Bahnhofsvorsteher wahrscheinlich den Weg hinab. Das passte Theo gut. Robert hätte das Haus nicht verlassen dürfen und Theo überlegte, ob er besser die Polizei anrief. Eine Sache hielt ihn davon ab. Was war, wenn Robert Zeit brauchte? Was, wenn er sich wirklich um jemanden kümmern musste? Er wollte ihn zuerst allein sprechen. Die Polizei würde ihm nicht die Chance geben, in eine verborgene Stadt im Nebel zu gehen, und müsste ihn in ein Krankenhaus einliefern lassen.

»Wie hat Klaus eigentlich Robert diese eine Sache mit seiner Mutter erklärt?« Das Pfeifen in seiner Lunge kehrte zurück. Momentan schien es ihn allerdings nicht davon abzuhalten, Theo neben sich her zu treiben. Vielmehr erinnerte es an eine Dampflok, die ihren Kessel aufgeheizt hatte und allmählich an Fahrt gewann.

»Was meinst du?«, fragte er. Wenn das so weiterging, müsste Theo bald auf seinem Fahrrad neben dem Alten her rollen.

»Diese Narben in Serinas Händen! Da sind Steine drin, oder? Ich erinnere mich genau, wie ich sie vor vielen Jahren nachts im Moor gefunden habe. Sie trug dieses schlichte Kleid aus Leinen. Zuerst dachte ich, dass sie eine Taschenlampe dabeihatte, aber das Licht kam aus ihren Händen.« Er ging wieder langsamer. Theo überlegte, ob Nob eine weitere Pause einlegte oder kurz vor einem Herzanfall stand.

»Sie haben nie darüber gesprochen und Robert kannte seine Mutter nicht anders. Außerdem hat sie gelernt, das Leuchten zu unterdrücken«, erwiderte er.

»Wenn sie wüsste, dass er ihre Gabe geerbt hat, dann …« Ein Hustenanfall unterbrach den Alten beim Sprechen.

»Dann könnte sie mit ihm ihre Familie in Nofra besuchen«, setzte Theo den Satz fort.

»Und jetzt hat Robert das ohne sie geschafft.« Nob stoppte. Dieses Mal hatte das einen anderen Grund. Theo blieb ebenfalls stehen. Selbst im Nebel wussten sie genau, an welcher Stelle man am besten das Moor betrat. Sein Fahrrad lehnte Theo an den Erdwall.

»Funktionieren deine Ketten?« Theo deutete auf den Stock, der beim Aufstieg noch lauter klirrte.

»Bisher haben sie mich beschützt. Irgendeine Wirkung werden sie also auf die Wesen im Moor haben. Wenn du nicht deine Fahrradkette mitnehmen willst, lässt du mich am besten vorgehen!« Während er sprach, hob der Alte den Stock an und hielt ihn Richtung Moor. Dabei schwenkte er ihn und ließ die Metallglieder tanzen.

»Und wenn diese ... Wie nennst du sie? Moorviecher? ... Was ist, falls sie sich von hinten anschleichen?« Theo lachte und hörte damit direkt wieder auf, als ihn Nob mit weit aufgerissenen Augen anstarrte.

»Dann, mein Lieber, hast du ein gehöriges Problem.« Es herrschte einige Sekunden Stille zwischen ihnen, ehe Nob das Lachen von Theo erwiderte und seinen Stock erneut schüttelte. »Glaubst du das wirklich? Ich habe keine Ahnung, ob die Ketten etwas bringen. Die wenigen Touristen, die ich durchs Moor führe, mögen diese Geschichte und einen anderen Stock habe ich nicht.«

»Jede Erzählung besitzt einen wahren Kern«, erwiderte Theo.

»Das stimmt. Bleib also besser nah bei mir, wenn dir dein Leben – Hörst du das?« Er ruhte auf seiner Gehhilfe.

»Das sind Sumpfohreulen. Ich bin hier groß geworden, Nob! Wir lassen das jetzt sein mit den Schauergeschichten und suchen Robert.« Theo wollte am Bahnhofsvorsteher vorbeigehen und vor ihm das Ödland betreten.

»Das meine ich nicht. Sie rufen lauter als üblich. Normalerweise muss man still stehen bleiben, um sie wahrzunehmen. Etwas ist heute anders. Ich spüre es. Wenn Robert ins Moor gegangen ist, müssen wir uns beeilen!«

16

Augen zu!, dachte er. So hatte Robert es zuvor immer gemacht. Dieses Mal blieb er nach ein paar Schritten stehen. Seine Beine weigerten sich weiterzulaufen, wollten lieber umkehren – ihn fortbringen. Jetzt stand er genau zwischen Loch und Nofra. Im Grenzbereich. Das spürte er und sein gesamter Körper drängte ihn dazu, nicht zu verharren. Hier hatten die Seelen der Soldaten ihre Körper verloren.

»Serina?« Robert drehte seinen Kopf in alle Richtungen und streckte seine Hände aus. Sie bekamen nichts zu fassen, während wieder einmal bloß Nebelschwaden seine Finger streiften.

»Serina?«, rief er lauter. Bei ihrem Vornamen hatte er seine Mutter noch nie genannt, aber er wusste auch gar nicht, ob …

»Robert.« Die Stimme kam von vorn und er hielt den Atem an. Das musste sie sein. Seine Mutter! Sie kannte seinen Namen.

»Du kannst deine Augen öffnen.« Ohne den Vollmond war es zu dunkel, um etwas zu erkennen. Plötzlich bekam Robert eine Idee. Mit dem Fotolicht an seinem Smartphone leuchtete er in das Nebelmeer. Zwei, drei Armlängen vor ihm schwebte ein Schatten, der in seiner Kontur den körperlosen Soldaten glich. Allerdings wirkte die Erscheinung schmächtiger.

»Wieso bist du hier?« Mehr brachte Robert nicht über die Lippen. Er fühlte sich nicht danach, auf seine Mutter loszustürmen und sie zu umarmen – was ohnehin unmöglich gewesen wäre.

»Ich wollte meiner Familie und meinen Freunden beistehen.« Sie kam näher.

»Du hast mich dafür verlassen! Bin ich nicht deine Familie?« Robert konnte mit niemandem über seine Sorgen sprechen, dachte oft Dinge, die ihn erschreckten. Ihm wäre es lieber gewesen, seinen Vater und nicht seine Mutter im Krankenhaus vorzufinden.

»Damit meinte ich meinen Bruder und seine Familie. Du bist alles für mich. Das weißt du hoffentlich. Ich habe dich hier so vermisst.« Nur ein Schritt und Robert konnte seiner Mutter nahe sein. Auch wenn dort nichts anderes war als ein Schemen.

»Und deine Eltern?« Robert kannte eine Geschichte über seine Großeltern. Wie sicher konnte er sein, dass sie stimmte?

»Die sind gestorben. Das ist die Wahrheit. Bloß geschah es anders, als ich dir erzählt habe. Vor Rungar gab es jemand anderen und ...« Sie sprach nicht weiter.

»Wie alt warst du da?« Schon immer fühlte sich Robert mehr bei seiner Mutter als bei seinem Vater geborgen. Irgendwann kehrte sich diese Empfindung allerdings ins Gegenteil um. Bei dem Gedanken daran, welche Bilder im Krankenhaus in seinem Kopf entstanden waren, empfand Robert ein Frösteln. Stundenlang hatte er seine Mutter einfach nur angestarrt und plötzlich tauchten sie auf, diese Vorstellungen.

»Jünger als du. Als ich einen Weg fand, nach Loch zu wandeln, bekam ich das Gefühl, mein Leben neu zu beginnen. Doch irgendwann kamen diese Träume! Ich habe gespürt, dass sich etwas in meiner Heimat veränderte.« Inzwischen konnte Robert die Stimme seiner Mutter sehr gut hören. Sie umgab ihn, hüllte ihn ein.

»Und jetzt bist du im Nebel gefangen?« Robert blickte auf seine Beine, seine Hände und zu der Erscheinung im Nebel, die seine Mutter sein sollte.

»Es ist etwas schiefgelaufen. Man verfolgte mich und ich bin hier stecken geblieben. Es brach mir das Herz, dich nicht mehr sehen zu können.«

»Liegt im Krankenhaus nur deine Hülle? Weiß Papa, was geschehen ist?« Bei dem Gedanken an die Intensivstation und den Geruch von Desinfektionsmittel erschienen sie wieder – diese Fantasien. Robert hatte irgendwann überlegt, das Kissen auf ihr Gesicht zu pressen. Das Pflegepersonal hielt sich an einen festen Ablaufplan. Morgens leerte es den Urinbeutel, erneuerte den Tropf und kontrollierte die Schläuche. Danach geschah zwei Stunden lang nichts. Der gesamte Tag hatte eine feste Struktur, die Robert anfangs Halt gegeben hatte. Die Krankenhausroutine verschleierte das Unfassbare – seine Mutter auf diese Weise zu sehen. Aber dann kamen diese Gedanken und verschlimmerten sich sogar, je mehr Robert versuchte, sie zu verdrängen. Er stellte sich vor, wie er sie erstickte. Oder wie das Personal sie schlecht behandelte. Robert war hin und her gerissen zwischen Hass auf seine Mutter und dem Wunsch, sie zu beschützen.

»Ich habe deinem Vater gesagt, dass meine Familie dringend Hilfe benötigt. Er wollte mich davon abhalten. Ich bin dennoch ein letztes Mal nach Nofra gegangen.«

»Wenn es ging, habe ich dich täglich besucht. War das reine Zeitverschwendung? Vater ging seltener ins Krankenhaus als ich. Das hat mich wütend gemacht. Ist ihm klar, dass du hier bist?« Mit geballten Fäusten dachte Robert an die Stunden in diesem weißen Zimmer und an das einzige Bild an der Wand. Es zeigte einen Strauß Blumen. Mehr nicht. Jedes einzelne Blatt hatte Robert studiert und das Motiv in Gedanken mehrmals neu gemalt.

»Er weiß, dass dort im Krankenhaus mein Körper, aber nicht mein Geist liegt. Wenn du ihn wiedersiehst, kannst du mit ihm über alles sprechen und ihn danach fragen. Wir waren geteilter Meinung darüber, ob du irgendwann meine wahre Herkunft und damit etwas über deine Wurzeln in Nofra erfahren darfst. Du hast sie schließlich selbst entdeckt. Er liebt dich! Das weiß ich.« Seine Mutter sagte das so einfach. Woher wusste sie, was sein Vater über ihn dachte? Sie lebte nicht mehr bei ihnen zu Hause und sah nicht, dass sich alles verändert hatte. Wie wenig er noch mit ihm sprach. Dass sie kaum mehr gemeinsam aßen. Früher war das ein festes Ritual gewesen. Abends saßen sie stets zu dritt am Tisch. Manchmal hatten sie keine Lust gehabt, etwas zu kochen. Genau dafür gab es den Lieferservice. Wenn Robert daran zurückdachte, waren die glücklichsten Momente die, in denen sie gemeinsam eine Familien-Pizza aßen. Die Schachtel lag in der Mitte auf dem Tisch, sie alle griffen hinein, waren ganz einfach zusammen. Inzwischen bestellten sein Vater und er – wenn das überhaupt vorkam – getrennte Sorten.

»Sind die Soldaten im Nebel an allem schuld? Haben sie dich angegriffen? Sind sie für deinen … Zustand verantwortlich?« Was da genau vor ihm im Nebel schwebte, war Robert gar nicht klar. Sprach er mit dem Bewusstsein seiner Mutter? Oder mit ihrer Seele? Gab es da überhaupt einen Unterschied? Er hatte keine Ahnung und suchte auch keine Antwort auf all seine Fragen. Sie war hier gefangen und er musste das ändern!

»Rungars Soldaten sind erst später dazugekommen. Sie hatten den Befehl, nicht umzukehren. Ihre Körper sind an der Grenze gestoppt worden. Warum bist du hier?« Die Frage seiner Mutter erschreckte Robert, denn er fühlte Schuld für das, was Negola gerade bei Rungar durchmachte.

»In Nofra habe ich ein Mädchen getroffen, Negola. Sie hat mir von ihrer Tante erzählt, die durch den Nebel gehen kann. Das bist du, oder? Du bist Negolas … Ich meine … Sie sagte, dass ihre Tante Nofra verlassen hat.« Was Rungar Negola antat, zerriss Roberts Hoffnung. Wenn sie nicht durchhielt … Daran durfte Robert nicht denken.

»Du hast sie getroffen? Ich habe deine Cousine nicht oft gesehen. Beim letzten Mal schlief sie. Negola ähnelt meinem Bruder. Wie geht es ihr?«, fragte sie.

Es war ein Moment der Erleuchtung. Nun wusste Robert, warum ihm Negola so viel bedeutete. Sie gehörte zu seiner Familie. Sofort musste er an Tinja denken. Wenn Robert ihr erklärte, dass er einer Verwandten half, würde das die Situation kaum ändern. Schließlich lebte Negola in Nofra – der Stadt im Nebel. Daher war es besser, Tinja nichts mehr von seinen Geschichten über seine Ausflüge zu berichten. »Er tötet sie, wenn ich mich nicht beeile!«

»Negola ist bei ihm? Was ist passiert?« Roberts Mutter sprach schneller.

»Das weiß ich nicht. Die Soldaten müssen bemerkt haben, dass ich nicht aus Nofra komme. Sie haben uns gejagt. Negola und ich wurden getrennt und –«

»Wenn Rungar weiß, dass du aus Loch kommst, ist mir alles klar«, unterbrach ihn seine Mutter. »Er will den Oron, habe ich recht?«

»Ja! Was ist das für ein beschissenes Ding?« Robert trat gegen einen Stock, der ein paar Meter weiter platschend in eine Pfütze fiel.

»Wie viel weißt du über das Leben in Nofra und die Geschichte?«

»Dort sieht es aus wie im Mittelalter und es gibt sogar Drachen. Sie stehen bei Rungar auf dem Speiseplan.«

»Er hat was getan? Wiederhol das bitte! Rungar verspeist Drachen?« Ihre Stimme klang schrill.

»Das ist unwichtig im Vergleich dazu, was er mit Negola gemacht hat. Ich muss zu ihr! Ohne die Steine wird sie nicht mehr lange durchhalten.«

»Du verstehst das nicht. Die Drachen sind in Nofra heilige Tiere. Sie gehören zu unserer Kultur.« Der Schatten rückte näher zu Robert und setzte fort: »Um das alles zu verstehen, musst du die Geschichte der Kristalle kennen. Wir verdanken unsere Fähigkeiten einem Kometen. Er ist hier vor Jahrhunderten eingeschlagen und hat seine Energie freigesetzt. Seine Aura hat alle Menschen in seiner Nähe verändert. Fortan konnten sie sich mit Kristallen verbinden, die der Himmelskörper in seinem Innern über Millionen von Jahren verborgen hatte. Dabei hat unseren Vorfahren ein Drache geholfen. Nur sein Feuer war heiß genug, um die Kristalle aus dem Kometen zu schmelzen. Wir verehren sie daher, haben einen Pakt mit ihnen.«

»Was soll das denn für eine schräge Geschichte sein?« Robert schüttelte seinen Kopf und dachte zugleich an das Leuchten in Negolas Händen. Eine bessere Erklärung als die Geschichte seiner Mutter fiel ihm selbst auch nicht ein.

»Ähnliche Fälle hat es schon öfter gegeben! Die Römer verdanken einem anderen Kometen ihre besondere Kampfkraft. Durch den Einschlag in Chiemgau ist ein Erz auf die Erde gelangt. Daraus haben sie ihre übermächtigen Schwerter schmieden lassen.«

»Und was hat das jetzt mit dem Oron zu tun?«

»Der Oron ist der Kern des Kometen und vereint alle Fähigkeiten der unterschiedlichen Kristalle.« Sie machte eine Pause, aber Robert wusste längst alles Wichtige. Diese Macht durfte nicht in Rungars Hände gelangen. Doch was bedeutete das für Negola? War ihr Schicksal damit besiegelt? Musste Robert sie opfern, um größeres Unheil zu verhindern? »Weißt du, wie man sich mit einem Kristall verbindet?«, fragte seine Mutter.

»So ungefähr.« Allmählich strengte ihn das Gespräch an.

»Du brauchst zwei Träger, die dazu bereit sind, ihre Steine einen Moment zu offenbaren, um Splitter für dich zu lösen. Meistens sind das die Eltern. Sie helfen dir gemeinsam, einen Bund einzugehen, der erst mit dem Tod endet.«

»Was will Rungar dann mit dem Oron? Trägt er keine eigenen Steine?« Der Drang, den Ort und mit ihm den Nebel zu verlassen, wurde unerträglich.

»Der Oron ist ein einziger Kristall und er wird an einer anderen Stelle am Körper getragen.« Nach einer weiteren Sprechpause sagte Serina etwas, das Roberts weiteres Leben für immer veränderte: »Nur wer von den Menschen abstammt, die der Kometeneinschlag einst veränderte, ist dazu in der Lage, Kristalle zu tragen. Wenn du mutig genug bist, sage ich dir, wo du den Oron bei dir einsetzen musst. Aber dafür wirst du ihn zuerst bergen müssen. Ich habe ihn im Moor versteckt.«

17

Roberts Brust brannte und er glaubte zu ersticken, obwohl seine Lunge mehr als genug Sauerstoff einsog. Immer wieder verlor er das Gleichgewicht.

Hinsetzen.

Ausruhen.

Nachdenken!

All das wollte er … Es war nicht möglich.

Negola wartete auf ihn. Um sie zu retten, musste er Rungar gegenübertreten. Seine Mutter hatte ihn gewarnt. Robert riskierte sein Leben und starb am Ende möglicherweise gemeinsam mit Negola in Rungars Festung.

»Halte ihn unterhalb deines Sonnengeflechts. Wenn du bereit dafür bist, musst du alle Kraft aufwenden, die du hast.« Die Worte seiner Mutter klangen beruhigend, bewirkten jedoch genau das Gegenteil. Mit ihrer Hilfe hatte er den Stein mühelos gefunden. Zuerst dachte Robert, dass er in dem Moorloch komplett untertauchen musste, um den Oron an sich zu nehmen. Das Wasser fühlte sich in der Nähe des Kristalls wärmer an und er ließ sich von seinem Instinkt leiten.

»Woher weiß ich, dass du mir helfen willst? Ist es nicht so, dass unsere Seele aus zwei Teilen besteht?« Robert fühlte sich so, als würde er selbst neben sich stehen. Er konnte nicht glauben, was er versuchen wollte. Wie sollte dieses Teil in seinen Körper gelangen, ohne dass er dabei sein Leben verlor? Er fühlte, wie sich seine Kehle zuschnürte, und versuchte, Zeit zu gewinnen. »Vielleicht bist du ausschließlich der böse Part und willst mir Schaden zuzufügen!« Sein Brustkorb hob und senkte sich immer schneller. Die Hand, in der er den schwarzen Kristall hielt, zitterte.

»Das kannst nur du spüren. Aber ich warne dich vor diesem Artefakt. Das würde eine böse Seele niemals machen. Wenn du dir den Oron einsetzt, wirst du neue Fähigkeiten erlangen und zu einer anderen Person werden. Ich kann dir nicht versprechen, dass dir das neue Leben gefallen wird.«

»Wie meinst du das?« Robert hielt den Kristall von sich weg, betrachtete ihn. Das war er also – der Oron. Ein schwarzer, glänzender Stein, der einem Oktaeder glich. Für ihn ging Rungar über Leichen.

»Mehr Macht als mit dem Oron kann man nicht erlangen. Du wirst dich dadurch verändern. Die Träger vor dir haben vollkommen unterschiedlich darauf reagiert. Es ist ebenfalls denkbar, dass du Rungar nur besiegst, um anschließend seinen Platz einzunehmen und ein viel grausamerer Herrscher zu werden.«

»Warum willst du dennoch, dass ich damit verschmelze?«, fragte Robert.

»Weil ich keinen anderen Weg sehe. Selbst wenn ich bereit wäre, Negola aufzugeben, müsste ich weitere Opfer unter Rungar befürchten. Sein Hunger nach Macht ist gefährlich groß. Seit seiner Machtübernahme will er weit über Nofra und das Umland hinaus regieren. Ohne die Barriere im Nebel wird er seinen Untertanen das letzte Stück Freiheit nehmen, sie versklaven. Und das wäre erst der Anfang seiner Schreckensherrschaft!«

»Dann versenke ich den Oron am besten viel tiefer im Moor!«

»So kenne ich dich. Deine Bedenken zeigen, dass du ein würdiger Träger sein wirst. Vergiss niemals, wie viel Angst du genau jetzt vor dem Kristall hast, und fang an, zu einem Sohn von Nofra zu werden! Negola vertraut dir.«

Je länger Robert auf den Oron starrte, desto größer wurde seine Furcht vor dem, was nun folgen musste. Wenn es nicht seine Mutter gewesen wäre, die ihn zu dieser Tat aufforderte, hätte Robert niemals gewagt, den nächsten Schritt zu gehen. Er zog seine Kleidung über den Kopf und ließ sie achtlos fallen. In seinem Ohr dröhnte das Pochen der Halsschlagader. Trotz des kühlen Nebels schwitzte er.

»Nimm beide Hände und alle Kraft, die du aufbringen kannst. Du wirst Schmerzen haben, aber du darfst nicht schreien. Der Kristall muss das Gefühl haben, dass du ihn würdevoll tragen wirst!«

Meinte sie das ernst? Führte dieser Stein in seiner Hand ein Eigenleben? Es blieb keine Zeit mehr, seine Mutter danach zu fragen. Die Zeit drängte nicht nur – sie war für Negola so gut wie abgelaufen. Diesen Gedanken verwarf Robert direkt wieder.

Die Spitze des Kristalls drückte gegen seine Haut, stach hinein. Blut lief Roberts Oberkörper hinab. Er hatte den Oron in der Mitte seines Brustkorbes unterhalb der Knochen angesetzt und mit einem Stoß hineingedrückt. Der Schreck darüber war so groß, dass ihn die Kraft in seinen Händen verließ und der Kristall nur wenige Millimeter tief in seiner Haut steckte.

»Wenn du jetzt nicht weitermachst, wirst du keine zweite Chance erhalten!« Nie zuvor hatte seine Mutter ihn angeschrien. Robert brüllte lauter zurück. Die Worte trug er seit Monaten mit sich herum. Sie enthielten all die Wut, die das Krankenhaus, dieses bescheuerte Blumenbild in dem Zimmer und ganz besonders der schlaffe Körper dort erzeugt hatten. Jeden Tag waren seine Aggressionen stärker geworden. Jetzt brach alles aus ihm heraus. Zugleich drang der Oron wie eine glühende Glasscherbe durch seine Haut. Blut lief aus der Wunde und Robert wurde übel. Sein Kreislauf kollabierte und seine Beine gaben nach.

»Das hast du gut gemacht! Ihr müsst euch jetzt aneinander gewöhnen.«

»Wie lange dauert das?«, stöhnte Robert, presste weiter die Hände gegen seinen Oberkörper und fühlte den Kristall nicht mehr darin.

»Geh zu ihm. Rungar erwartet dich.«

Seine Hose war voll Wasser gesogen, schwer. »Es geht nicht. Lass mich einen Moment ausruhen …«

»Wenn du jetzt nicht aufstehst, wird der Oron deine gesamte Lebenskraft aufnehmen und du stirbst. Der Kristall kämpft anfangs gegen dich. Jetzt steh auf und lauf! Beweise, dass du ein würdevoller Träger bist. Stelle dich Rungar.« Seine Mutter schrie ihn schon wieder an und dieses Mal klang ihre Stimme noch lauter und wütender. Robert wollte ihr antworten, sie erneut beschimpfen und ihr sagen, dass sie zu viel von ihm erwartete. Er tat es nicht. Plötzlich hörte er eine Stimme. Zuerst war sie leise, wuchs an und wurde dann zu einem Sturm in seinen Ohren: »Wer bist du?«

18

Robert erkannte eine der beiden Wachen am Körperbau. Es war derselbe Mann, der beim letzten Mal in Rungars Gegenwart gelacht hatte. Jetzt stand er draußen vor der Festung.

»Halte ein! Was willst du meinem Herrn verkünden? Konntest du den Auftrag zu seiner Zufriedenheit erfüllen? Oder sollte ich dich gleich in den Kerker bringen?«

Robert ging ohne zu antworten weiter auf den Maskierten zu.

»Halt! Antworte oder ich ziehe meine Waffe!« Seine Hand schloss sich fester um seinen Speer und er signalisierte dem anderen Soldaten mit einem Kopfnicken, sich bereit zu machen.

»Dies sei deine letzte Warnung! Nenne mir deine Absicht!« Beide Soldaten richteten ihre Waffe auf Robert und verstellten das Eisentor. Eine Armlänge entfernt blieb er stehen und steckte seine Hände in die Hosentaschen. Seine Haare hingen ihm strähnig ins Gesicht. Durch das Shirt drang ein Blutfleck. Die Stimme hallte in Roberts Kopf und stellte fortwährend dieselbe Frage, seitdem er die Nebelgrenze hinter sich gelassen hatte: »Wer bist du?« Robert spürte, nein, wusste, dass seine Antwort nicht nur darüber entschied, ob der Oron ihn als Träger annahm. Seine Worte gaben die Richtung an, in die er mit dem Kristall gehen wollte. Als Robert im Nebel auf die Knie gefallen war, hatte das Flüstern begonnen. Der Oron offenbarte ihm die Namen und Taten der anderen Träger. Sie rauschten durch seinen Verstand.

Leid, Verderben, Tod! – Davon gab es mehr Geschichten als Beschreibungen, die Ruhe, Glück und Frieden enthielten. So dunkel, wie der Oron in Roberts Hand gewirkt hatte, so düster war seine Vergangenheit. Und es entschieden stets die ersten Worte der Träger darüber, wie ihr weiteres Schicksal verlief. Bei einem von ihnen blieb Robert hängen und mit geöffnetem Mund konnte er nicht glauben, was er da vernahm.

»Wer bist du?« – Wieder und wieder dieselbe Frage! Die Antwort war längst überfällig. Lange konnte er sie nicht mehr hinauszögern. Zugleich hob der Soldat seine Lanze, hielt die Spitze an Roberts Brust. »Warum blutest du? Gegen wen hast du gekämpft? Ist jemand, der unter Rungars Schutz steht, zu Schaden gekommen?«

Über Roberts Lippen drang kein Wort. Noch immer zogen die Lebensgeschichten seiner Vorgänger durch seinen Geist. Sie alle waren wesentlich älter gewesen. Was durfte er auf die Frage, wer er war, antworten? Ein Jugendlicher, der … genau da lag das Problem! Was für ein Teenager war er? Zwischen seinem Dasein in Hamburg und dem Leben in Loch lagen Welten. Seitdem Robert zuerst Tinja und danach Negola kennengelernt hatte, wusste er selbst nicht mehr, wer er war. Konnte das die richtige Antwort sein? Sie entsprach der Wahrheit:

Ich weiß nicht, wer ich bin!

Allerdings könnte das dem Oron nicht gefallen. Doch wenn Robert sich darum Gedanken machte, welche Äußerungen dem Kristall wohl passen würden, verleugnete er sich selbst und machte sich Stück für Stück zu einer Marionette, die von der Macht zu ungeheuren Taten getrieben wurde.

»Wir bringen dich zu Rungar. Er entscheidet über dein Leben und glaube mir, du bist ein Narr, wenn du bei ihm weiter schweigst.« Der zweite Soldat lief um Robert herum und drückte ihm sein Schwert in den Rücken. Robert ging einen Schritt nach vorne. In seiner Brust entstand ein Brennen und die Frage drängte ihn: »Wer bist du?«

Die Wörter pulsierten in seinem Kopf:

Wer. Bist. Du?

Die Frage bohrte weiter in ihm:

Wer?

Bist?

Du?

Es formierte sich, war greifbar. Das, was Robert schon immer sein wollte, gelangte auf seine Zunge. Er musste es nur noch aussprechen. Der Oron wollte seine Antwort hören. Robert blieb stehen, zog seine

Hände aus den Hosentaschen und streckte sie seitlich aus. Der Soldat hinter ihm wäre beinahe mit seiner Waffe in Robert hineingelaufen.

»Bist du …« Weiter kam er nicht, denn Robert drehte sich mit einem Ruck um und schaute den Soldaten auf eine Weise an, die diesem schlagartig die Sprache verschlug. Roberts Augen hatten ihre Farbe verloren. Sie sahen so schwarz aus wie seine Haare und unter seinem Shirt pulsierte ein bläuliches Licht. Jeder in Nofra kannte den Oron und wusste, was es bedeutete, wenn jemand sein Licht nicht in den Händen, sondern am Brustbein trug. Der Soldat fiel auf seine Knie, legte das Schwert zu Boden und senkte den Kopf.

»Ich bin …«, begann Robert, holte tief Luft und spürte, wie der Oron seine Energie in ihm freisetzen wollte. Es war die Kraft, die die Vielen vor ihm gespürt hatten. Jetzt entschied er, wie er sie einsetzen wollte. »Ich bin …«, wiederholte er und beschloss, den Satz endlich zu beenden. Robert wusste, dass die Antwort darauf gewartet hatte, ausbrechen zu dürfen.

19

»Du bist wer?« Rungar trat in den Gang. Hinter ihm standen mehr Soldaten, als Robert auf die Schnelle zählen konnte. Ihre Masken wirkten wie das unendliche Echo eines Mannes, der zu allem bereit war.

»Negola wird ihre Kristalle zurückerhalten und mit mir kommen.« Robert neigte seinen Kopf zur Seite und beobachtete mit den schwarzen Augen sein Gegenüber.

»Wer bist du, dass ich deine Befehle entgegennehmen müsste?«

»Negola. Sofort!«, forderte Robert und ging auf Rungar zu. Dabei pulsierte das Licht in seinem Oberkörper stärker.

»Das hast du nicht getan! Der Oron steckt in dir?« Rungar lachte und seine Stimme hallte von den Wänden wider. Dadurch klang es, als würden seine Männer mit in den Hohn einstimmen. Doch die Soldaten schwiegen, starrten ausschließlich auf das Leuchten, das durch Roberts Shirt drang. Einige überlegten wohl, ihre Maske abzunehmen und ihrer Gefolgschaft abzuschwören. Der Träger des Oron galt für sie als mächtigster Mann in Nofra.

»Ich bin der Weg, um den Schrecken aus Nofra –«, fing Robert den Satz erneut an.

»Zu vertreiben? Nein, das bist du nicht! Ein Betrüger bist du, kommst über die Grenze in mein Reich und machst mir die Macht streitig«, fiel ihm Rungar ins Wort.

»Der Oron wollte wissen, wer ich bin, und das ist meine Antwort!«

»Du sprichst einen Satz aus und denkst, Dreistigkeiten äußern zu können?« Rungar klatschte in die Hände. »Wenn es sein muss, reiße ich dir den Kristall persönlich heraus! Du willst der Weg sein, um mich zu vertreiben? Niemand fordert Rungar heraus!«

»Das sind meine Worte«, sagte Robert und stellte sich gerade hin. Das Schwarz in seinen Augen veränderte sich, ein blaues Glimmen entstand darin, wuchs, wurde heller, ließ Rungar verstummen. »Zum letzten Mal. Negola. Jetzt.«

Der Kristall erwachte und Robert fühlte, dass das erst der Anfang gewesen war.

Im Gang entstand Bewegung. Einzelne Männer gingen einen Schritt zurück, stießen mit den anderen zusammen, erzeugten Unruhe. »Haltet ein!« Rungar drehte sich um, packte den Erstbesten und schlug ihm mit der Faust in den Magen. »Niemand wagt es, ohne sein Leben zu lassen, mir von der Seite zu weichen!« Rungar kniff die Augen zusammen und holte tief Luft. Erst dann sprach er mit zusammengepressten Zähnen und wesentlich leiser weiter: »Holt sie.«

Schritte entfernten sich und Rungar öffnete seine Arme, als wollte er Robert umarmen. »Was machen wir in der Zwischenzeit? Es wird eine Weile dauern, bis sie auf ihren Beinen stehen kann. Wir könnten an einen anderen Ort gehen, etwas trinken und darüber sinnieren, wie du deine weitere Zeit in Nofra verbringen möchtest.« Mit einer halben Drehung wies Rungar mit seinem Kopf den Gang entlang in die Richtung, aus der er vor wenigen Minuten gekommen war.

»Wenn ich weiß, dass es Negola gut geht, werde ich Nofra verlassen«, sagte Robert und bereute seine Äußerung. Sie kam ehrlich aus ihm heraus. Seit er den Oron in sich trug, waren die Dinge anders geworden. Er hatte seine Gedanken direkt ausgesprochen, ohne sie kontrollieren zu können. So, wie wenn Alkohol seine Zunge lockerte, fühlte er sich auch jetzt. Mit seiner Äußerung sprach er seinen Wunsch aus, endlich zurück nach Loch zu gehen und bei Tinja zu sein. Ihm blieb kaum noch Zeit, bis die Ferien vorüber waren und sie sich voneinander trennen mussten. Bis dahin wollte er ihr endlich seine tiefen Gefühle offenbaren. Sie war mehr für ihn als ein Urlaubsflirt.

»Das wird nicht möglich sein. Weißt du das nicht?« Rungar verharrte in seiner Pose.

»Ich habe die Grenze schon mehrmals überquert«, entgegnete Robert.

»Wenn der Oron erwacht, strebt er nach Nofra und setzt alles daran, hierzubleiben. In dem Moment, als er mit dir verwachsen ist, hast du ihn geweckt. Du sagst mir, dass du zurückkehren willst? So nimm meine Hilfe an! Der Kristall wird dich nicht gehen lassen.« Rungar hob entschuldigend seine Hände und Robert versuchte zu erkennen, ob sein Widersacher die Wahrheit sagte.

Das Licht änderte sich. An der Wand hingen Fackeln und ihre Flammen erhellten die Szenerie. Dennoch wurde die Sicht schlechter, trübe. Nebel zog in den Gang und Robert sah, dass die Soldaten in den hinteren Reihen abrückten. Auch Rungar bemerkte die Veränderungen, reagierte jedoch nicht darauf. Er wusste offensichtlich, was geschah.

»Wo bleibt Negola?« Robert fiel auf, dass immer mehr Rauch entstand, und sah, dass eine Gestalt darin auf sie zuschritt.

»Er möchte den Oron loswerden«, sagte Rungar zu der fremden Person und wandte sich wieder an Robert: »Du weißt, dass es das Beste für dich ist. Ihr beide passt nicht zusammen. Je länger du wartest, desto schmerzhafter wird es für dich.«

Jetzt erkannte Robert, wer zu ihnen kam. Eine Kapuzengestalt stand hinter Rungar und flüsterte ihm etwas zu. Es war derselbe Mann, der Robert mit den Soldaten zu der Nebelwand gebracht hatte.

»Es ist für mich der Augenblick gekommen zu gehen, aber ich weiß dich in guter Gesellschaft. Und was deine Negola betrifft: Ich glaube kaum, dass sie zu dir kommen möchte, nachdem mein treuer Geselle mit dir fertig ist. Junge, du hast dir die Sache mit dem Oron zu sehr zu Herzen genommen. Es ist an der Zeit, den Fehler zu beheben. Wenigstens warst du mutig, das gestehe ich ein. Der Kristall würde in wenigen Stunden Besitz von dir ergreifen und seine Macht entfalten. Wenn ich den Befehl nicht jetzt gebe, ist es zu spät. Derzeit bist du wie ein Drachenjunge und kannst erlegt werden, aber darum kümmere ich mich nicht.« Mit einer ausladenden Geste machte Rungar eine Verbeugung, scheuchte die restlichen Soldaten fort und überließ dem Kapuzenmann das Feld.

»Was geschieht mit dem Oron, falls ich ihn freiwillig aushändige?« Robert wusste gar nicht, ob er es selbst war, der die Frage stellte. Es war auch denkbar, dass der Kristall herausfinden wollte, bei wem er besser aufgehoben war. In dieser Sache hatte Rungar recht. Bislang waren Robert und der Oron zu keiner Einheit geworden.

»Freiwillig? Ist das dein Angebot? Du möchtest tauschen? Deine Negola gegen den Oron?« Der Rauch wirbelte auf, als Rungar sich zurückdrehte. Robert konnte nicht sagen, woher er kam – aber er wurde immer dichter und verdrängte bald den Sauerstoff.

»Welche Pläne hast du mit dem Kristall?«, stellte Robert die Frage erneut und war sich jetzt sicher, dass der Oron aus ihm sprach. Er selbst hätte Rungar niemals geduzt. Den Stein hingegen interessierten solche Höflichkeiten nicht.

»Du hast gesagt, dass du den Schrecken aus Nofra vertreiben willst. Was machst du, wenn der Stein in dir selbst diesen Schrecken verbreiten möchte? Ich werde dem Kristall ein Diener und Herrscher zugleich sein. Wir werden uns ergänzen und am Ende bekommt jeder das, was er sich am meisten wünscht.« Rungars Antwort wirkte, als würde ein glühendes Stück Eisen in ihn getrieben. Er taumelte und schlug mit dem Rücken gegen die Wand. Robert sackte einen halben Meter nach unten und atmete ausschließlich Qualm ein, der inzwischen den gesamten Boden bedeckte und immer höher stieg. »Ich habe offensichtlich die richtigen Worte gefunden. Mein Gefolgsmann kümmert sich jetzt um dich«, sagte Rungar und wandte sich direkt an den Kristall: »Ich warte in der Halle auf unsere Verbindung.«

Der Kopf unter der Kapuze nickte und während Rungar verschwand, versuchte Robert, wieder auf die Beine zu kommen. Es gab für ihn nur eine Möglichkeit – kämpfen. Eine Flucht kam für ihn nicht infrage. Wenn er jetzt Rungars Festung verließ, war Negola verloren. Blieb er jedoch und wurde besiegt, wechselte der Oron den Besitzer – das wäre eine Katastrophe!

Der Vermummte öffnete einen Knopf an seinem Kragen und legte seine Hände auf die Kapuze. Augenblicklich wusste Robert, warum er sein Gesicht verdeckte, und wünschte sich, nicht länger diese Fratze ertragen zu müssen. Das, was sich da offenbarte, konnte kein Mensch sein! Die Augen standen weit nach vorne und die Nase des Wesens erinnerte an eine Fledermaus. Die Ohren erzeugten denselben Eindruck. Aus dem Mund ragten vier gebogene Zähne – zwei waren nach oben und die anderen beiden nach unten gerichtet. Auch die Hände – oder besser gesagt Klauen – passten zum Gesamteindruck.

»Mein Herr ist ungeduldig. Wenn du mir den Oron freiwillig überlässt, verspreche ich dir einen würdevollen Tod.« Die helle Stimme passte nicht zu der Erscheinung.

»Ist das ernsthaft dein Angebot? Hast du jemals eine Verhandlung geführt? Wohl kaum, habe ich recht? Wie ist dein Name?«, fragte Robert.

»Nephog«, antwortete das Fledermausmonster.

»Das sind mir zu viele Buchstaben für einen Grabstein. Ich werde lieber Freak draufschreiben«, erwiderte Robert und realisierte, dass sein Gegner diesen Witz wahrscheinlich nicht verstehen konnte. Aber das Wort »Narr« fand Robert weniger passend. Und bestimmt hätte dieser Nephog darüber auch nicht gelacht. Während Robert weiter darüber nachdachte, ob die Kreatur überhaupt Humor besaß, formte sie die Hände zu Pranken. Zwischen ihren Fingern zuckten plötzlich Blitze.

Der Oron vereint die Kräfte aller Kristalle, erinnerte sich Robert an die Worte seiner Mutter und formte seine Hände auf dieselbe Weise wie sein Angreifer – ohne Erfolg. Als würde ihn ein Boxer in die Ringecke treiben, schlugen die Blitze auf ihn ein. Sie drängten ihn durch den Gang, rissen ihn von den Beinen. Er tauchte in dem Qualm vollständig unter, musste husten, rang nach Luft. Kein Licht, brennende Augen. Ohne zu wissen, wohin er griff, suchte Robert mit seinen Händen Halt. Gleichzeitig trat er mit seinen Füßen um sich wie ein Käfer, der auf den Rücken gefallen war. Ein Kichern drang zu ihm und Robert beendete den Versuch, Nephog anzugreifen.

»Steh auf!«, sagte eine Stimme in seinem Kopf. Es war der Oron. Egal, wie armselig ihm sein Wirt erschien, er gehörte momentan zu ihm und der Kristall kannte es nicht, zu verlieren, wollte kein Gefühl der Niederlage haben. »Steh auf und richte deine Fäuste nach vorn.«

Die Worte rauschten durch Robert. Sein Gegner bekam davon nichts mit. Neue Energie flammte bereits zwischen Nephogs Fingern auf und Robert ging automatisch einen Schritt nach hinten. An die Schmerzen, die sie verursachte, erinnerte er sich genau. Robert wollte kein zweites Mal zu Boden zu gehen.

Mehr, um die Schläge abzuwehren, hob Robert seine Arme und formte die Finger zu Fäusten, schloss die Augen. Das Kichern hallte durch das Gemäuer und war so laut, dass Negola es sicher auch hören konnte. Negola! Es half nichts. Bei dem Gedanken an sie fühlte sich Robert wesentlich schlechter als zuvor. Sie vertraute auf ihn und er war wie der große, starke Ritter in den Kampf gezogen. Jetzt stellte sich heraus, dass seine Rüstung bloß in der Sonne glänzte und ihm viel zu groß war. Er hatte einen Fehler damit gemacht, den Oron einzusetzen und Rungar gegenüberzutreten.

Der Schlag traf Robert am ganzen Körper und es brauchte keinen weiteren Angriff, um ihn erneut in den künstlichen Nebel zu drängen. »Wer bist du? Steh endlich auf! Freak!« Der Kristall in ihm wurde wütend, benutzte Roberts Gedanken und erreichte, dass er noch schneller zu Boden ging, die Orientierung verlor.

»Wir werden Rungar nicht länger warten lassen«, sagte Nephog, packte Robert, zog ihn nach oben und presste seine Schulterblätter mit einer Pranke an die Wand. Mit der zweiten zerriss er Roberts Shirt. Scharf wie Messer glitten die Krallen durch den Stoff. Der Oron pulsierte stärker und sein Licht brach sich im Rauch. »Wenn du dich nicht bewegst, hast du nur kurz Schmerzen. Dein Lohn ist der Tod.« Die Krallen berührten ihn, drückten in die Haut und ritzten sie auf. Schnitte entstanden und Blut sammelte sich zu einem Rinnsal.

»Deine Verhandlungstaktik ist für den Arsch und genau da werde ich dir gehörig reintreten!« Weder die Verletzung noch der Gedanke an Negola lösten bei Robert einen Adrenalinschub aus. Alleine die Angst, den Kristall zu verlieren, erzeugte in ihm einen Willen, der es schaffte, dass Robert seinen Widersacher mit beiden Händen nach hinten stieß. Nephog rechnete nicht mit einer Gegenreaktion, sah schon den Oron in seinen Händen liegen. Er stolperte, fiel mit dem Kopf auf den Fußboden und tauchte im Qualm unter. Inzwischen war Robert klar, dass Nephog diesen erzeugt hatte, um seinen Gegner einzuschüchtern. Nun wandte er sich gegen ihn und verschlang Nephog, nahm ihm die Luft zum Atmen.

»Du wagst es …« Nephog verstummte mitten im Satz. Robert hatte die Hände in seine Richtung ausgestreckt und dabei zugesehen, wie Blitze aus seinen Fingerkuppen schossen und geradeaus in Rauchschwaden verschwanden. Ein Stöhnen als Antwort verriet ihm, dass sie ihr Ziel trafen. Wie ein Zuschauer beobachtete sich Robert dabei, wie er auf Nephog zustürmte. Dieser zappelte mit den Armen und Beinen, hatte seine Augen weit aufgerissen und sah damit noch widerlicher aus. Er war sichtlich darüber erschrocken, was Robert mit ihm machte. Noch immer drangen Entladungen aus Roberts Händen und überzogen seinen Gegner wie ein Netz, sperrten ihn darin ein. Der Rauch in dem Gang zog allmählich ab und zurück blieb der bloße Steinboden, auf dem Nephog wie bei einem epileptischen Anfall zuckte.

»Du kannst ihn auslöschen. Es ist deine Entscheidung. Lange hält er nicht mehr durch«, hörte Robert den Oron und eine Hitzewelle durchfuhr seinen Körper. Ihn töten? Während Nephogs Bewegungen ruckartiger wurden, zweifelte Robert, ob es überhaupt eine andere Möglichkeit gab. Er konnte die Kreatur hier nicht einfach zurücklassen. Wenn sie sich schnell erholte, konnte ihre Wut auf Robert zu einer großen Gefahr werden. Ein zweites Mal würde sie ihn nicht unterschätzen und stattdessen Robert direkt erledigen.

»Ich will ihn nicht umbringen! Er soll bewusstlos bleiben. Mehr nicht«, sagte Robert und hoffte, dass der Oron seinen Wunsch umsetzen konnte. Während die Blitze aus den ersten Fingern verschwanden und das Geschöpf allmählich zur Ruhe kam, entstand ein Gedanke in Robert, der Nephog mitten auf dem Marktplatz von Nofra zeigte. Dessen Kopf war nicht verhüllt und ein Mädchen schrie laut auf, zeigte auf die Fratze mit den gewaltigen Eckzähnen. Das Grinsen wurde breiter und Nephog streckte seine Klauen zu dem unschuldigen Kind aus, erwischte es mit einem einzelnen Blitz und sah dabei zu, wie die weinende und schreiende Mutter auf die Knie fiel, um ihre sterbende Tochter in den Armen zu halten.

»Was habe ich da gesehen?«, fragte Robert.

»Eine Möglichkeit. Mehr nicht. Wir haben die Macht, die Weichen für die Zukunft zu stellen. Aber du musst entscheiden.« Robert sackte auf seine Knie. Mit den Blitzen schien auch ein Teil seiner eigener Energie aus seinem Körper gewichen zu sein. Aber der eigentliche Grund dafür, dass Robert nicht wieder aufstand, waren die Worte des Oron. Wie unter Schock starrte er auf Nephog und sagte dabei immer wieder: »Eine Möglichkeit.«

20

»Du überraschst mich, Negola«, rief Rungar und schlug mit seiner Faust auf den Tisch. Der Teller klirrte und aus dem Kelch schwappte Wein. »Ich habe darauf gesetzt, dass man dich tot zu meinen Füßen legt. Du beweist Lebenswillen. Das gefällt mir.« Er trank einen großen Schluck und wischte den Mund mit dem Handrücken ab. »Was du begehrst, weiß jeder im Raum. Du musst nichts sagen, kleine Negola.«

Auf seinem Teller lag Fleisch und es war gut möglich, dass es abermals von einem Drachen stammte. »Ich biete jedem, der an meiner Tafel sitzt …« Er nahm einen Knochen auf, um ihn abzunagen. »Köstlich. Es kommt auf die richtige Zubereitung an. Natürlich müssen die Zutaten passen, aber es ist mehr als das. Alles muss genau aufeinander abgestimmt werden. Der passende Zeitpunkt ist entscheidend.« Rungar legte den Knochen zurück auf den Teller. »Der richtige Moment, Negola. Darauf kommt es an. Und jetzt ist es an der Zeit, dir ein Angebot zu unterbreiten. Ich mache es nur einmal … hier und jetzt.« Rungar winkte einen Diener an den Tisch und flüsterte ihm etwas zu. Der Mann verneigte sich und eilte davon.

»Was –«, begann Negola, schaffte es jedoch nicht, weiterzusprechen.

»Gedulde dich, bis ich dir die Grundlage unserer Vereinbarung vorlege. Die Wirkung möchte ich nicht bei unserer Verhandlung vermissen … da kommen sie ja.« Rungar winkte dem Diener und zeigte zu Negola. »So stelle das Tablett auf den Tisch. Mein Gast wird hier Platz nehmen.« Die zwei Soldaten, die Negola unter den Armen stützten, schleiften sie zu dem Stuhl, den Rungar nach hinten zog.

Ihr Gesicht sah wieder grau aus und ihr Mund stand offen, die Lippen waren ausgetrocknet. Ihre Atemgeräusche klangen, als wollte

Negola etwas sagen. Doch ihr fehlte die Kraft, um auch nur ein weiteres Wort zu bilden.

»Sind sie nicht wunderschön? Wir sind wahrlich gesegnet, dass wir unser Leben mit diesen Kristallen teilen dürfen. Kannst du dich eigentlich an die Zeit erinnern, bevor du die Splitter erhalten hast? Du sprichst nicht. Möchtest du etwas trinken? Dein Hals muss ausgedörrt sein.« Mit seiner Hand tunkte Rungar in den Kelch und wischte über Negolas Gesicht. Sie versuchte, ihren Kopf abzuwenden, schaffte es nicht, zeigte überhaupt keine Regung. Es strengte sie schon zu stark an, wenigstens die Augen offen zu halten. Ein weiteres, schwaches Atemgeräusch – zu mehr war sie nicht in der Lage.

»Weißt du, warum ich dich in den Keller verbannt habe? Hast du gemerkt, welch Labsal die feuchte Luft dort unten in deiner Lage sein kann? Das hat dich davor bewahrt, zu verdursten, ehe dein Gefährte zurückkehren konnte. Und genau das ist gerade geschehen! Er hat sein Wort gehalten, zwar anders, als ich es ihm auftrug, aber darum kümmert sich derweil einer meiner Untergebenen.«

Ihre Augen weiteten sich.

»Ganz recht! Robert hat den Oron mitgebracht. Und jetzt ist es an der Zeit, dass wir beide eine Übereinkunft treffen. Sieh sie dir genau an. Es kostet mich ein Fingerschnippen und man setzt dir deine Steine wieder in die Hände.« Mit seinem Daumen tippte Rungar an den Rand der goldenen Platte, sodass Negolas Kristalle darauf aneinanderklirrten.

Ihr Verstand drohte zu brechen.

»Meine Liebe, es ist nur eine Sache, um die ich dich bitte. Wenn mir gleich der Oron überbracht wird, werde ich beginnen, meine Pläne umzusetzen. Nofra wird wachsen und dafür reiße ich die Grenzen nieder. Der Nebelwall wird weichen und ich lasse die alten Wege aus dem Moor aufsteigen. Aber ich muss auch meine Armee erweitern. Für Nofra sind wir genug – für das Umland hingegen zu wenige. Viel mehr Männer sollen ein Schwert führen und auf ihren Masken mein Abbild in die Lande tragen.« Mit einer Hand hielt sich Rungar an der Tischplatte fest. Es wirkte, als würde ihm bei seinen eigenen Worten schwindelig werden. Wahrscheinlich ließ ihn jedoch der Wein wanken.

Negola hatte Mühe, bei Bewusstsein zu bleiben. Es lag an der Temperatur im Raum. Sie vermisste den Kerker im Vergleich zu der Hitze, die aus dem Kamin kam.

»Für mein Vorhaben benötige ich eine ehrliche Stimme aus dem Volk. Schau dich um. Niemand im Raum wagt es, mir die Wahrheit zu sagen. Alle fürchten um ihr Leben. Du bist anders. Und hier ist mein Angebot. Du erhältst deine Kristalle und somit dein Leben zurück. Dafür erzählst du mir alles, was das Volk über mich denkt. Und mehr. Ich will jede Familiengeschichte, alle Wünsche und Sorgen erfahren. Du bist mein Auge, mein Ohr, meine Seele aus Nofra. Wenn du mein Angebot annimmst, stehe ich in deiner Schuld. Bekomme ich aber das Gefühl, dass du mit falscher Zunge sprichst, lasse ich dir die Hände abhacken. Es wird ein langer und grausamerer Tod werden, wie du weißt.« Mit einer Kopfbewegung wies Rungar auf die Kristalle. Der Diener nahm sie auf und legte sie in Negolas Handinnenflächen. Es bedurfte nur eines kurzen, aber bestimmten Drucks und die Steine würden wie von selbst zurückgleiten und ihre Energie freisetzen. »Sag etwas! Ich bin mir sicher, dass deine Kraft dafür ausreicht. Ein Wort genügt mir, aber wähle mit Bedacht. Wenn du nicht auf meinen Vorschlag eingehen möchtest, verspreche ich dir und deinem reinen Herzen ein rasches Ende.« Rungar verließ Negola, ging zurück zu seinem Platz und leerte den Kelch. Rote Tropfen liefen seitlich heraus und benetzten sein Kinn.

Rungars Forderung beschleunigte Negolas Puls. Ein Wort wollte er von ihr hören? Sie schloss ihre Augen und Bilder rasten vorüber. Sie sah ihre Eltern, zahlreiche Nofras und Robert! Wo war er? Wenn er den Oron mitgebracht hatte, warum wartete Rungar noch darauf, ihn einzusetzen? Es gab nur eine richtige Antwort und dennoch zögerte Negola ein, zwei Herzschläge lang, fühlte die Kristalle in ihren Händen. Sie waren viel zu nah. Negola wusste, was sie tun musste. Es war Zeit, sich von ihnen zu verabschieden. Einen Pakt mit Rungar einzugehen war schlimmer, als dem Tod entgegenzublicken. Genau dies sollte Rungar wissen. Negola schluckte, sammelte alle Kraft, die sie besaß, um so laut wie möglich zu sprechen. Am liebsten wollte sie rufen und es den ganzen Raum wissen lassen, dass man sich gegen Rungar und für eine reine Seele entscheiden konnte. Vielleicht erhörte sie jemand hier, der schon länger zweifelte. Negola konnte ein Zeichen setzen und ihren Peiniger im Zentrum seiner Macht treffen. Jetzt! Sie öffnete ihre Lider, hob den Kopf und begann, den ersten Buchstaben zu formen, als ein Pochen durch die Flügeltür zum Saal drang. »Robert«, flüsterte Negola.

21

Je länger Robert den Oron bei sich trug, desto mehr fühlte er die Verantwortung, die von der Kraft ausging – und er begann gerade erst damit zu erahnen, welche Fähigkeiten er durch ihn erreichen konnte. Die Bilder von Nephog auf dem Markt waren bloß der Anfang gewesen. Robert war in Szenarien eingetaucht, die er sich zuvor niemals erträumt hatte. Die meisten zeigten bedrohliche Situationen, doch manche enthielten auch das Gegenteil – glückliche Personen, vereinte Familien, Lachen.

Allmählich wusste Robert, in welche Richtung er mit dem Oron steuerte. Seine Entscheidung, die er mit Nephog treffen musste, war nur der erste Schritt. Er war entscheidend gewesen und jetzt, nachdem diese Sache geklärt war, fühlte Robert, dass es keine andere Möglichkeit gab. Er musste mit Rungar dasselbe machen, ihm gegenübertreten und die Macht des Oron wie eben bei Nephog einsetzen.

Der Gang machte eine Kurve, wurde breiter und lief auf eine Treppe zu. Die ersten drei Stufen nahm Robert auf einmal und stürmte in diesem Tempo weiter nach oben – vorbei an brennenden Fackeln, die überall an den Wänden hingen. Am oberen Absatz sah Robert einen Torbogen. Bei seinem letzten Besuch hatte er eine heftige Gehirnerschütterung gehabt. Er konnte nur vermuten, dass sein Feind auf der anderen Seite auf Nephog und den Oron wartete. Mit der Faust schlug Robert gegen die Tür, ging einen Schritt nach hinten und streckte seine Hände aus. Er wusste, dass sein Angriff schlagartig beginnen musste. In den ersten Sekunden würde Robert die Soldaten überraschen und zugleich auf Rungar achten müssen.

Die Tür ging auf. Es begann!

»Du?«, dröhnte Rungars Stimme durch den Saal.

»Mach deine Augen zu!«, schoss es durch Roberts Geist. Robert wollte Rungar in die Knie zwingen und seine Wachen standen ihm dafür im Weg. Als Robert den Rat des Oron annahm, fühlte er, wie sich seine Hände erwärmten. Kurz darauf hörte er dumpfe Geräusche. Körper fielen zu Boden und erneut sprach der Oron zu ihm. »Ihr seid allein. Du und er.«

Mit einer solchen Kraft hätte Robert nicht gerechnet. Als er sich orientierte, konnte Robert etwa zehn Gegner ausmachen, die verstreut herumlagen. Sie hatten kein Schwert in die Hand nehmen können, so schnell war die Attacke gewesen.

»Weißt du eigentlich, was der Kristall mit dir anstellt? Du bist nicht auf das vorbereitet, was mit dir geschehen wird! Komm. Wir setzen uns gemeinsam an den Tisch, ich überlasse dir deine Gefährtin und wir einigen uns«, sagte Rungar und hielt Negola fest. Ihr Kopf hing schlaff nach vorn. Ihr mussten unbedingt die Kristalle eingesetzt werden.

»Seine Macht ist groß. Warte ab«, vernahm Robert die mittlerweile vertraute Stimme in sich, ging zur Tafel und behielt auf seinem Weg dorthin die Soldaten im Blick.

»Das machst du gut.« Mit seinen Fingern tippte Rungar gegen Negolas Hinterkopf.

»Sie hält nicht mehr lange durch. Gib Negola ihre Kristalle zurück.« Robert wollte Rungar – wie der Oron zuvor – nicht länger siezen, denn er hatte den Respekt vor ihm verloren. Genau jetzt entschied sich, ob er Negola retten konnte oder nicht. Das spürte er. Wenn Rungar nicht auf seine Forderung einging, wollte er kämpfen, doch der Oron hatte ihn gewarnt. Sein Gegner herrschte nicht ohne Grund über Nofra. Rungar würde nicht denselben Fehler wie Nephog begehen und bloß mit ihm spielen.

»Worüber verhandeln wir beide noch? Sie ist der einzige Grund, dass du zu mir gekommen bist.« Rungar wies mit seiner linken Hand durch den Raum. »Sieh dich um, welche Kraft der Oron hat. Ich habe genau gesehen, wie er das geschafft hat. Er hat dir befohlen, die Augen zu schließen. Du hast ihn dabei freigelassen. Löse dich von ihm und gib ihn mir!«

»Und dann kommen Negola und ich hier nicht mehr lebendig heraus.« Robert blieb stehen und beobachtete Rungar.

»Du kannst nicht mehr von ihm ablassen, habe ich recht? Fühlst dich stärker mit ihm, willst sämtliche Macht durch ihn erfahren und meinen Platz einnehmen. Nur sie hält dich davon ab, dass du mich zum Duell herausforderst!« Negola stöhnte, weil Rungar seine Finger in ihre Schulter presste.

»Niemand wird dem anderen nachgeben, aber am Ende stirbt sie und dann schlafen deine Soldaten weiterhin. Gib uns Negola!« Robert vermied es, seine Cousine direkt anzusehen. Sie würde ihn verunsichern, seine Gedanken vernebeln und den Wunsch in ihm aufkommen lassen, auf Rungars Forderung einzugehen.

»Uns? Merkst du, wie er dich verwandelt? Du sprichst von dir und dem Kristall in einer Person.« Im Kamin explodierte ein Harztropfen und lenkte Roberts und Rungars Aufmerksamkeit dorthin.

»Ich fühle mich weiterhin gut. Nein. Ich fühle mich mit ihm sogar besser«, entgegnete Robert.

»Der Oron strebt nach Macht. Er besitzt Fähigkeiten, die du nicht mehr lange kontrollieren kannst. Unter meiner Befehlsgewalt herrscht Frieden in Nofra und eine starke Hand hat niemals dabei geschadet, dass sich Kinder gesund entwickeln.«

Vielleicht stimmte es, was Rungar sagte. Selbst wenn Robert siegte und Negola rettete – was folgte daraus? Der Oron wäre weiterhin in seiner Brust und schon jetzt fiel es Robert schwer, seine Gedanken vor ihm zu verbergen. Bald kannte der Kristall ihn vollständig und konnte das Wissen für seine eigenen Interessen einsetzen; und die besaß der Oron, das wusste Robert.

»Deine Worte klingen weise, aber ich glaube sie einem Mann nicht, der ein unschuldiges Mädchen dafür benutzt, seine guten Absichten zu unterstreichen.« Robert hatte nicht das Gefühl, dass er selbst zu Rungar sprach. Es schien, als würde der Oron allmählich immer mehr die Kontrolle über die Situation erlangen – und bei dem Anblick der Soldaten war das möglicherweise der beste Weg, um Negola zu retten. Wenn sich Robert zurücknahm und den Kristall auf Rungar losließ, würde sie auf diese Weise womöglich umgehend befreit werden. Es gab nur ein Risiko bei dieser Möglichkeit. Was geschah, wenn der Oron den Wirt wechseln wollte und dafür Rungar ausgesucht hatte? Es war sicherer, den Kristall unter Kontrolle zu halten.

»Es scheint mir, als sollten wir einen Schritt aufeinander zugehen. Daher werde ich ihr einen Kristall einsetzen, damit sie wieder zu Kräften kommt. Wozu bist du bereit?« Rungar beugte sich zu Negola. Sie zuckte zusammen und Robert fürchtete, dass sie Schmerzen hatte. Zugleich sah er jedoch, dass sie ihren Mund schloss und den Kopf aufrichtete. Allmählich kehrte die Farbe in ihr Gesicht zurück. Sie orientierte sich. Rungar ging zu seinem Platz am Kopfende.

»Was erwartest du im Gegenzug?«, fragte Robert und sah, wie Rungar den Kristall aus Negolas anderer Hand auf dem Tisch platzierte. Er stieß ihn mit seinem Zeigefinger an.

»Du trägst den Oron in dir. Wozu rät er dir? Möchte er dich verlassen? Dient er dir? Oder hofft er gar, dich zu unterwerfen? Achte genau auf das, was er zu dir sagt und entscheide selbst.« Mit seiner anderen Hand nahm Rungar den Kelch und bemerkte, dass er leer war. Es kam kein Diener, um ihn neu aufzufüllen. Rungar griff selbst zu der Karaffe und trank direkt daraus.

»Du hast ihn bei dir? Trägst ihn in dir? Warum?« Negolas Stimme klang brüchig und unterstrich damit das Entsetzen, das darin lag. Sie atmete kurz und flach. Negola sammelte sich, musste ihren Kopf abstützen, drohte, vom Stuhl zu kippen.

»Sieh selbst! Das Mädchen ist wohlauf. Meinen Teil habe ich beigetragen. Was sagt der Oron dazu?« Rungar spielte mit Negolas Kristall und grinste Robert an, der vor dem Tisch verharrte.

»Du kannst ihn beseitigen! Das sagt er!« War das der Kristall oder sein eigener Wunsch? Robert wusste es nicht, aber er traf hier und jetzt eine Entscheidung. Negola musste aus Rungars Festung fortgebracht werden, zurück zu ihren Eltern. Wer wusste, was die Zeit ohne die Kristalle aus ihr gemacht hatte. Sie brauchte unbedingt Hilfe. Rungar würde erst zufrieden sein, wenn er den Oron in seinen Händen hielt. Aber das durfte nicht geschehen. Er würde keinen Frieden stiften, seine Macht größtmöglich erweitern und die Grenze zwischen Nofra und Loch niederreißen. Bislang musste Robert bloß Negola retten und war durch diese Aufgabe weit über seine körperlichen und geistigen Grenzen hinausgegangen. Mit dem Oron bei der falschen Person würden weitaus mehr Menschen in Gefahr geraten. Tinja, Theo und alle anderen müssten sich Rungar fügen.

Ihn ausschalten!, hallte es in Roberts Kopf nach. Es war dieselbe Wahl, die er bei Nephog hatte treffen müssen. Leben oder Tod – oder? Es gab nicht nur die Farben Weiß und Schwarz und noch immer war er zufrieden, dass Nephog keine Gefahr mehr darstellte – ohne dass er dafür hatte sterben müssen. Konnte ihm das auch bei Rungar gelingen? Er war stärker, rechnete mit einem Angriff von Robert und würde zudem bald seine gespielte Geduld verlieren. In Rungar kochte die Wut. Seine Seele schrie nach der Macht, die ihm der Oron geben konnte. Das Bild der hungrigen Seele löste bei Robert einen Geistesblitz aus. Er konnte Rungar nicht beseitigen und er durfte es auch gar nicht versuchen, musste das Raubtier im Käfig lassen. »Ich biete dir einen Tausch an«, sagte er und wies auf Negolas Kristall.

»Einen Tausch«, wiederholte Rungar und wog ihn in seiner Hand.

»Wir verlassen deine Festung, bringen Negola zu ihrem Haus, gehen danach zur Nebelgrenze und …« Robert merkte erst beim Sprechen, was er Rungar überhaupt anbot. Auf dessen Gesicht entstand ein Lächeln, das zu einem breiten Grinsen wuchs, als Robert seinen Vorschlag beendete.

»Was unterbreitest du Rungar da?«, fragte Negola mit aller Kraft in der Stimme, die sie aufbringen konnte. Ihre Wut war deutlich zu spüren. Robert ignorierte sie. Er würde sich später darum Gedanken machen, wie er mit den Folgen seines Handelns umgehen wollte. Sein Ziel war Negolas Rettung und dafür wollte Rungar ein Angebot – das hatte er bekommen.

»Mir sind deine Absichten nicht verständlich, aber eines sage ich dir, wenn du mich täuschst, werde ich –«

»Das wirst du bestimmt«, unterbrach ihn Robert und wollte keine weitere Sekunde mehr verschwenden.

»Dann lasst uns aufbrechen. Sie muss zur Ruhe kommen«, sagte Rungar und Robert erschrak darüber, diese Fürsorge aus seinem Mund zu hören. Aber tatsächlich hing Negolas Kopf schon wieder schief nach vorn.

»Eine Sache wirst du mir zusichern«, erwiderte Robert. »Wenn ich den Oron entferne, musst du dasselbe mit deinen Kristallen machen. Ich will sicher sein, dass du mir den Rückweg nicht verwehrst.«Rungar hatte diese Forderungen wohl erwartet, denn er nickte bloß, stand auf, ging zu Negola und drückte ihr den zweiten Kristall in die Hand. Sie zeigte keine Regung und Rungar griff unter ihren Arm. »Wir nehmen die Pferde«, entschied er.

22

An seinen Händen klebte Blut, er hustete, bemühte sich, zu atmen.

»Robert«, sagte seine Mutter.

»Ich habe etwas Schreckliches getan.« Er suchte sie, ihre Umrisse, vernahm zunächst nur ihre Stimme.

»Du bist zurückgekommen, mit dem Oron in deinen Händen?« Im Nebel formierte sich ein Schatten, schwebte auf ihn zu. »Konntest du Negola retten? Was ist geschehen? Warum bist du mit dir unzufrieden?« Sie hatte ihn erreicht, war bei ihm. Er fühlte sich dem Schatten seiner Mutter näher als diesem Körper im Krankenhaus.

»Wir versuchten eine Einigung zu finden, wollten eine Vereinbarung treffen. Er verlangte nur eine Sache.« Robert wog den Oron in seiner Hand, hustete erneut, fühlte Schmerzen in seiner Brust, tastete danach, empfand Leere.

»Er wollte den Oron. Rungar hat nur das eine Ziel, sucht die maximale Macht und wenn er erfährt, dass es etwas gibt, das mächtiger als der Oron ist, setzt er alles daran, es zu bekommen. Aber was ist mit Negola?«

»Gibt es das denn?«, fragte Robert. Er stand völlig neben sich, wischte Blut vom Stein. Seine Mutter konnte kaum zu ihm durchdringen.

»Es gibt eine Legende, die davon berichtet, aber das ist jetzt nebensächlich. Du kannst den Kristall nicht über die Grenze tragen! Ich habe es selbst versucht, bin daran gescheitert und …« Ihre Stimme brach. Robert wusste, was sie hatte sagen wollen. Es war der Oron gewesen, der ihren Geist und ihren Körper voneinander getrennt hatte. Unter keinen Umständen wollte der Kristall sein Volk verlassen. Einst hatten die Ältesten von Nofra entschieden, sich vor Loch und dem restlichen Umland zu verbergen. Der Oron half ihnen dabei, den Nebelwall zu errichten, und der Kristall hielt an dem Pakt fest. Wenn man die Grenze um Nofra einreißen wollte, musste man zunächst den Willen des Steins brechen. Das hatte Rungar auf dem Weg zu Negolas Eltern Robert verraten. Für eine Weile glaubte Robert, dass Rungar gar kein schlechter Mann war. Er beherrschte zwar Nofra und hatte harte Regeln aufgestellt, aber es stimmte – unter ihm herrschte Ordnung in der Bevölkerung. Dann war da zugleich seine andere Seite, diese eiskalte Mimik, die Rungar offenbarte, als er den Jungdrachen erstochen und Negola bis zum Äußersten gequält hatte.

Robert war hin und her gerissen und merkte, wie er immer wieder Entschuldigungen und Erklärungen für Rungars Verhalten fand – oder war es die Nachwirkung des Oron, der Roberts Geist manipuliert hatte? Jetzt, ohne den Kristall in sich, dachte Robert an alles zurück, was er in Nofra erlebt hatte. Seine Gedanken kreisten schließlich um eine Erinnerung, die ihm heiße und kalte Schübe durch den Körper trieb. Sie zeigte den Moment, bevor Robert in den Nebel gegangen war. Bei ihm stand Rungar und erwartete, dass Robert sein Wort hielt.

»Negola ist zu Hause. Sie muss lange schlafen. Ihr Anblick hätte dich erschreckt, so abgemagert und schlapp«, sagte Robert mehr zu sich selbst und beantwortete damit endlich die Frage seiner Mutter.

»Was belastet dich dann?« Seine Mutter riss ihn aus seinen Erinnerungen. Ihre Stimme klang weich und er begann zu reden. Die Worte drangen aus ihm heraus, selbst vom Kampf mit Nephog berichtete er. Robert stoppte erst bei seinem nächsten Hustenanfall. Der Nebel war dichter geworden und die Luftfeuchtigkeit tat gut, milderte das Kratzen in seinem Hals.

»Er hatte Negola in seiner Gewalt und du wolltest sie retten, also konntest du nicht anders handeln«, sagte sie und wechselte das Thema. »Aber deine Idee mit Nephog gefällt mir! Ich kenne ihn. Er erschreckt besonders gerne Kinder, zieht plötzlich seine Kapuze herunter und reißt die Augen auf. Ohne seine Macht wird er sich das in Zukunft zweimal überlegen. Rungar hat jetzt keine Verwendung mehr für ihn. Um einen neuen Platz bei den Bürgern zu finden, muss sich Nephog fortan mit ihnen gut stellen.«

»Du meinst, dass das, was ich mit ihm gemacht habe, dauerhaft ist?«, fragte Robert und empfand Mitleid. Durfte er auf diese Weise Nephogs weiteres Leben bestimmen? Aber bei dem Gedanken daran, was ihm seine Mutter über die Kreatur verraten hatte, und mit seiner Vision, fühlte er sich in seinem Handeln bestätigt – auch wenn er das ungute Gefühl nicht verdrängen konnte, die Macht des Kristalls zu stark ausgenutzt zu haben.

»Du hast seine Steine umgepolt und dauerhaft mit seinen Händen verbunden. Sie spenden ihm zwar Lebensenergie, aber ihre Kraft richtet sich jetzt gegen ihn selbst. Wie kann das rückgängig gemacht werden?«, fragte sie, kicherte dabei und setzte fort: »Es ist an der Zeit, dass du die Grenze überschreitest. Wir lassen den Oron genau an derselben Stelle, an der du ihn gefunden hast!«

»Was ist mit dir?« Robert fühlte, wie sich seine Kehle verengte. Gab es denn gar keinen Weg, um seine Mutter aus dieser unwirtlichen Gegend zu befreien? »Wie kann ich dich zurück nach Hause holen?« Seine Mutter schwieg und Robert wusste nicht, was das bedeutete. »Wenn du keinen Weg kennst, dann kann ich zurück nach Nofra gehen. Irgendjemand dort wird etwas wissen! Die alten Einwohner kennen bestimmt Legenden zu dem Nebel und Negola kann bald dabei helfen, einen Rettungsplan für dich zu finden.« Robert hörte auf, seiner Mutter Vorschläge zu unterbreiten, atmete tief durch und fügte einen Satz hinzu: »Du hast das alles genau durchdacht, richtig?«

»Ja, mein Junge.« Ihre Stimme klang ruhig und nahm die nachfolgende Antwort vorweg. Robert versuchte sie zu ignorieren. »Es gibt momentan keine Lösung für meine Situation. Du musst Geduld haben.«

»Was kann ich machen, um dich mit auf die andere Seite zu nehmen?«, setzte Robert ein letztes Mal an.

»Beeil dich! Jenseits der Grenze lichtet sich der Nebel. Bald kannst du diesen Ort nicht mehr verlassen. Geh jetzt! Und ruh dich aus.« Sie schwebte fort wie Rauch im Wind. Robert streckte seinen Arm nach ihr aus, griff dabei ins Leere.

»Ich werde zurückkommen!« Robert sah, dass seine Mutter recht hatte. Ein paar Meter vor ihm drang schwaches Mondlicht durch den Dunst.

»Das weiß ich«, klang es aus der Ferne.

Er setzte einen Fuß vor den anderen. Mit jedem Schritt fühlte er die Anstrengung, die der Oron in Nofra überdeckt hatte. Jetzt überrannte sie ihn und er wollte nur noch Schmerztabletten einnehmen und sich ausruhen. Schlafen. Ganz lange schlafen. Für einen Moment blieb Robert stehen, ließ die Nachtluft in seine Lunge und hörte plötzlich ein Geräusch, ein Rasseln.

»Robert!«, rief eine vertraute Stimme.

Das war Theo! Und schließlich erkannte Robert, dass nicht der Mond, sondern eine Lampe die Gegend ausleuchtete.

23

»Du bist echt bescheuert!«, sagte sie und küsste ihn.

»Findest du? Das liegt bestimmt an deinem schlechten Einfluss.« Ihre Haare glitten durch seine Finger und verteilten ihr Parfüm in der Luft. »Wie heißt es?«

»Was meinst du?« Tinja löste sich von ihm.

»Der Duft. Er erinnert mich an jemanden.«

»Du sprichst von einem anderen Mädchen? Benutzt sie dieselbe Marke? Ich werde sofort eine neue Sorte im Internet bestellen«, sagte sie und setzte den Kuss fort. Die Zeit verlangsamte sich, blieb stehen, und Robert fühlte Tinjas Wärme, vergaß alles um sich. Sein Herz setzte aus. Er wollte nicht in den Zug steigen, sondern hier sitzen bleiben.

»Wahrscheinlich ist es Zufall, behalte deinen Duft bitte, er …«, begann Robert, bis ihre Lippen ihn erneut unterbrachen. »Egal«, brachte er hervor.

Als Tinjas Finger seine Wange entlangstrichen und er sich mit seinen Händen zu ihr wagte, blieb nicht nur die Zeit stehen – die Welt tauchte in einen weiten Ozean ein. Robert versank in ihren Berührungen, war darin geborgen, verschwand in den Tiefen des Moments, vergaß die Welt. Wie lange er so verschlungen mit ihr auf der Bank saß, wusste Robert nicht. Wäre Nob nicht irgendwann zu ihnen gestoßen – wahrscheinlich wäre Robert mit ihr bis Mitternacht hiergeblieben, um auch den letzten Regionalzug an diesem Tag zu verpassen.

»Hast du bei der Zentrale angemeldet, dass du in Loch zusteigen möchtest?«, fragte der Alte.

»Ich wusste nicht, dass ich das muss«, antwortete Robert und sog erneut das Blumenaroma aus ihren Haaren ein, bis ihn der Zigarettenrauch vollkommen aus seinem Traum mit Tinja riss.

»Wenn wir deine Fahrt nicht ankündigen, kann es passieren, dass der Schaffner den Zug nicht anhält. Der nächste sinnvolle Zug nach Hamburg kommt erst morgen wieder«, erwiderte Nob.

»Ich habe etwas mitgebracht. Das hatte ich fast vergessen!« Robert öffnete seinen Rucksack, zog eine Dose hervor und ging auf den Bahnhofsvorsteher zu.

»Heute ist das Wetter gut. Den Kautabak lasse ich bis zum nächsten Nebel in der Dose. Dann werde ich an dich denken. Du bist ein guter Junge.« Nob betrachtete das Geschenk. »Sogar der teure«, nuschelte er zu sich selbst. »Ich gebe dir dafür meine Chronik bis zu deinem nächsten Besuch mit. Bestimmt verkürzt sie dir die Fahrt«, sprach der Alte lauter, zog wieder an seiner Zigarette, atmete tief ein und hustete den Rauch danach durch seine vergilbte Zahnprothese in die Luft.

»Moment!«, schaltete sich Tinja ein. Sie stand auf, starrte zuerst auf Nob und dann auf Robert. »Du kennst seine Aufzeichnungen gar nicht? Aber ihr habt euch darüber unterhalten, oder? Ich meine, du hast diesen ganzen Mist erzählt! Zumindest zum Teil musst du doch diese Geschichten … hast du?« Der Rauch wehte zu ihr und sie vertrieb ihn mit beiden Händen. »Das alles über den Nebel und die Stadt darin! Wie kann man sich so etwas ausdenken? Nob! Habt ihr beide darüber gesprochen?« Tinjas Stimme wurde immer lauter und das lag nicht nur daran, dass sie sichergehen wollte, dass der Alte ihre Worte verstand.

»Er hat mich neulich am Bahnhof besucht, aber da haben wir kaum über das alles gesprochen. Junge, du hast mich nach einer anderen Stadt gefragt. Richtig. Dabei ging es um unseren Nachbarort. An mehr kann ich mich nicht erinnern.«

Tinja wippte auf ihren Füßen auf und ab. »Ludmilla! Sie muss es gewesen sein. Robert, war sie nicht bei euch im Laden?«

»Die, ähm … liebe Ludmilla«, erwiderte Robert, »hat mit mir lediglich über den Schweinemarkt gesprochen. Tinja …« Robert trat zu ihr und griff nach ihrer Hand. »Ich habe mir vorgenommen, nicht mehr mit dir über das Moor zu sprechen. Diese … Dinge, an die ich mich erinnere, muss ich alleine verarbeiten.« Er blickte auf die Gleise und überlegte, wie er Tinja mit wenigen Sätzen dazu bringen konnte, das Thema ruhen zu lassen.

»Was erwartest du? Erst kommst du verkleidet zum Schweinemarkt, weckst dann auch noch mein Interesse und außerdem … wer hat dir das alles erzählt?« Sie biss sich auf die Unterlippe und zog die Stirn in Falten.

»Soll ich bei der Zentrale anrufen?«, fragte Nob und fügte nach einigen Sekunden, in denen Robert und Tinja stumm voreinander standen, hinzu: »Ich gehe telefonieren.«

Sie bemerkten gar nicht, dass er den Bahnsteig verließ.

»Worüber regst du dich wirklich auf?« Robert suchte ihre Nähe.

»Du fährst weg!« Tinja boxte Robert gegen die Brust und traf die Stelle, an der er den Oron getragen hatte. Schlagartig verlor er die Welt unter seinen Füßen. Der Himmel verdunkelte sich. Robert fiel.

24

Sein Mund war ausgetrocknet und seine Beine fanden den Boden nicht, hingen irgendwie in der Luft.

»Er wird wach«, sagte eine vertraute Stimme, die Robert noch nicht einordnen konnte. »Pass auf, dass er nicht herunterfällt!« Eine Frau sprach zu jemandem und eine Hand packte Robert am Arm.

»Wie geht es dir?« Das war Tinja. Sie flüsterte.

»Mmh«, antwortete Robert.

»Du verpasst deinen Zug«, sagte sie.

»Das ist mein Plan«, antwortete er und wollte eigentlich gar keinen Witz machen, aber Tinja lachte dennoch.

»Kannst du mir verraten, wie das passiert ist?«

Da war wieder diese Stimme und Robert versuchte zu erkennen, wer zu ihm sprach. Tinja versperrte ihm allerdings die Sicht und drückte zugleich auf seine Brust, sodass er nicht aufstehen konnte. Als Tinja bemerkte, dass Robert versuchte sich zu bewegen, lockerte sie ihren Griff. Das Blut verteilte sich nicht schnell genug in seinem Körper. Vor Roberts Augen blitzten Sterne auf und die Stimmen klangen wie durch Watte.

»Lass dir Zeit!«, war der erste Satz, den Robert wieder komplett verstehen konnte und endlich sah er, wer ihn gesagt hatte. Weniger an den Möbeln, die zusammengewürfelt aussahen, als an der Architektur des Raumes erkannte Robert, dass er sich bei Nob in der Wohnung befand. Tinja und ihre Mutter waren ebenfalls da.

»Du hast mich ziemlich erschreckt«, sagte Tinja und legte ihre Hand auf seinen Oberschenkel. Robert bemerkte den wachsamen Blick ihrer Mutter, die jedoch nichts sagte. Er fühlte sich wie jemand, der das erste Mal auf die Eltern seiner Freundin traf. Außer, dass Robert Tinjas Mutter schon kannte, befand er sich gerade tatsächlich in genau solch einer peinlichen Situation. Er musste etwas sagen, ihre Mutter ablenken. Zugleich durfte er Tinja nicht beleidigen und auf gar keinen Fall ihre Hand wegdrücken. Die Situation musste normal wirken, entkrampft werden. Ihm fiel nicht ein, wie er das schaffen konnte, und er wollte abwarten, bis irgendjemand anderes im Raum das Schweigen brach.

»Wenn ich die Ampel auf Rot stelle, muss der Lokführer den Zug anhalten. Dann kann Robert schnell zusteigen«, beendete Nob die Stille.

»Er darf unter keinen Umständen reisen!«, erwiderte Tinjas Mutter. Sie trug zwar keinen Kittel, aber ihre Stimme klang wie bei einer Sprechstunde seines Arztes. Es fehlte nur, dass sie einen Block aus ihrer dickbauchigen Ledertasche zog und ihm ein Rezept ausstellte. Tatsächlich stand ihre Arztasche geöffnet auf dem Boden. Tinjas Mutter arbeitete als Tierärztin. Robert beschloss, den Gedanken besser nicht weiterzudenken.

»Ist doch super!«, rief Tinja und bremste ihre Faust fast zu spät ab, mit der sie Robert an der Schulter treffen wollte.

»Er soll hierbleiben?«, fragte Nob und schaffte es nicht, sein Entsetzen zu unterdrücken.

»Nicht unbedingt. Er muss nur unter Beobachtung bleiben und darf nicht stundenlang alleine im Zug sitzen.« Tinjas Mutter schloss die Tasche und hob sie an.

»Dann kann er doch bei uns schlafen! Falls irgendetwas geschieht, bist du direkt in der Nähe«, schlug Tinja vor, sprang auf und suchte Roberts Gepäck zusammen.

»Das ist eine gute Idee«, sagte Nob und nickte bei jedem Wort.

»Wir fragen Theo.« Tinjas Mutter schüttelte Nob die Hand und verließ den Wohnbereich. Draußen stand ein Geländewagen. Robert wusste schon jetzt, dass Tinja dafür sorgte, dass er bei ihr übernachten durfte. Sie würde Theo um den kleinen Finger wickeln und ihren Willen durchsetzen. Wenn Robert ehrlich war, freute er sich darüber, wie sich alles entwickelte.

»Was muss man machen, um das hinzubekommen?«, fragte Tinja, während ihre Mutter den Wagen startete, um zurück nach Hause zu fahren.

»Was meinst du?«, entgegnete Robert.

»Diese Wunde auf deinem Oberkörper. Durch dein Shirt ist Blut gedrungen und wir mussten nachsehen. Meine Mum hat dir einen Verband angelegt.«

»Die Geschichte dazu dauert etwas länger. Und sie hat mit dem Moor zu tun. Ich weiß nicht, ob das heute das richtige Thema ist.« Robert schrie gegen den Dieselmotor des Wagens an.

»Dafür haben wir die ganze Nacht Zeit.« Tinja sprach direkt in sein Ohr und hauchte etwas Ergänzendes. Robert konnte nur einzelne Wortfetzen verstehen. Sie reichten aus, dass ihm das Blut in den Kopf schoss.

25

»Guten Morgen, mein Held!« Tinja warf erst ein Kissen auf Robert und hob dann die Hände schützend vor ihr Gesicht. Sie kreischte, als er zu einem Gegenangriff überging und dabei einen Kerzenstumpen vom Nachttisch fegte.

»Du glaubst mir kein Wort davon, stimmt's?« Seine Stimme klang brüchig. Er musste unbedingt etwas trinken, doch auf dem Boden lag nur die leere Weinflasche. Tinja hatte sie gestern Abend aus dem Keller geschmuggelt.

»Ich weiß es nicht.« Sie strich die Bettdecke glatt. »Das klingt alles ganz schön abgedreht. Ich meine: Da draußen ist das Moor. Das kann ich sehen. Und dann kommst du mit deiner Geschichte daher.«

»Stört dich der Drache und dass Rungar ihn getötet hat?«, fragte Robert, richtete sich auf und beobachtete Tinja, die gerade die Kerze vom Boden hob.

»Quatsch! Das ist nicht schlimm. In Märchen kommen viel krassere Beschreibungen vor. Und im Original sind sie sogar noch heftiger. Kennst du das richtige Ende von Aschenputtel?« Tinja verzog das Gesicht.

»Klar! Der Prinz findet das Mädchen mit den passenden Füßen und beide leben glücklich bis –« Weiter kam Robert nicht, denn Tinja schmiss ihm ein weiteres Kissen frontal gegen den Kopf.

»Ich bin unbewaffnet! Du darfst nicht zurückwerfen!«, rief sie.

Am Frühstückstisch tauschten Robert und Tinja vielsagende Blicke. Dabei ignorierten sie ihre Eltern vollkommen. »Wenn du ihn weiter so gut betreust, kann Robert morgen schon wieder zur Schule gehen«, sagte Tinjas Mutter in dem Moment, als ihre Tochter gerade in ein Brötchen gebissen hatte. Das hielt sie allerdings nicht davon ab, ihrer Mutter zu antworten. »Du willst wirklich einen Rückfall riskieren?«

»Dein Vater und ich haben überlegt, einen Ausflug nach Hamburg zu machen und das Auto zu nehmen«, erwiderte Tinjas Mutter teilnahmslos.

Tinja fiel das Brötchen aus der Hand. Ihr Vater stand auf und ging zur Küchenzeile. Auf dem Weg dorthin stoppte er bei seiner Tochter und strich ihr beruhigend übers Haar. In vielen Dingen glich Tinja mehr ihrem Vater als ihrer Mutter. Besonders die Augen machten das deutlich.

»Wie endet das Märchen?« Robert wollte am liebsten aufstehen, flüchten. Doch das klappte nicht, deshalb versuchte er, das Gesprächsthema zu wechseln.

»Was?« Mit aufgerissenen Augen starrte Tinja ihn an.

»Aschenputtel. Das Originalmärchen. Du hast vorhin davon ...« Robert merkte beim Sprechen, dass er zwar das Thema änderte, aber ihn die Richtung direkt ins Verderben führte.

»Die böse Schwiegermutter muss in glühenden Metallschuhen tanzen, bis sie tot umfällt. Gefällt dir das?« Tinja nahm die andere Brötchenhälfte von ihrem Teller und biss erneut herzhaft zu.

»Wir fahren noch vor dem Mittagessen los.« Tinjas Mutter beendete das Gespräch und Robert fühlte sich wie auf einem komplett glühenden Stuhl. Es fehlte nur, dass unter ihm eine Falltür aufklappte und er augenblicklich ins Fegefeuer stürzte – wahrscheinlich wäre das in diesem Moment sogar die bessere Wahl gewesen.

»Und jetzt?« Tinja trat gegen das Kissen und katapultierte es gegen ein Poster. »Versuchst du, dir daraus einen neuen Prinzen zu zaubern?« Robert wollte die Stimmung wieder anheben.

»Hä?« Tinja schüttelte ihren Kopf.

»Na. Ich meine das Märchen vom Froschkönig. Die Prinzessin wirft ihn gegen die Wand und verwandelt ihn in einen Königssohn. Vielleicht klappt das ja auch mit deinem Kissen.«

»Deine Märchen nerven mich! Und was ist mit dir, wenn du in Hamburg bist? Suchst du dir dort eine Neue?« Es war zwar unpassend, doch Robert fühlte sich einen Moment lang gut. Tinja traute ihm zu, dass er in seiner Heimat ein Frauenschwarm war. Wenn er ehrlich war, bestand viel mehr die Gefahr, dass sie sehr bald mit einem anderen abends Musik hörte. Wahrscheinlich langweilte sie sich schnell in Loch. Wenn es ein Junge schaffte, das zu ändern, hatte er sie womöglich bereits erobert. Und Frösche gab es hier mehr als genug. Sie musste nur den richtigen gegen die Wand schmeißen.

»Und du sagst, dass im Nebel Seelen eingeschlossen sind?«

Robert wusste nicht, was er ihr darauf antworten sollte. Er dachte an Frösche, die von ganz allein gegen Hauswände sprangen, weil es in Loch nicht genügend Mädchen gab, die sie schmeißen konnten. Allerdings zählte das nicht und sie verwandelten sich ohne den Wurf durch eine echte Prinzessin zu einem Dorftrottel. Genau auf diese Weise kam der Nachwuchs ins Dorf. Der Klapperstorch blieb bei dieser Sache vollkommen unschuldig. Dieser alberne Gedanke beruhigte Robert, denn er hatte Angst davor, Tinja hier zurückzulassen.

»Warum interessiert dich das mit dem Nebel?«, reagierte Robert auf ihre Frage.

»Wir gehen da jetzt hin! Ins Moor. Du zeigst mir alles und wenn es stimmt, was du letzte Nacht ausgeplaudert hast, dann …« Weiter sprach Tinja nicht. Sie sammelte sich, ehe sie fortsetze. »Robert, ich habe keine Ahnung, wie es mit uns weitergeht. Verstehst du?« Sie machte eine weitere Pause und umspielte ihre blonden Haare mit dem Zeigefinger. »Ich muss wissen, ob du mir bloß eine spannende Geschichte erzählt hast. Kannst du laufen?«, fügte sie an und zog gleichzeitig gedankenverloren ihre Schlafanzughose aus. Sie wartete gar nicht erst seine Antwort ab.

Den Pyjama hatte sie gestern im Bad ohne ihn angezogen. Als er jetzt ihre Beine und die Unterwäsche betrachtete, bekam er Herzrasen. Ein mehrstündiger Marsch durch das Moor war nichts dagegen!

Noch während Robert bei Tinja im Zimmer stand, wurde ihm schlagartig klar, dass er sich ebenfalls umziehen musste. Und wie sah das aus, wenn er jetzt dafür das Zimmer verließ? Außerdem benutzten gerade ihre Eltern das Badezimmer und Tinja schien genau das ausnutzen zu wollen.

Ein Schellen riss Robert aus seinen Gedanken.

»Sie machen sich fertig.« Das war Tinjas Vater.

»Ich möchte mich kurz verabschieden«, antwortete eine Männerstimme, die nach Theo klang.

Robert atmete auf. Nun musste er Tinja nicht von ihrem Plan abhalten und würde gleich zurück nach Hamburg fahren.

Sie saßen alleine am Esstisch. Tinja war in ihrem Zimmer, bereitete sich entweder auf die Autofahrt vor oder schmollte – wahrscheinlich geschah beides.

»Du hast viel durchgemacht. Wie geht es dir?«, erkundigte sich Theo.

»In deinem Wohnzimmer hängt ein Bild. Es wurde nicht in Loch aufgenommen. Da bin ich mir sicher. Was weißt du darüber?« Robert hatte seinen Onkel längst danach fragen wollen. Jetzt war die letzte Gelegenheit, alles zu erfahren.

»Es ist dir aufgefallen?« Theo lehnte sich vor.

»Ein Haus darauf habe ich erkannt. Es steht in Nofra«, sagte Robert und ergänzte: »Die Nebelstadt.«

»Ich kenne den Namen, Robert. Deine Mutter ist damals aus Nofra zu uns gekommen. Ihre Eltern waren gestorben und sie stand unter Schock. Unter keinen Umständen wollte sie zurückkehren.« Mit den Fingern schob Theo Brötchenkrümel zusammen.

»Sie ist im Nebel. Theo, wir müssen sie befreien!« Tränen sammelten sich in Roberts Augen.

»Und wie willst du das schaffen? Robert, erinnerst du dich daran, als wir uns im Moor begegnet sind?« Theo sah seinen Neffen nicht an und bildete mit den Krümeln eine Linie.

»Du meinst, als ich deinen Hund verloren habe?« Robert spürte, wie eine unsichtbare Schlinge um seinem Hals lag und gegen den Kehlkopf drückte.

»Dort habe ich mit Serina, ich meine, mit deiner Mutter gesprochen.« Theo tippte auf die Tischplatte und sprach weiter. »Sie steckt dort fest und –«

»Du weißt davon?«, fiel ihm Robert ins Wort. »Wir müssen sie da rausholen!«

»Das ist ziemlich schwierig«, entgegnete Theo und legte seine Hand auf Roberts Arm. Die Schlinge lockerte sich und Robert saß plötzlich kerzengerade.

»Aber es gibt einen Weg, um sie zu retten?« Am liebsten wollte Robert aufspringen und direkt mit Theo ins Moor gehen. Tinja konnte sie begleiten, um seine Mutter gemeinsam aus dem Nebel zu holen.

»Einen Weg gibt es tatsächlich, aber es ist zu früh, um mit dir darüber zu sprechen. Du musst jetzt zurück nach Hamburg fahren, dich ausruhen und abwarten.« Seine Stimme klang ruhig.

»Was sagst du da? Wenn es möglich ist, ihr zu helfen, müssen wir das machen! Jetzt gleich!« Robert stand auf und wartete, dass Theo dasselbe tat.

»Deine Mutter und ich haben darüber gesprochen. Du musst Geduld haben, damit es funktioniert.«

»Warum? Das ist bescheuert!« Mehr bekam Robert nicht über die Lippen. Er wollte seinen Onkel nicht beschimpfen. Lediglich die Wut darüber, nicht handeln zu können, drängte den Vorwurf aus ihm heraus.

»Vorhin habe ich mit deinem Vater telefoniert. Wenn du wieder zu Hause bist, wird er mit dir über alles reden«, antwortete Theo.

»Er weiß auch Bescheid? Warum macht ihr alle ein Geheimnis daraus? Das ist totaler Mist!« Am liebsten wäre Robert zu Tinja gegangen, um ihren Vorschlag anzunehmen. Wenn sie mit ihm ins Moor ging, verriet ihnen womöglich seine Mutter, wie man sie aus ihrer Lage retten konnte.

»Es steht mir nicht zu, mich einzumischen. Aber dein Vater wartet schon auf dich. Er wird dir sicher alles erzählen.« Theo erhob sich, ging auf Robert zu und umarmte ihn. »Mir fällt es ebenso schwer wie dir.« Damit verabschiedete er sich.

Eine Tür ging auf und Tinja erschien. Sie merkte augenblicklich, dass etwas mit Robert nicht stimmte, und nahm seine Hand.

»Wir werden nach Hamburg fahren«, sagte Robert emotionslos. Tinja widersprach ihm nicht. Ihr Blick sagte alles. Und ihre versteinerte Mimik unterstrich ihre Enttäuschung. Sie konnten zwar noch ein paar Stunden im Auto zusammen sein, bis sie die Schule und der Alltag voneinander trennten – aber das war alles andere als ein Trost, sondern der qualvolle Weg bis zur gnadenlosen Hinrichtung.

26

»Ich habe dich erwartet«, sagte Serina.

»Nenne mir deinen Namen!« Rungar war mit einem Trupp Soldaten in den Nebel gekommen. Sie zogen ihre Schwerter und blieben hinter ihrem Herrn.

»Du kennst mich nicht, aber ich weiß alles über dich und deine Schwächen. Sie haben dich zu mir geführt. Du teilst lieber die Angst deiner Männer und verschwindest wieder«, rief sie in dem Wissen, welche Wirkung das auslöste.

»Es gibt einen Grund, dass du mich zurückhalten willst. Du bist einem Jungen begegnet und er trug etwas bei sich, das er hier verstecken musste, weil es den Nebel nicht verlassen will. Und du weißt davon, willst den Gegenstand für dich behalten! Habe ich dich durchschaut?« Rungar nahm die Silhouette von Roberts Mutter in Augenschein.

»Er ist tatsächlich bei mir gewesen – mit dem Oron. Auch das stimmt«, sagte Serina und Rungar ging einen weiteren Schritt auf sie zu, fasste dann an seinen Oberkörper, zitterte mit der Hand und wich wieder zurück. »Du stehst an der Schwelle. Weiter kannst du nicht gehen, wenn du deine Seele behalten willst«, erklärte sie.

Rungar verharrte. Serina schwebte auf ihn zu und beschloss, nicht zu verraten, dass sie Roberts Mutter war. Der Tyrann wusste besser so wenig wie möglich über sie.

»Du bist ein offenes Buch für mich. Reicht dir der Splitter in deiner Brust nicht? Du willst die wenigen Jahre nicht abwarten und auf der Stelle die unvorstellbare Macht erlangen, die in dem Kristall steckt.« Serina musste aufpassen, dass sie den Bogen nicht überspannte. Wie viel Kraft Rungar schon jetzt besaß, konnte sie nur schätzen.

»Das hat er dir auch verkündet? Er vertraut dir. Und er konnte den Oron nicht mit nach Loch nehmen. Du weißt genau, wo er ist, und mit Sicherheit bewachst du ihn sogar! Ich muss mich nur danach umsehen.« Rungar ging in die Hocke und tastete den Boden ab. Damit hatte Serina gerechnet.

Der Oron lag an einer Stelle, die Rungar nicht erreichen konnte – zwar nur wenige Schritte entfernt, aber mitten auf der Grenze. Es war der äußerste Punkt, den der Kristall akzeptierte. Um ihn unbeschadet zu bergen, musste Rungar den Nebel vertreiben und die unsichtbare Wand zwischen Nofra und Loch einreißen.

»Was erwartest du? Welche Fähigkeit soll dir der Kristall verleihen? Willst du die Entscheidung deiner Vorfahren infrage stellen? Alles rückgängig machen und auf die gegenüberliegende Seite gelangen? Dort sind andere Lebensbedingungen. Dein Volk würde davon überrannt werden und die eigene Kultur aufgeben. Du weißt sehr gut, dass die Ahnen von Nofra aus diesem einen Grund den Nebelwall errichtet haben. Er ist ein Schutz und du könntest die nächsten Jahre, in denen der Splitter des Oron in dir wächst, dafür nutzen, um zu einem besseren Mann zu werden.« Mehr hatte Serina nicht zu sagen. Bislang konnte ihr Rungar nicht gefährlich werden, aber er wollte so schnell wie möglich aus Nofra ausbrechen, den Käfig verlassen. Und es war nur eine Frage der Zeit, bis ihm das gelang.

»Weshalb trägst du dieses Wissen bei dir? Zuerst war es mir, als stammtest du aus Nofra, doch nun … bist du etwa jene, die durch den Nebelwall gewandelt ist? Wegen dir habe ich meine Soldaten ins Verderben geschickt! Weißt du, wie schwer es war, den Gehorsam meiner Männer einzufordern, als die leblosen Körper ihrer Kameraden in meine Festung getragen wurden?« Serina fehlten die Worte. Sie war also für das Schicksal von Quistans Einheit mitverantwortlich?

Es dauerte eine Weile, ehe Serina etwas sagen konnte: »Ich bringe dich zum Oron.« Sie hatte den Entschluss gefasst, Rungar eine Falle zu stellen.

»Du wirst mir helfen? Zu welchem Preis?« Rungar gab seinen Männern ein Zeichen. Sie gingen einige Schritte zurück in die Richtung, aus der sie gekommen waren. Ihre Waffen hielten sie weiterhin kampfbereit in der Hand.

»Mein Preis ist, dass du in Nofra bleibst. Der Oron hat einst den Nebel geschaffen. Er strebt danach, sich dahinter vor der anderen Seite zu verstecken. Der Splitter in dir stammt zwar vom Oron, im Laufe der Zeit wird er jedoch zu einem eigenständigen Kristall werden. Mit ihm könntest du tatsächlich den Bann brechen.« Das, was Serina aussprach, war nicht neu für Rungar. Er lachte laut. »Du verlangst, dass ich die Möglichkeit aufgebe, meinen Plan umzusetzen. Wie viele Jahre habe ich darauf gewartet? Weißt du das? Mein ganzes Leben lang wollte ich Nofra aus der Gefangenschaft zurück in die Welt führen! Der Junge hat mir alles gegeben, was ich dafür brauche, und mit jedem Tag, den der Splitter in mir wächst, komme ich meinem Plan näher und näher. Wir werden uns wiedersehen. Wenn ich den Nebel vertreibe, wirst du vor mir stehen und dich wie der Dunst in Luft auflösen!« Er drehte sich um und war dabei, Serina zu verlassen.

»Wenn du jetzt gehst, wird das Folgende geschehen: Dieser Junge, von dem du sprichst, kommt bald zurück. Ihm ist gewahr, dass du Monat für Monat eine immer stärkere Gefahr für ihn und seine Welt wirst. Daher wird er den Oron nehmen und einen Widerstand in Nofra anzetteln. Es wird auf beiden Seiten große Verluste geben. Du musst deinen Splitter, den er dir vom Oron gegeben hat, wieder entfernen. Dafür setzt du den Kristall ein, festigst deine Macht und verhinderst einen Bürgerkrieg. Aber du musst akzeptieren, dass der Oron in Nofra bleiben will.« Serina wusste, dass sie auf sehr dünnem Eis stand. Wenn Rungar dazu bereit war, sich einer Revolte entgegenzustellen, konnte sie ihre Idee, ihn über die Schwelle zu locken, im Moor begraben.

»Du denkst, dass ich mich für den sicheren Weg entscheide? Hast du vergessen, mit wem du sprichst? Wie, glaubst du, habe ich erreicht, dass mir meine Männer gehorchen? Es genügt ein Kopfnicken und sie ziehen gegen jeden das Schwert für mich. Ob Greis oder Kind, Mann oder Frau. Meine Mannen gehorchen mir blind.« Seine Stimme donnerte durch den Nebel und bewirkte, dass seine Gefolgschaft mit angespannten Körpern darauf wartete, ob er ihnen zur Demonstration seiner Macht einen Befehl gab.

»Ein Krieger folgt seinem Anführer und rennt selbst dann für ihn ins Verderben, wenn er es vorhersehen kann. Aber du bist mehr. Du bist nicht bloß ein Soldat, sondern ein Heerführer. Im Volk ist bekannt, dass du ein Meister im Seelenspiel bist. Und daher überdenkst du jeden Zug genau und rennst nicht blind in deinen Untergang. Welche Entscheidung wirst du treffen?« Mehr hatte Serina nicht zu bieten. Ihre Argumente waren aufgebraucht, und sie hoffte, dass Rungars Hunger nach Macht groß genug war, dass er ihr tiefer in den Nebel folgte – und dabei seine Seele verlor.

Ein Maskierter trat vor, ging auf Rungar zu. »Halte ein! Wer bist du, dass du dich aus der Reihe wagst?«, schrie Rungar. Was anschließend folgte, ging sehr schnell.

»Ich bin du! Spüre mein Schwert und sieh, wie ich deinen Platz einnehme, Rungar. Du hast mich zum Oron geführt. Dies war deine letzte Tat. Das Volk schreit nach einem neuen Herrscher! Es ist längst Zeit, der Bitte nachzukommen.« Der Soldat nahm seine Maske ab, ließ sie fallen und rannte auf Rungar zu. Sekundenbruchteile später starrte Rungar mit aufgerissenem Mund auf die Klinge in seinem Bauch. »Nicht du …«

Die anderen Männer flüsterten untereinander und bewegten sich dabei nicht von der Stelle. »Du hast mir gesagt, dass du meinen Namen vergessen wirst. Erinnerst du dich? Du hast mich gedemütigt, hast mir Schmerzen zugefügt. Wie viele hatten davor dasselbe Schicksal? Aber ich bin anders. Ich bin Cergon und erhebe mich im Namen aller, die du in den Staub gestoßen hast.«

»Cergon?«, wiederholte Rungar mit gepresster Stimme.

»Jetzt wirst mich auf gar keinen Fall vergessen. Du nimmst meinen Namen mit ins Grab!«

Serina fehlten die Worte. Der Demaskierte, der sich Cergon nannte, ging geradeaus über die Schwelle. Er schien nichts zu merken. Kein Widerstand im Nebel hielt ihn davon ab, einen Fuß vor den anderen zu setzen.

»Ich glaube kaum, dass du Rungar tatsächlich den Oron zeigen wolltest, und auch mir wirst du nicht helfen. Doch es wird nicht lange dauern, bis ich ihn selbst finde. Er kann nur hier sein«, sagte Cergon.

Rungar sah ihm nach und fühlte, dass die Ohnmacht nach ihm griff, ihn zu Boden zog. Der Stoß war gezielt und todbringend gewesen. *Weiter in den Nebel! Mich retten!*, dachte Rungar und stemmte sich gegen die Barriere, die ihn aufhalten wollte. Er rutschte aus, taumelte. *Noch einen Schritt!* Nach wenigen Metern sackte Rungar zusammen, blieb im Matsch liegen. Neben ihm erschien eine Kontur im Nebel, die dunkler wurde.

»Du bist zu mir gekommen?« Das Entsetzen in Serinas Stimme bewirkte, dass einige Vögel aufschreckten und davonflatterten.

»Kennst du dich mit dem Seelenspiel aus? Beherrscht du es? Wenn du auch nur einmal eine Partie gewonnen hast, dann weißt du, was ich jetzt machen werde«, rief Cergon und es war unklar, ob er mit Rungar oder Serina sprach.

An einem Wasserloch blieb er stehen. »Ich kenne das Geheimnis, um zwischen Nofra und der restlichen Welt zu wandeln und ich fühle, dass hier die Mitte der Grenze ist.« Cergon ging in die Knie, tauchte mit seinem kahl geschorenen Kopf und einer Hand ins Wasser und hielt kurz darauf etwas Schwarzes in der Hand.

»Wer ich bin, möchtest du wissen?« Niemand regte sich, während Cergon den Oron in seine Haut trieb. Blaues Licht pulsierte aus Cergons Wunde; die Soldaten nahmen ihre Masken ab, gingen auf die Knie und würdigten ihren neuen Anführer.

»Ich bin Cergon! Euer neuer Gebieter! Einst haben unsere Ahnen Nofra in Nebel gehüllt. Dafür haben sie den Oron verwendet. Seine Macht kann so viel Gutes für Nofra bewirken. Und doch wurde seine Kraft zu oft gegen die Nofras eingesetzt. Es waren die Menschen aus Loch, die ganz Nofra in den frühen Tagen vergiftet haben! Sie sind noch immer gefährlich. Daher werde ich Nofra den Glanz zurückbringen, den es verloren hat!«

»Was soll das heißen?«, fragte Serina.

»Ich werde jeden vernichten, der sich mir in den Weg stellt!«

»Du willst einen Krieg beginnen?« Serina war fassungslos, denn Rungar hätte Loch nicht sofort angreifen können. Solange er nur einen Splitter vom Oron in sich trug, hätten sie noch Zeit gehabt, um ihn zu stoppen.

»Ich will«, antwortete Cergon und wartete einen Augenblick. »Wer bist du, dass ich dir meine Pläne anvertraue?« Damit wandte er sich zu den Soldaten, die einst Rungar gefolgt waren. »Nehmt die Masken ab.

Sie zeigen Rungar. Den Rungar, der euch das eigene Gesicht genommen hat. Ich bin Cergon und will jedem meiner Anhänger ein eigenes Antlitz schenken!«

Er ist gerissen, dachte Serina und hatte das Gefühl, dass die Nofras gerade in ihr Verderben rannten. Und mit ihnen schwebten auch die Menschen in Loch in großer Gefahr. Dem einen Machthaber war der nächste, noch mächtigere gefolgt.

Teil 2

I

»Mein Herr, wie lautet euer Befehl?« Quistan und die anderen Nebelsoldaten formierten sich um den neuen Schatten. Er gehörte Rungar.

»Zeige mir den Weg nach Loch!« Seine Stimme hatte sich verändert, hallte dunkel wider. In ihr war deutlich Rungars Wut zu hören. Einer seiner Soldaten hatte ihn in einem schwachen Moment hintergangen. Cergon konnte durch den Nebel gehen. Er hatte diese Fähigkeit vor seinem Gebieter geheim gehalten. Dabei wäre es Cergons Aufgabe gewesen, den Oron für Rungar aus dem Moor zu holen.

Serinas Plan war gescheitert. Soeben hatte sie noch versucht, Rungar zu überlisten. Sie wollte, dass er im Nebel vor lauter Gier nach Macht seinen Körper zu weit über die Grenze bewegte. Wollte ihn in eine Falle locken und damit ihren Sohn – Robert – beschützen. Allerdings ging ihr Plan auf eine Weise auf, die sie sich unter keinen Umständen hätte vorstellen können. Mit Cergon gab es jemanden in Nofra, der durch den Nebel wandeln konnte. Nun trug er den Oron in sich. Damit war er zwar an Nofra gebunden, aber wenn er dennoch seinen Soldaten den Weg von Nofra nach Loch weisen konnte … Die Menschen in Loch schwebten in sehr großer Gefahr.

Die Schattensoldaten schritten mit ihrem Anführer Quistan an ihrer Spitze los. Sie folgten noch immer Rungars Befehlen und wollten ihn nach Loch führen. Serina wusste, dass sie schnell handeln musste.

»Du willst Rache?« Sie sprach, so laut sie konnte. Rief über die Nebelgrenze, die ihr Bewusstsein auf der Seite von Nofra gefangen hielt. Rungar und seine Mannen befanden sich auf der anderen Seite der Grenze – der Seite von Loch. Und Rungars toter Körper lag versunken in einem Moorloch. In ihm war die Energie des Kristallsplitters erloschen. Er war zu jung gewesen, um ohne Wirt weiterzubestehen.

»Du wagst es? Machst gar mit Cergon gemeinsame Sache. Solltest mich ablenken. So nah wie möglich an den Oron führen. Mich schwächen für ihn. In einem gerechten Kampf läge Cergon flehend vor meinen Füßen!« Rungars Stimme hallte über die Grenze im Nebel. Serina wollte zurückweichen, doch sie überwand den Drang, zu fliehen. Wenn sie jetzt aufgab, wäre alles verloren.

»Was hätte ich davon, dass ein wahnsinniger Herrscher einen anderen ablöst? Nofra braucht keinen Tyrannen. Die Bürger sollten sich ihr Oberhaupt selbst wählen. In Loch und allen anderen Ortschaften muss man sich die Gefolgschaft der Menschen verdienen, um ihnen vorstehen zu dürfen.« Serina vermied es, Rungar den Begriff Demokratie in allen Einzelheiten zu erklären.

»Ist er nicht genau das? Ein Mann aus dem Widerstand. Auserwählt von dir und den undankbaren Nofras.« Rungar kam so nah an die Grenze heran, wie es ging. Nun war er zwei Meter von Serina entfernt, denn auch sie stand direkt an der Barriere zwischen den beiden Welten.

»Warum sollten die Nofras das Risiko eingehen und dir einen Splitter vom Oron schenken? Cergon handelt allein und hat auf die Gunst der Stunde gewartet.« Serina machte eine Pause. Sie musste es schaffen, Rungar auf ihre Seite zu ziehen. Es gab nur zwei Dinge, die ihn interessierten. »Du willst Rache und deine Macht zurückerlangen?«

»Was kümmert das dich? Wirst du mir etwa dabei helfen? Sage es ja nicht! Jedes deiner Worte wäre eine Lüge.« Rungar wandte sich ab.

»Was suchst du in Loch? Soll dir jemand beistehen, um den Verräter Cergon zu töten?« Serina wusste genau, dass Rungar ausschließlich eine Absicht haben konnte. Er wollte zu Robert und allen Menschen, die zu ihm standen. Rungar machte Robert für den Hinterhalt verantwortlich. Er wollte Rache. Weiter dachte er im Moment nicht. Sie musste Rungar beeinflussen. Sie würde sich mit ihm verbünden, um ihren Sohn zu beschützen.

»Du kennst eine Person? Warum solltest du mir seinen Namen sagen?« Seine Stimme klang ruhiger. Rungar fand zu seiner Form zurück. Er war ein Meister des Seelenspiels und hatte trotzdem einen heftigen Schlag einstecken müssen. Doch er wollte die Partie bis zum

Schluss spielen. Jetzt bereitete er einen Gegenschlag vor. Serina wusste das. Wenn sie nicht genau aufpasste, wäre sie bloß ein Bauernopfer auf Rungars Rachefeldzug.

»Du willst Cergon bestrafen und ich will nicht, dass Cergon unschuldiges Blut vergießt. Wir haben denselben Gegner. Reicht dir das als Grund?« Damit sprach Serina die Wahrheit aus. Gleichzeitig wusste sie, dass Rungar gefährlich blieb. Es gab für sie eine Möglichkeit, wieder aus dem Nebel zu entkommen. Einst hatte der mächtige Kristall die Stadt Nofra mit einem Nebelwall umschlossen. Es bedurfte großer Macht, ihn dazu zu bringen, genau diesen Wall wieder zu öffnen. Dafür brauchte sie Rungar auf ihrer Seite. »Sprich weiter.« Rungar ging auf ihr Spiel ein und ahnte mit Sicherheit zugleich, dass er wertvoll für sie war.

»In Loch wohnt jemand, der uns helfen kann. Er ist der Bahnhofsvorsteher. Sein Name ist Nobortius. Die Dorfbewohner nennen ihn Nob. Er weiß alles über den Ort, kennt Nofra und ist mit dem Geheimnis vom Nebel vertraut.« Während Serina sprach, hatte sie ein schlechtes Gewissen. Nob war ein netter alter Mann. Er hatte sie einst im Moor gefunden, als sie zum ersten Mal die Grenze zwischen Nofra und Loch überschritten hatte. Damals irrte sie orientierungslos umher und wäre beinahe im Moor versunken. Er hatte sie gerettet.

»Was kann jener Nobortius für mich leisten?« Rungar stellte eine Frage, auf die Serina nur eine ehrliche Antwort wusste. Sie würde ausschließlich Nob von ihrem Plan überzeugen können. Ein anderer Weg fiel ihr nicht ein. Theo stimmte ihrem Vorhaben niemals zu.

Sie befand sich zwischen zwei Machthabern. Beide waren auf ihre Weise so gefährlich, dass sich jeder, den Serina liebte, in Lebensgefahr befand. Sie musste das volle Risiko eingehen, um die Sache zu beenden.

2

Wo bist du?

In Hamburg und damit zu weit weg.

Durch Tinjas Frage hatte er heute das erste Mal gelächelt.

Bei deiner mum im krankenhaus?

Tinja schrieb schnell und achtete nicht auf die Großschreibung. Sonst war das gar nicht ihre Art. Robert hatte sich extra für sie angewöhnt, auf seine Formulierungen zu achten.

Wie jeden Tag ... vermisse dich!

Robert zögerte, die Nachricht abzuschicken. Sie waren erst seit zwei Wochen voneinander getrennt. Aber jeder weitere Tag fühlte sich schlimmer an. Trotzdem mochte Tinja keine kitschigen Nachrichten. Ihr ein Emoji zu schicken, das aus blinkenden Herzen bestand, war ein großer Fehler gewesen. Tinja hatte ihm darauf sehr eindeutig geantwortet. Sie sendete ihm gefühlte eintausend Herzen und sprengte damit den Arbeitsspeicher seines Smartphones. Davor stand ein Satz: Nachricht unbedingt bis zum Ende lesen! Robert wischte mit seinem Daumen endlos lange bis zum Schluss. Dort las er schließlich Tinjas Antwort: Ich hoffe, dass dir die Herzen für die nächsten zehn Jahre reichen. Mir genügt schon dein einzelner Kitschi-Moji vollkommen. Über ehrliche, selbst ausgedachte Romantik freue ich mich aber immer!

Bist du bei deiner mum im krankenhaus?

Tinja wiederholte ihre Frage. Sie riss Robert damit aus seinen Gedanken. Er löschte schnell einen Teil seiner Antwort und drückte auf Senden: Wie jeden Tag.

Komme zu dir. Müssen reden!

Damit loggte sich Tinja aus ihrer Messenger-App und ließ Robert mit offenem Mund vor seinem Smartphone zurück. Tinja war in Hamburg? Robert konnte sich über die Vorstellung nicht freuen.

Müssen reden!

Wie konnte man sich über so eine Nachricht freuen? Dabei war es Tinja, die keine abgedroschenen Phrasen mochte. Und jetzt sendete sie ihm einen Text, der das Ende unzählbar vieler Beziehungen angekündigt hatte? Oder wollte Tinja wirklich über etwas sehr Wichtiges mit ihm sprechen – ohne dass ihre Beziehung gefährdet war? Wie wahrscheinlich war das? Tinja hatte klare Prinzipien. Sie würde eine Beziehung niemals über ihr Handy beenden. Wenn sie also jetzt mit irgendeinem Dorftrottel aus Loch zusammen war, würde sie Robert das persönlich sagen. Dafür reichte wohl auch die Formulierung »Müssen reden!«. Und bestimmt würde ihm Tinja anbieten, dass sie Freunde bleiben konnten. Sie meinte das mit Sicherheit genau so. Doch ihr neuer Freund würde verhindern, dass sie weiterhin Kontakt miteinander hätten. Tinja war eine außergewöhnliche Person. Sie handelte unberechenbar, steckte voller Energie und hatte stets ein Lachen um ihre Augen, selbst wenn es ihr schlecht ging. Gerade dann lachte sie besonders viel. Robert dachte an ihre blonden Locken und die Sommersprossen. Jeder Tag ohne Tinja war schwer. Nur noch ein Gedanke nagte an seiner Seele: Besuchte sie ihn in Hamburg, um mit ihm Schluss zu machen?

Vor Robert stand das Menü des Tages. Eintopf. Schon vor der Unterhaltung mit Tinja hatte Robert kaum Hunger auf das Gericht gehabt. Jetzt stellte er es auf das Tablett zurück und brachte es in den Geschirrwagen. Die Bedienung hinter der Theke beobachtete Robert dabei. Er spürte ihren vorwurfsvollen Blick im Nacken, als er die Krankenhauskantine verließ. Im Foyer stand eine Sitzgruppe. Von dort konnte man auf die Glasfront des Eingangs blicken. Außerdem sah man einen großen Bereich der Hauptstraße.

Tinja hatte ihm keine weiteren Anweisungen gegeben. Sie wusste nicht, wo Robert sich genau in dem Krankenhaus aufhielt. Er kontrollierte den Bildschirm. Keine neue Nachricht.

Mit dem Zeigefinger tippte Robert auf den Satz. Ein Kurzmenü erschien und bot ihm an, den Text zu löschen. Was änderte das?

Komme zu dir. Müssen reden!

Ihm fiel das Ausrufezeichen hinter dem zweiten Satz auf. Sie hatte sich die Zeit genommen, der Aufforderung Nachdruck zu verleihen. Tinja achtete genau auf ihre Wortwahl. Es stand schon jetzt fest, dass sie nach der Schule etwas mit Sprachen studieren würde. Auch wenn sie abgehetzt war und die Großschreibung missachtete – sie hatte an dieser Stelle bewusst auf das Satzzeichen geachtet.

Plötzlich bekam Robert einen Schreck. Ein Warnhinweis zeigte ihm den geringen Batteriestand an. Sein Handy war zu alt. Seine Mutter hatte es ihm geschenkt, als sie einen neuen Vertrag abgeschlossen hatte. Eigentlich hätte er sich längst ein neues Gerät zulegen müssen. Der Akku hielt kaum einen halben Tag. Er war im Gehäuse verschweißt und ein Austausch lohnte sich bei dem Modell nicht mehr. Viele Apps liefen bereits nicht mehr darauf. Dass es ihn in Nofra nicht im Stich gelassen hatte, als er Rungars Schergen mit einem Video ausgetrickst hatte, grenzte an ein Wunder. Bei dem Gedanken an die Videobotschaft regten sich seine Mundwinkel zu einem Grinsen. Die Erinnerung an seine Mutter hatte ihn bislang davon abgehalten, das Gerät zu wechseln. Jetzt konnte ihm seine Entscheidung zum Verhängnis werden. Robert hatte kein Ladegerät bei sich und er wusste, dass sich das Handy in spätestens zwei Minuten automatisch ausschalten würde.

Seine Hand schwitzte und Robert vertippte sich im Adressbuch, als er Tinjas Nummer heraussuchte. Er verlor kostbare Zeit. Es dauerte ewig, bis Robert das Freizeichen hörte. Kurz darauf gelangte er auf die Mailbox. Robert legte auf und versuchte es erneut. Dann brummte sein Handy und schaltete sich aus. Nun konnte er nur noch hier sitzen und warten. Genau genommen hatte er gerade sowieso nichts Besseres zu tun. Inzwischen kannte er die Wahrheit über seine Mutter. Ihr wahres Ich war im Nebel gefangen und Robert wusste nicht, wie er ihr helfen konnte. Seine Auseinandersetzung mit Rungar hatte er nicht gewinnen können. Er konnte nur auf Zeit spielen, um wenigstens nicht direkt gegen ihn zu verlieren.

Mit seinem Vater hatte Robert kaum über die Vorfälle in Loch gesprochen. Sein Vater vertrat eine einfache Position. Er hatte schon Roberts Mutter an den Nebel verloren und wollte nicht auch noch seinen Sohn opfern. Wenn es nach ihm ging, sollte Robert niemals wieder nach Loch fahren. Und Robert konnte ihm deswegen nicht einmal böse sein. Auf eine bestimmte Weise verstand er ihn sogar. Und ihm war deutlich geworden, warum sein Vater so selten ins Krankenhaus fuhr. Dort lag nur eine Hülle. Ihr Wesen befand sich im Nebel und Roberts Vater sah keine Möglichkeit, sie daraus zu befreien. Die pure Verzweiflung hatte ihn so werden lassen. Und auch Robert fiel es schwer, sich mit ihrem Körper im Krankenbett verbunden zu fühlen.

Onkel Theo hatte seine Mutter regelmäßig im Moor besucht. Außerdem glaubte Robert, dass auch sein Vater manchmal dorthin gefahren war. Wenn es so war, hatte er es heimlich gemacht. Er wusste einfach nicht, wie er sich verhalten sollte. Und schließlich hatte er sich dazu entschieden, für seinen Sohn da zu sein und weiter Geld mit seinen Foto-Aufträgen zu verdienen. Gerade durch seine Liebe zu Robert hatte er sich von ihm entfernt.

Ein Taxi hielt vor dem Krankenhaus. Tinja saß vorne und reichte dem Fahrer einen Geldschein. Wechselgeld nahm sie nicht entgegen, sondern stieg umgehend aus. Sie hatte eine kleine Umhängetasche aus roter Lkw-Plane bei sich. Damit wollte sie wohl kaum das Wochenende in Hamburg verbringen. Robert wusste, dass Tinja auf Reisen stets ein Buch mitnahm. Zusammen mit einer Bürste, Schminke, Deo und vielleicht einer Flasche Wasser wäre die Tasche voll. Für Wechselwäsche und eine Kulturtasche bliebe kein Platz mehr. Sie war offenbar wirklich nur gekommen, um mit Robert »zu reden«.

Er konnte aufstehen, den Warteraum verlassen, das Gespräch vermeiden. Ihre Blicke waren sich noch nicht begegnet. Aber was gewann er damit? Wenn er vor ihr weglief, endete die Beziehung direkt. Bei einer Unterhaltung gab es hingegen die Möglichkeit, Pläne zu ändern. Vielleicht konnte er sie zurückgewinnen? Er war im Nebel durch ein lebensgefährliches Moor gelaufen, hatte eine Barriere passiert und dem Machthaber Rungar die Stirn geboten. Auch wenn Robert die ganze Zeit Angst gehabt hatte – er hatte sich der Herausforderung gestellt. Und jetzt? Jetzt wollte er sich vor Tinja verstecken, den Kopf in den Sand stecken, die Augen verschließen, den Problemen aus dem Weg gehen. Er wollte wie … wie sein Vater handeln. Auch er vermied die Konfrontation, ließ Roberts Mutter im Krankenhaus liegen.

Wut stieg in ihm auf. Er war sauer auf sich, auf seinen Vater und auf Tinja – ja, sogar auf sie.

»Du hast mich gar nicht vermisst!« Die Schiebetür glitt auf. Mit Tinja wehte kalte Luft in die Eingangshalle. Sie waren allein. An der Rezeption saß niemand und die Patienten bekamen gerade ihr Mittagessen.

»Warum denkst du das?« Robert hatte sich entschieden. Er wich nicht aus, hatte keine Lust, so zu tun, als wäre nichts.

»Mach mal ein Selfie, dann siehst du es selbst!« Tinja hatte für einen Moment Lachfalten und schob sich ihr lockiges Haar hinters rechte Ohr.

»Mein Akku ist tot.« Robert blieb auf seinem Stuhl sitzen.

Tinja nahm neben ihm Platz. Ihre Finger suchten seine Hand. »Wir müssen unbedingt reden!«

»Das hast du bereits geschrieben. Warum machst du dir die Mühe? Du hättest mir auch texten können, dass du ...« Robert stockte. Er wollte stark sein, kämpfen und doch schaffte er es nicht, den Satz zu beenden.

»Dass ich was? Moment ... Das denkst du?« Ihre Finger wichen zurück und Tinja biss sich auf die Unterlippe. Es wirkte nicht so, als wollte sie mit ihm Schluss machen. Im Gegenteil. Allein die Vorstellung – ohne dass auch nur das Wort *Schluss* ausgesprochen wurde – schockierte Tinja offensichtlich.

»Warum bist du dann in Hamburg? Ich verstehe nicht, was ...« Robert hätte sich selbst ohrfeigen können. Er hatte kein Vertrauen in ihre Beziehung gehabt und genau das Tinja offenbart. Wenn sie bis jetzt nicht geplant hatte, alles hinzuwerfen, war sie bestimmt gerade auf die Idee gekommen.

»Es haben sich Dinge in Nofra getan und du musst sofort mit mir mitkommen! Aber ... ach, Scheiße! Du denkst, dass ich mit dir ... du dachtest an Schluss machen?« Sie hatte es gesagt! Die Worte schmerzten in Roberts Brust. Er war viel zu lange mit seinen Problemen alleine gewesen. Erst durch Tinjas verrücktes Wesen hatte er sich wieder normal gefühlt. Die Vorstellung, dass ihre junge Bindung auseinanderriss, war unvorstellbar.

»Du bist selbst schuld daran, dass ich solche Gedanken bekomme!« Robert spürte, wie ihm der Ärger bis zum Hals stand. Zu sehr war er noch von der Vorstellung geschockt, dass sich Tinja in den Zug gesetzt hatte, um die Beziehung persönlich zu beenden. Er hätte ihr ganz einfach einen Kuss geben können. Stattdessen hatte er sich selbst in eine Lage gebracht, als wäre er in dem Moor bei Loch vom Weg abgekommen. Je mehr Robert sagte, desto gnadenloser sank er ein. Jeder einzelne Buchstabe zog ihn tiefer und tiefer in den Abgrund.

»Ich? Du hast mehr als einen Knall!« Tinja schüttelte den Kopf. Dann stand sie auf, nahm Robert an der Hand und half ihm aus dem imaginären Schlammloch. Sie legte ihre Handflächen auf seine Wangen und küsste ihn. Es war nur zwei Wochen her, doch Robert hatte schon fast vergessen, wie weich sich dabei ihre Lippen auf seine schmiegten. Er schwebte plötzlich im blumigen Duft ihrer Haare, schloss die Augen. »So ist das mit uns. Vergiss das nicht, du Spinner. Und jetzt komm! Wir haben keine Zeit. Der nächste Zug nach Loch fährt in vierzig Minuten.«

»Warum hast du mir nicht einfach geschrieben, dass ich zum Bahnhof kommen soll? Wieso bist du überhaupt hier?« Robert verstand den Aufwand nicht, den Tinja betrieb. Hatte sie Angst gehabt, dass er in Hamburg bleiben würde? Wenn etwas Wichtiges geschehen war, hätte sie ihm das auch schreiben oder sagen können.

»Wir müssen vorher zu deiner Mum gehen.«

Robert wollte protestieren. Es war schon schwer genug gewesen, sich bei Tinjas Eltern vorzustellen. Doch nun? Der Gedanke daran, dass er ihr seine Mutter im Krankenbett präsentierte, löste einen Widerstand in ihm aus.

»Los, beeil dich! Es ist in Ordnung. Ich habe mit deiner Mum im Nebel darüber gesprochen.« Tinja zog ihn zu den Aufzügen.

»Du hast dich mit ihr verbündet?« Robert leistete keinen Widerstand.

»Das sowieso! Wir Frauen halten zusammen.« Da sah er es wieder – das freche Lachen, in das sich Robert verliebt hatte.

3

»Das bringt sie um!« Robert stand neben dem Krankenbett. Ein Monitor daneben zeigte den Puls an.

»Deiner Mum geschieht nichts! Wie gesagt, ich habe mit ihr im Nebel gesprochen. Sie meint, dass die Steine schlafen. Du weckst sie auf, wenn du sie trägst.« Tinja drückte auf die Handfläche. Serina hatte ihr genau beschrieben, an welcher Stelle und mit wie viel Druck sie es machen sollte.

»Es ist verrückt. Ihr Körper funktioniert wie eine Maschine, wie ein seelenloser Apparat. Und …«, sagte Robert. Dabei starrte er auf einen Monitor. Er zeigte den Herzschlag an. Die Kurve war regelmäßig.

»Sprich weiter.«

Robert reagierte nicht. Tinja betrachtete ihn und seine Mutter. Serina war eine hübsche Frau. Sie hatte viel Ähnlichkeit mit Robert. Ihre Gesichtszüge waren fein, die Haut matt. Auf Serinas linkem Ohrläppchen bemerkte Tinja ein kleines Muttermal. Robert hatte genau das gleiche an derselben Stelle.

»Ihre Haare wachsen einfach weiter. Sie werden am Freitag geschnitten. Verrückt.« Robert schien in seinen Gedanken gefangen zu sein.

Die Zeit drängte. Sie mussten sich beeilen, durften den Zug nicht verpassen. Tinja zog den ersten Kristall heraus. Er hatte eine Narbe in Serinas Haut durchstoßen und eine frische Wunde erzeugt. Blut lief heraus. Der Stein hatte die Größe eines Kiesels. Es war bemerkenswert, dass niemand im Krankenhaus darauf aufmerksam geworden war.

Der Stein schimmerte grau und sah eher gewöhnlich aus. Er befand sich wie seine Mutter in einem Dämmerzustand. So hätte Tinja keinen Grund gehabt, auch nur ein Wort von seiner Bedeutung zu glauben – hätte sie ihn nicht selbst aus Serinas Hand gedrückt. Nachdem Tinja den zweiten Kristall herausgeholt hatte, trat sie dicht an Robert heran. »Du musst das jetzt machen! Sonst bleibt deine Mum für immer in dem Bett liegen.« Sie sprach mit lauter Stimme, um ihn zu sich zurückzuholen. Er befand sich in einem Strudel aus Gedanken. »Sie stirbt in ihrem Krankenbett, wenn du nicht handelst!« Dieser Satz erzeugte die erhoffte Reaktion, war wie eine Ohrfeige.

»Was soll ich machen?«, fragte Robert.

»Du folgst deiner Bestimmung.«

Robert wusste noch genau, wie viel Überwindung es ihn gekostet hatte, sich selbst mit dem Oron in die Haut zu schneiden. Die brennenden Schmerzen hatte er nicht vergessen.

»Rette sie! Ich möchte deine Mum als echte Person kennenlernen.«

Es roch nach verbrannter Haut. Die Steine pulsierten. Sie waren eigentlich viel zu groß, um sie jemandem zum ersten Mal in die Hände einzusetzen. Robert hätte nicht gedacht, dass es noch schwieriger als beim Oron werden würde.

Tinja griff ihm unter die Schulter, als ihm die Beine wegknickten.

»Press sie aneinander! Mit Druck ist es schnell vorbei!« Von seinen Handflächen stiegen Rauchfähnchen auf. Ihr Gestank erinnerte an das verbrannte Horn bei Pferden, die neue Hufeisen erhielten. Mit zitternden Händen drückte Robert die Kristalle tiefer in das Fleisch. Der Schmerz traf ihn mit voller Wucht und der Boden änderte sich unter seinen Füßen. Eine schwarze Pfütze entstand. Ihre Seiten wuchsen, füllten den Boden aus, überschwemmten ihn. Robert stand in einem See aus purer Dunkelheit. Bilder schlugen auf Robert ein. Das Leben seiner Mutter zog an ihm vorbei, als würde sie gerade sterben. Er durchlebte jede ihrer Erinnerungen. Robert sah seinen Vater als jungen Mann. Seine Eltern waren damals sehr glücklich gewesen. Hand in Hand saßen sie nachts auf einer Bank und blickten in den Sternenhimmel, träumten von einer gemeinsamen Zukunft. Es fühlte sich wie mit Tinja an. Dann sah er sogar seine eigene Geburt, fühlte die Freude seiner Mutter. Er schwamm in einem Meer aus Emotionen, weinte und lachte gleichzeitig. Es war alles in den Steinen gespeichert. Auch die Verzweiflung, als seine Mutter mit dem Oron aus Nofra flüchtete, ergriff ihn. Sie wurde verfolgt, wie ein Tier gehetzt und machte einen Fehler, verwechselte die Laufrichtung. Ein falscher Schritt reichte aus. Ihr Geist verlor den Halt, stoppte an der Barriere. Ihr Körper ging weiter. Es waren bloß zwei, drei Schritte. Doch sie reichten aus. Dabei fiel der Oron herunter und das Moor versteckte ihn mitten auf der Grenze zwischen Nofra und Loch. Die Barriere trennte ihren Geist von ihrem Körper. Wie in einem Käfig sah sie ihn im Moor auf der Seite von Loch liegen. Sie kam nicht mehr zu ihm, fühlte Verzweiflung. Ohne Theo wäre Serinas Körper im Moor sich selbst überlassen gewesen.

Das düstere Wasser flutete den Raum, umspülte Roberts Knöchel und zog die Wärme aus seinem Körper. Ihm wurde flau und die Flüssigkeit unter ihm drehte sich. Der Strudel klaffte wie das Maul eines Raubfischs auf und schnappte nach Roberts Bewusstsein. Die beiden Steine gruben sich in seine Hände. Die Qualen rissen Robert fort. Er verlor alles – das Gefühl von Zeit und Raum und ihm selbst. Er fiel. Fiel ins Bodenlose, wurde ohnmächtig. Das Wasser stieg weiter. Robert kam zu sich. Für einen Moment glaubte er, zu ertrinken. Er rang nach Luft.

»Wir müssen zum Bahnhof. Los!« Tinja stand mit einer Schüssel über ihm. Sie hatte Wasser auf ihn geschüttet.

»Wenn du nicht sofort aufstehst, hole ich Nachschub am Waschbecken!« Ihre Stimme enthielt kein Anzeichen von Humor. Sie hatte einen Zeitplan und nicht die Absicht, davon abzuweichen.

»War das nötig?« Robert hustete und stützte sich mit den Händen ab. Im selben Moment zuckte er zusammen. Eine Welle aus Schmerz durchzog ihn. Seine Finger krampften zusammen. Er hielt die Tortur nicht länger aus. Die schwarze Flüssigkeit kehrte zurück. Tinja gab ihm erst eine Ohrfeige, dann direkt noch eine. Robert verlor sich.

»Einen Moment ausruhen. Ich … brauche etwas … Zeit.« Er nuschelte die Worte.

»Das kannst du vergessen.« Tinjas Lippen berührten sein Ohr. »Jetzt wach auf!«

Ihre Stimme half ihm aus der Dunkelheit. Robert folgte Tinjas Worten, drohte jedoch, zurückzufallen. Sie stützte ihn. Irgendwie schaffte er es aus dem Zimmer, dann bis zum Aufzug.

»Ich war kurz davor, irgendwo im Krankenhaus einen Rollstuhl zu organisieren und dich damit bis zum Bahnhof zu fahren.« Das Lachen kehrte in ihre Stimme zurück.

»Wenn ich das vorher gewusst hätte, wäre ich nicht so schnell aufgestanden.« Robert versuchte einen Scherz zu machen, doch er klang dabei so, als würde er es ernst meinen. Und wenn er ehrlich zu sich selbst war, gefiel ihm die Vorstellung, sich noch etwas ausruhen zu können.

»Dann hast du gleich etwas gelernt. Ich bediene dich nicht.« Tinja klang zwar noch immer fröhlich, doch Robert wusste genau, dass sie damit die Wahrheit sagte.

»Aber du hast mir doch Wasser gebracht. Und danach sogar den Boden getrocknet. Das zählt.«

»Davon kann ich dir gerne noch mehr bringen. Reichen dir für den Anfang zwei Liter?« In Tinjas Gesicht zeichneten sich zarte Lachfalten ab. Robert gab sich geschlagen.

4

Der Zug hatte vor einer Stunde Hamburg verlassen. Tinjas Kopf lag auf seiner Schulter. Robert spürte ihr Vertrauen. Auf dem Weg zum Bahnhof hatte sie ihm alles erzählt. Dass ein Machtwechsel in Nofra stattgefunden hatte, Rungar ermordet worden war, aber sein Geist sich in den Nebel gerettet hatte. Und jetzt half er ihnen. Er hatte die Seite gewechselt, um sich an diesem Cergon – seinem Mörder – zu rächen. Der neue Machthaber war unberechenbar. Er hatte Drohungen ausgesprochen, war zum Kampf bereit. Cergon würde jeden beseitigen, der das Geheimnis von Nofra verraten konnte. Damit waren Loch und Roberts gesamtes Umfeld in großer Gefahr. Cergon konnte die Barriere im Nebel überschreiten. Er war zwar durch den Oron an Nofra gebunden – aber er konnte dafür Soldaten nach Loch schicken. Es war nur eine Frage der Zeit, bis er die passenden Kandidaten dafür fand und ihnen die richtige Technik beibrachte.

Robert fühlte die Wärme in seinen Handflächen und schloss die Augen. Die Wunden darin schmerzten zugleich und er presste die Zähne aufeinander. Er hatte geglaubt, dass Tinja die Beziehung beenden wollte. Stattdessen war sie eine Botin gewesen. Rungar und seine Mutter hatten sich einen Plan überlegt. Sie waren einen Pakt eingegangen. Nachdem Rungar am Bahnhof gewesen war, hatte Nob Tinja besucht. Er war viel zu aufgebracht gewesen. Tinja hatte beschlossen, selbst ins Moor zu gehen, und dort den Auftrag erhalten, aus Robert einen Krieger zu machen. Das war es. Er zog in den Kampf.

»Hast du Angst?« Tinja sprach leise. Sie berührte Roberts Hand. Die Wärme der Steine durchflutete seine Innenflächen und strömte über Tinjas Fingerkuppen in ihren Körper.

»Ich fühle Angst … aber nicht um mich. Die Steine meiner Mutter haben mich verändert. Ich fürchte mich davor, dass es Negola, ihrer Familie und Freunden schlecht geht. Und es ist so, als wären sie bei mir. Wir sind miteinander verbunden.« Robert tauchte immer mehr in die Verbindung zu seinen Verwandten in der Nebelstadt ab.

»Deine Mum hat mir das alles vorausgesagt.« Tinja bemerkte, dass Robert zitterte, und rückte näher, legte ihren Arm um ihn. Ihre Wangen berührten sich.

»Welche Rolle spielt Rungar bei all dem?« Robert hatte den emotionalen Schub überwunden. Tinja wollte antworten, doch der Schaffner kam zu ihnen. Sie waren ihm schon beim Einsteigen begegnet und hatten angemeldet, dass sie in Loch aussteigen mussten. In seinem Gesicht hatte Robert wieder das Mitleid gesehen. Ob es an dem magischen Nebelwall lag, dass Außenstehende so ungern nach Loch fuhren? Robert war sich da nicht sicher, aber wahrscheinlich lag es an dem tristen Ort selbst.

Tinja kramte in ihrer Tasche. Die Blicke von ein paar Fahrgästen hafteten auf ihnen. Robert versuchte sich zu erinnern. Hatten sie überhaupt eine Fahrkarte gekauft? Sie waren vom Krankenhaus direkt zum Bahnsteig geeilt und in den Zug gestiegen. Tinja suchte weiter nach dem Ticket. Sie fuhren schwarz, das wurde Robert jetzt klar. Auf dem Weg zu seinem Kampf gegen diesen Cergon musste er sich mit einem Zugbegleiter auseinandersetzen? Er lachte. Das irritierte wiederum den Schaffner: »Für Spiele habe ich keine Zeit.« Er nahm ein Funkgerät vom Gürtel.

»Moment!« Tinjas Arm verschwand noch tiefer in ihrer Tasche.

»Hör schon auf damit. Ich erledige das. Wie viel kostet eine Fahrt nach Loch für zwei Personen?«

Robert grinste weiterhin.

»Also gibst du zu, dass ihr ohne Fahrschein unterwegs seid?« Der Schaffner drückte die Sprechtaste an seinem Funkgerät. »Zwei Schwarzfahrer in Wagen zwei.«

»So ein Quatsch! Hier, bitte! Unser Ticket.« Tinja riss ihren Arm nach oben und zeigte dem Schaffner ihr Smartphone. »Ich habe es online gebucht.« Kopfschüttelnd hielt der Schaffner seinen Scanner auf den QR-Code und ging weiter zum nächsten Sitzplatz.

»Du machst dich wohl schon warm.« Tinja steckte ihr Handy ein. »Wolltest du mich beschützen?« Sie gab Robert einen Kuss auf die Wange.

»Ich fand das ganz einfach albern. Ihr alle erwartet, dass ich mich Cergon stelle. Da muss ich wohl mit so etwas hier klarkommen.« Robert roch Tinjas süßes Parfüm, verlor sich einen Moment darin.

»Und wenn alle zu viel erwarten? Bei einer direkten Konfrontation kannst du schnell verlieren. Der Schaffner hätte vielleicht sogar die Bahnpolizei gerufen. Und dann? Da hättest du gar nichts mehr machen können.« Tinja tippte mit ihrem Finger an Roberts Kopf. »Du musst das dort oben ausschalten. Es befinden sich Bilder darin, die dich ausbremsen. Held sein, Beschützer sein, ein Mann sein. Das ist total bescheuert. Cergon ist mächtiger als du. Auf direktem Weg kannst du ihn nicht besiegen.« Obwohl das Abteil nicht voll besetzt war und bis zum nächsten Reisenden ein paar Sitze frei, sprach Tinja leise.

»Woher willst du das alles wissen?« Auch Robert bemühte sich, dass ihn niemand belauschte.

»Darin sind sich dieser Rungar und deine Mum einig. Ihre Steine können ihn nicht besiegen. Und dir fehlt die Erfahrung.« Tinja gab Robert einen weiteren Kuss. »Du bist dennoch mein Held.«

Robert erinnerte sich an die letzten Winterbundesjugendspiele. Er hatte dabei – wieder einmal – eine Teilnehmerurkunde erhalten. Der Lehrer hätte ihm auch gleich das Wort *Loser* auf die Stirn schreiben können. Dieses Gefühl hatte er jetzt abermals. Es klang keine Ehre mit, als Tinja ihn als ihren Held bezeichnete. Mitleid passte da schon eher.

5

Der Nebel kam Robert dichter und düsterer vor als beim letzten Mal. Nach ein paar Metern konnten sie die Straße nicht mehr sehen. Tinja hatte darauf bestanden, ihn ins Moor zu begleiten. Zwar hatte Robert protestiert, aber eigentlich war er froh, nicht alleine gehen zu müssen. Am liebsten hätte er sie mit nach Nofra genommen, doch der Übergang war für sie zu gefährlich. Wie er es schaffte, die Grenze zu passieren, konnte Robert nicht sagen. Er schloss dabei stets die Augen und verließ sich auf sein Gefühl.

»Ich will dich nach Nofra begleiten. Wenn ich ganz nah bei dir bleibe, schlüpfe ich bestimmt mit dir auf die andere Seite.« Tinja griff vorsichtig nach seinem Handgelenk. Sie hatte Angst, dass sie ihm wehtat, wenn sie ihn normal anfasste.

»Ich weiß nicht, wie es genau funktioniert. Und es wandeln schon zu viele Seelen durchs Moor, die ihren Körper verloren haben und jetzt im Nebel feststecken.« Robert blieb stehen und sah Tinja in die Augen. »Du darfst nicht zu ihnen gehören.«

Sie gingen weiter und schwiegen. Man musste bei der schlechten Sicht genau aufpassen, dass man keinen falschen Schritt tat.

»Hier ist es. Wir sind an der Grenze angekommen.« Robert blieb stehen. Er drehte sich um und zog Tinja zu sich. »Findest du den Weg zurück?«

»Sollen wir es nicht versuchen?« Tinja hatte ihren Plan noch nicht aufgegeben, Robert zur Seite zu stehen. Außerdem hatte sie ihm auf dem Weg hierher gesagt, dass sie neugierig auf die unbekannte Welt war. Durch Robert hatte sie angefangen, ihre Heimat mit anderen Augen zu sehen. Aus dem langweiligen Ort Loch war etwas Spannendes geworden. Und Tinja hatte offensichtlich Lust darauf, die geheime andere Stadt kennenzulernen.

»Nofra ist für dich verschlossen.« Die Stimme klang hohl. Ein Schatten tauchte im Nebel auf und weitere gesellten sich dazu. Sie bildeten eine Mauer vor Tinja und Robert, versperrten ihnen den Weg. »Da ist er also, jener Junge, dem ich meinen Untergang verdanke.«

»Rungar!« Robert wollte vor dem gestürzten Machthaber und seinem Gefolge zurückweichen, doch er zwang sich dazu, stehen zu bleiben. Einem Mann wie Rungar durfte man keine Schwäche zeigen – und das galt auch für sein bloßes Bewusstsein.

»Wenn ich ihn in meiner Festung wie jeden anderen meiner Feinde behandelt hätte …« Ein einzelner weiterer Schatten tauchte auf der anderen Seite des Nebels auf. Er positionierte sich mit etwa zwei Metern Abstand vor Rungars Silhouette. »Er ist nicht dein Feind. Oder hast du unseren Pakt schon vergessen? Ist der große Rungar ein Mann ohne Wort? Ohne Ehre?« Robert erkannte seine Mutter und fühlte sich stärker.

»Hey! Ihr habt einen Plan. Robert ist jetzt hier. Wenn Sie sich rächen wollen, muss er jetzt nach Nofra.« Tinja stellte sich Schulter an Schulter neben Robert.

»Sie hat recht. Du willst Cergon stürzen. Das funktioniert nur, solange er seine Macht noch nicht vollkommen entfaltet hat. Also lasst ihn über die Grenze gehen.« Serina unterstützte Tinjas Forderung.

»Er soll ziehen, aber seine Gefährtin bleibt als Pfand bei mir.« Rungars Worte versetzten Robert einen Stich. Die Strategie kannte er schon von Negola. Rungar wollte ihn wieder einmal erpressen. Er hätte auf sein Bauchgefühl hören und allein ins Moor ziehen sollen. Jetzt hatte er Tinja an seinen Feind ausgeliefert und wusste nicht, wozu der Machthaber und seine Soldaten fähig waren. Und er wollte es auch lieber nicht herausfinden.

»Wenn ich ihn begleite, erhöhen sich die Chancen. Lasst mich mit Robert nach Nofra ziehen.« Tinja ging einen Schritt nach vorne. Sie meinte es ernst.

»Es ist nicht möglich, dass sie auf die andere Seite wechselt«, bekräftigte Rungar seine Worte. »Man muss aus beiden Städten abstammen, um den Weg durch den Nebel zu finden.«

»Es stimmt. Robert kann nur deswegen über die Nebelgrenze gehen, weil in seinen Adern das Blut aus beiden Orten fließt. Unsere gemeinsamen Vorfahren stammen aus Nofra und aus Loch«, bestätigte Serina Rungars Einwand.

»Sie hat *gemeinsame* gesagt ... Der Junge gehört zu ihr. Jetzt erkenne ich ihren Plan!« Rungar schmetterte seine Wut über das Moor.

»Es ist wahr, Robert ist mein Sohn. Aber an unserer Übereinkunft ändert sich dadurch nichts. Du willst Rache nehmen und ich die Meinen in Nofra retten. Wir haben dasselbe Ziel!« Ihre Stimme klang gepresst. Serina ärgerte sich merklich über ihren Fehler. Bislang hatte sie es vermieden, Rungar die volle Wahrheit zu sagen.

»Was ist mit Cergon?«, versuchte Robert, das Thema zu wechseln. »Offenbar konnte er ebenfalls die Grenze überwinden.«

»Cergon muss ein weiterer Wandler sein. Aber es reicht nicht, von beiden Städten abzustammen. Man muss auch den richtigen Weg finden. Cergon hat sein Leben riskiert, um durch die Barriere zu schlüpfen«, sagte Serina.

»Geh jetzt! Ich bleibe hier.« Tinjas plötzliche Worte entrissen Robert den Boden unter den Füßen. Sie akzeptierte Rungars Forderung, wollte seine Geisel sein. Die Erinnerung an Negola, an ihre fahle Haut, an ihr Leiden – all das erzeugte Wut in Robert. Sie wäre beinahe in Rungars Festung gestorben. Tinja war zwar stark, aber das galt auch für Negola – und dennoch brach er sie binnen kürzester Zeit. Negola ... Robert vermisste sie. Jeden Tag hatte er sich in Hamburg gefragt, wie es ihr inzwischen ging.

»Nein!« Robert erschrak über die Lautstärke seiner eigenen Stimme. Flügelschläge drangen durch den dichten Dunst. Eine Sumpfohreule flatterte aufgebracht davon.

»Wie will er mich aufhalten?« Die Silhouetten rückten näher zusammen und bildeten einen Kreis. Robert und Tinja waren umzingelt. »Sie bleibt bei mir! Oder verlangt er gar ein Zeichen meiner Macht?« Über den Schatten verdunkelte sich der Nebel. Ein Dach aus bloßer Dunkelheit entstand. Rungar und sein Gefolge waren offenbar dazu in der Lage, auf die Umwelt einzuwirken. Robert kam es so vor, als würde er mit verbundenen Augen vor einem Abgrund stehen. Er wusste nicht, in welche Richtung er seinen nächsten Schritt setzen sollte, um nicht abzustürzen. Sollte er Rungar die Stirn bieten? Oder besaß dieser zu viel Macht? War es besser, auf seine Forderung einzugehen, um mit ihm ein Zweckbündnis zu bilden?

Glockenschläge hallten zu ihnen. Es klang wie beim ersten Mal, als Robert den Weg nach Nofra entdeckt hatte.

»Du kannst uns deine Kräfte spüren lassen. Aber was gewinnst du damit? Du bleibst verloren im Nebel und dein Nachfolger genießt in deiner Festung ein Leben in Luxus.« Robert entschied sich dazu, einen Schritt in Richtung Abgrund zu gehen.

»Und ich soll euch zu ihm senden? Ihr wollt an der Tafel Platz nehmen? Wollt euch daran laben, mich getäuscht zu haben? Und werdet gar in höchster Freude davon berichten, mich hinter der Grenze zurückgelassen zu haben? Als Narr? Ihr wollt einen Narr aus mir machen!« Seine Stimme klang wie ein Grollen. Der Boden vibrierte und es fühlte sich an, als würde sie das düstere Schatten-Dach niederdrücken. Roberts Schultern waren schwer und die Beine zitterten. Er kämpfte dagegen an und wusste, dass er keine Schwäche zeigen durfte.

»Du bist nur dann ein Narr, wenn du auf Tinja als Faustpfand bestehst.«

»Hofft er gar, dass er sie mitnehmen kann? Muss er sich in Nofra hinter einem Weibsbild verstecken? Du bist ein Wurm! Wir verschwenden unsere Zeit mit dir!« Rungar sprach Robert nun direkt an. Er wollte ihm seine gesamte Abneigung entgegenbringen.

»Denkst du, dass es nur Schwarz oder Weiß gibt? Du hängst zu sehr am Seelenspiel. Das ist der Grund, warum du hier stehst und Cergon deinen Platz eingenommen hat!« Robert setzte alles auf eine Karte. Noch ein Schritt und er würde in die Tiefe stürzen, die er vor sich fühlte.

»Sprich!« Rungars Stimme schlug auf ihn ein.

»Tinja wartet hier auf mich. Aber sie ist eine freie Person! Wenn sie das Moor verlassen möchte, hält sie niemand auf.« Robert stand dicht neben Tinja. Ihre Finger berührten sich sacht.

»Ich werde nicht weggehen.« Tinja nahm vorsichtig Roberts Hand. »Du könntest verletzt sein und Hilfe brauchen, wenn du aus Nofra zurückkommst. Ich werde hier sein.«

»Am Ende bist gar du der Narr! Welchen Sinn mag deine Forderung also haben?« Auch wenn Rungar inzwischen anders sprach – hohl und unmenschlich –, so war das spöttische Lachen dennoch unverkennbar.

»Tinja ist frei. Das ist der Unterschied. Du gibst mir dein Wort dafür.« Die Schatten verharrten einen Moment. Dann rückten sie auseinander, ließen von Robert und Tinja ab.

»Fürwahr! So hast du mein Zugeständnis.« Robert hoffte, dass Rungar sein Wort halten würde. Mehr konnte er nicht herausholen. Das Zittern in seinen Beinen ließ nach. Erst jetzt bemerkte er, wie fest er Tinjas Hand gehalten hatte. Die Stellen, an denen sich die Steine befanden, schmerzten.

»Wir müssen ihm alles sagen«, schaltete sich Serina ein. Sie war die ganze Zeit von Robert und Tinja abgeschnitten gewesen, hatte tatenlos dabei zusehen müssen, wie Rungar ihren Sohn mit Tinja gefangen hielt. Erst als Rungar und seine Soldaten den Kreis geöffnet hatten, konnte sie die beiden wieder sehen und zu ihnen sprechen.

»So sei es.« Die Wut war aus Rungars Stimme verschwunden.

»Der Oron hat eine Verbindung zu dir aufgebaut. Wir glauben, dass sie weiterhin besteht und Cergon noch nicht der volle Herrscher über den Kristall ist. Du könntest ihn davon überzeugen, dass er dich als Träger bevorzugt und –«, begann Serina.

»Ihr glaubt?«, Roberts Mund stand offen. Bis gerade hatte er gedacht, es gäbe einen sicheren Plan, um die Nofras und zugleich seine Mutter zu befreien.

»Es muss so sein«, fügte Serina an. Doch sie schaffte es damit nicht, Robert zu beruhigen.

»Warum sollte ich dann deine Steine tragen?«, fragte Robert.

»Sie helfen dir, eine Verbindung mit dem Oron aufzubauen. Du kämpfst nicht gegen Cergon, sondern gegen den Stein in seiner Brust. Du musst deinen Anspruch auf ihn geltend machen.« Serina bewegte sich und änderte ihre Position. »Komm auf meine Seite. Du wirst es schaffen.«

»Kann ich dich dann endlich zu uns zurückholen?« Seine Stimme klang brüchig, aber das war ihm egal. Er hatte keine Lust mehr, vor Rungar den starken Mann zu spielen. Die ganze Sache wirkte inzwischen aussichtslos auf ihn. Doch wenn auch nur die kleinste Möglichkeit bestand, endlich wieder seine Mutter bei sich zu haben, so wollte er sich auf den Plan einlassen.

»Es hängt davon ab, ob dich der Oron vollständig akzeptiert. Er ist von unseren Ahnen geprägt. Sie wollten den Nebelwall errichten und mit dem Oron schafften sie es. Ihre Macht beeinflusst ihn weiterhin. Du wirst deshalb nicht die gesamte Grenze einreißen können«, erklärte Serina.

Jetzt verstand Robert alles. Rungar wollte zurück nach Nofra gelangen. Dort konnte er sich mit seinem Gefolge den Verräter Cergon vorknöpfen. Ein anderes Ziel hatte er nicht. Und wenn Robert einen Durchgang erzeugte, würde seine Mutter endlich auf die Seite von Loch wechseln und in ihren Körper zurückkehren.

»Geht es dir gut?« Robert drehte sich zu Tinja. Er blickte ihr in die Augen und berührte ihre Wange, ihren Nacken und wollte sich nicht von ihr trennen. Tinja erwiderte seine Frage mit einem Kuss. Mehr war als Antwort nicht nötig.

6

Nofra hatte sich verändert. Es herrschte eine andere Stimmung. Als Robert das erste Mal die Stadt im Nebel besucht hatte, wirkten die Einwohner verängstigt. Sie strömten zu Bekanntgaben auf den Marktplatz und fürchteten sich vor Bestrafungen. Dabei ertrugen sie sämtliche Schikanen des Machthabers Rungar. Er hatte einst entschieden, dass das normale Volk barfuß zu gehen hatte. Schuhe durften ausschließlich die Höhergestellten tragen. Der praktische Vorteil, der sich daraus ergab, war offensichtlich. Rungars Soldaten besaßen einen taktischen Vorteil. Alleine schon ein Tritt mit einem schweren Stiefel auf nackte Füße hatte einen ausreichend bestrafenden Effekt. Rungar zeigte seinem Volk mit allen Taten, welchen Stand es hatte. Seine Untertanen waren im wahrsten Sinne des Wortes sein Fußvolk gewesen. Jetzt besaßen einige mittelalterlich aussehende Bundschuhe, gefertigt aus einem Stück Leder ohne zusätzliche Sohle.

Ein paar Nofras drehten ihre Köpfe zu Robert. Er hatte seine Kleidung nicht gewechselt, trug einen dunkelblauen Kapuzenpullover, Jeans und Sneakers. Auch die Soldaten hatten sich verändert. Sie hatten ihre Masken entfernt. Offenbar hatte der neue Herrscher Cergon dafür gesorgt, dass nichts mehr an Rungar erinnerte.

»Cergon wird nicht erfreut sein, dich zu sehen! Du stammst von der anderen Seite!« Die Wachen hatten Robert direkt an der Nebelschwelle aufgegriffen und begleiteten ihn in die Stadt.

»Warum soll das schlimm sein?« Robert brauchte einen Plan. Er hatte vorgehabt, zunächst Negola und ihre Familie aufzusuchen. Sie hatten Kontakte zu anderen in Nofra, die sich gegen Rungar formiert hatten. Vielleicht waren sie ebenfalls mit Cergon unzufrieden. Mit ihnen gemeinsam wollte er sich gegen den neuen Herrscher verbünden. Doch nun kam alles anders. Die Soldaten führten ihn auf direktem Weg zu ihm.

»Cergon hat ein Kopfgeld auf jeden ausgerufen, der sich an der Nebelgrenze aufhält. Du bist sogar darübergewandelt. Heute ist unserer Glückstag! Du wirst unsere Taschen mit Münzen füllen!« Es waren drei Männer mit gezückten Schwertern, die mit Robert an den Fachwerkhäusern vorbei in Richtung Marktplatz gingen.

Auf der Straße stoppte das rege Treiben. Finger zeigten auf Robert und seine Bewacher. Einige Nofras tuschelten untereinander.

Je länger Robert in Nofra war, desto stärker veränderte sich sein Gefühl zu sich selbst und zu den Steinen. Sie pulsierten durch die Haut und teilten ihre Energie mit ihm.

Gerade, als Robert etwas erwidern wollte, durchfuhr ihn eine Art elektrischer Schlag. Das Gefühl strahlte aus den Händen in seinen gesamten Körper aus. Es war kein Schmerz, den Robert dabei spürte. Vielmehr kam es ihm so vor, als wären die Steine explosionsartig erwacht. Mit einem Mal fühlte er sich nicht mehr allein. Er empfand eine innige Verbindung zu seiner Familie – zu Negola und ihren Eltern. Die Erlebnisse auf dem Weg nach Loch waren bloß ein Vorgeschmack gewesen. Und es geschah noch mehr. Robert sah die Erinnerungen seiner Vorfahren, durchlebte schöne und traurige Momente. Er war dermaßen überwältigt, dass er die Worte des Soldaten nicht hörte. Ein Faustschlag gegen seine Rippen traf ihn hart. Robert war nicht darauf vorbereitet gewesen. Keuchend sackte er in sich zusammen, bis schließlich Wut seine Schmerzen überdeckte.

»Cergon gibt euch Geld und nimmt dafür eure Freiheit. Ihr lasst euch unterjochen! Habt ihr nichts aus der Zeit unter Rungar gelernt?« Zwar hätte Robert am liebsten dasselbe gesagt, doch die Worte stammten nicht von ihm. Ein Mann mit Kapuze kam aus einer Seitengasse. Er richtete eine Armbrust auf die Soldaten. Und auch aus anderen Gassen tauchten Nofras mit Waffen auf. Sie alle verdeckten ihr Gesicht.

»Geht aus dem Weg! Cergon wird euch zu Staub zertreten. Er trägt den Oron in sich und seine Macht wird grenzenlos sein!« Inzwischen umzingelten zwei Dutzend Widerständler Robert und seine Bewacher. Robert hatte die Stimme des Mannes mit der Armbrust direkt erkannt. Es handelte sich um Ulam – Negolas Vater – und damit um Roberts Onkel.

»Genau aus dem Grund gehen wir nicht aus dem Weg! Cergon trägt mit dem Oron zu viel Macht in sich. Er wird uns noch schlimmer als Rungar unterjochen. Dem einen Wolf ist ein ganzes Rudel gefolgt!« Ulam ging einen Schritt nach vorn und streckte seine Hand aus. Die Soldaten hielten ihre Schwertspitzen in seine Richtung.

»Ein letztes Mal! Geht uns aus dem Weg!« Der Anführer kreischte mehr, als dass er brüllte. Er wollte mächtig klingen, doch der Stress darin war deutlich zu hören. Robert stand genau zwischen den beiden Lagern. Wie sollte er handeln? Er musste zu Cergon und sich ihm stellen. Ulam und seine Männer wären dabei eine große Unterstützung, doch sie würden alle gemeinsam niemals in die Festung eintreten können. Für diese Situation hatten ihm weder Rungar noch seine Mutter einen Rat gegeben. Er konnte bloß improvisieren. Und es blieb ihm keine Zeit mehr, darüber nachzudenken. Jeden Moment konnte die Lage eskalieren. Ulam brauchte nur seinen Finger ein kleines Stück zu bewegen und damit den Pfeil in seiner Armbrust abschießen. Und auch die Soldaten konnten mit einem gezielten Schwerthieb für viel Leid und sogar den Tod sorgen.

»Ich will Cergon sprechen! Bringt mich zu ihm.« Robert hatte sich entschieden. Ulam war entschlossen, zu kämpfen. Und die Soldaten waren es auch. Auf beiden Seiten würde es Opfer geben und unnötiges Blut vergossen werden. Bei einem Kampf konnte niemand gewinnen. Das Schlachtfeld befand sich woanders: bei Cergon. Allein durch ihn war Robert dazu in der Lage, den Nofras zu helfen und seine Mutter zu befreien. Er dachte an Tinja, die weiterhin im Nebel auf ihn wartete. Sie konnte ihm helfen, falls er verletzt von hier fliehen musste.

»Du befiehlst uns …?« Der Anführer strich sich seine langen ergrauten Haare aus dem Gesicht. Robert erschrak. Dort, wo eigentlich das rechte Ohr sein sollte, befand sich bloß ein Stumpen. Der Soldat hatte es offenbar bei einem Kampf verloren. Doch er wirkte nicht wie ein gebrochener Mann. Im Gegenteil. Er zeigte seine Verstümmlung mit Würde, machte keine Anstalten, sie zu verdecken. »Wie du wünschst. Wir bringen dich zu Cergon.« Die Härte in seiner Stimme wich einem übertrieben weichen Klang.

»Du bist des Todes, wenn du sie begleitest!« Ulam ging nicht zur Seite. Seine Hände umklammerten die Armbrust so fest, dass die Knöchel an seinen Händen weiß hervortraten. Die Soldaten gingen einen Schritt mit den gezogenen Schwertern auf Ulam und seine Begleiter zu. Die Zahl der Schaulustigen wuchs an. Immer mehr Nofras beobachteten das Geschehen. Einige verbargen die Hände unter ihrem Gewand.

Plötzlich schob sich eine Gestalt zwischen den anderen hindurch zu Robert und seinen Bewachern. »Ich begleite ihn.« Robert hatte die Person erkannt, bevor sie überhaupt gesprochen hatte. Die Steine in seinen Händen hatten eine Wärme ausgestrahlt, die ihm sofort ein Bild vor Augen geführt hatte. Negola!

»Ich habe dich ver… Geht es dir gut?« Robert wollte zu ihr gehen, sie umarmen. Rungar hatte ihren Tod riskiert, sie gefoltert. Man durfte ihm nicht trauen.

»Haltet ein!« Die Hand des Soldaten legte sich auf Roberts Schulter, zog ihn zurück.

»Du wirst nicht mit ihm gehen. Niemand wird in sein Unheil gehen!« Ulam hielt seine Tochter am Handgelenk fest. Die Situation spitzte sich zu. Eine falsche Bewegung konnte bereits einen Kampf auslösen.

Das gleichmäßige Stampfen von Stiefeln drang durch eine Gasse. Die Ansammlung hatte Aufmerksamkeit ausgelöst. Und es hatte sich schnell die Nachricht verbreitet, dass Robert die Nebelgrenze passiert hatte.

Die Straße füllte sich. Einige Dutzend Soldaten bildeten einen Ring um die Schaulustigen. »Bürger aus Nofra! Verlasst die Straße!« Die Stimme war so laut, als würde sie aus einem Lautsprecher kommen. Einzelne Nofras zogen sich zurück und die Soldaten rückten direkt nach, zogen den Kreis enger.

»Wenn Robert und ich nicht mit ihnen gehen, wird es großes Leid für uns alle geben.« Negola löste sich von ihrem Vater.

»Du solltest nicht mitkommen. Ich gehe alleine mit ihnen.« Robert dachte an Negola, wie sie in sich zusammengesunken an Rungars Tafel kauerte. Ihre fahle Haut, der tote Blick.

Negola reagierte nicht darauf und sah zum Himmel. Das Tageslicht war schwächer geworden und ein kühler Windhauch ließ sie frösteln. Ihr Mund stand offen. Die anderen Nofras hoben nun auch ihre Köpfe. Robert hätte sich fortschleichen können. Der Konflikt hier auf der Straße wäre zumindest für ihn beendet gewesen. Doch das war keine Option und so zog das Schauspiel in den Lüften über Nofra ihn ebenfalls in den Bann.

7

»Worauf warten wir? Wer sagt euch, dass er sein Wort hält? Womöglich stürzt er gar den hinterlistigen Herrscher von Nofra und nimmt seinen Thron ein! Ich sollte den Worten der Weibsbilder keine Achtung schenken!« Seit Robert die Grenze überschritten hatte, beschwerte sich Rungar. Er machte dabei mehr als deutlich, dass er seine Entscheidung bereute.

»Er wird zurückkommen. Und er wird erfolgreich sein. Können Sie nicht endlich den Mund halten?« Tinja reichte es. Sie konnte sein Meckern nicht länger ertragen. Und dann auch noch die altertümliche Ausdrucksweise! Einen Moment lang holte sie Luft, damit ihr nicht noch eine Beleidigung über die Lippen rutschte.

»Was wagst du mir zu befehlen? Verbietest mir das Wort?« Rungar schien eher vordergründig sauer auf Tinja zu sein. Der Hinterhalt von Cergon, sein Nebelgefängnis – zusammengefasst sein Machtverlust – waren vermutlich der eigentliche Grund für seine Wut.

Die Umgebung veränderte sich. Tinja und Robert hatten am eigenen Leib erlebt, welche Macht Rungar und sein Gefolge hatten. Als die Schatten sie umzingelt hatten, fühlte es sich wie der nahende Tod an.

Das ohnehin schwache Licht verschwand aus dem Nebel. Komplette Dunkelheit umfing sie.

»Rungar! Du weißt nicht, was du tust!«, schrie Serina.

»Ha! Und jetzt auch noch das andere Weib. Du, die mein Verderben zur Welt gebracht hat, wagst es? Du wagst es fürwahr, so mit mir zu sprechen?« Rungar sprach sich in Rage. Er wollte offensichtlich zurück in seine Festung und musste akzeptieren, dass dies nie wieder möglich sein sollte. Abgrundtiefer Hass auf alles um ihn herum brach aus ihm heraus. Er erinnerte an einen Vulkan, der die ganze Zeit unter Druck gestanden hatte. Rungar kontrollierte die Seite jenseits von Nofra und ein Pakt mit ihm war notwendig gewesen, um Robert unbeschadet über die Grenze zu bringen. Nun brach der Vulkan aus. Und Tinja befand sich inmitten der Explosion.

»Er wird dich nicht enttäuschen. Robert kann gegen Cergon antreten. Die Nofras unterstützen ihn.« Was auch immer Serina sagte; sie konnte Rungar nicht besänftigen.

»Und was folgt daraus für mich? Sie werden sich einen Plan überlegen, mich zu vernichten!« Ein Grollen entstand mitten im Moor. Es wuchs an und mit einem Mal war es taghell.

»Ach du ...« Weiter konnte Tinja nicht sprechen. Ein Kugelblitz jagte an ihr vorbei. Er explodierte an der Stelle im Nebel, durch die Robert auf die andere Seite gelangt war. Ein weiterer Einschlag folgte. Wie Kanonenkugeln knallten Energieentladungen gegen die Grenze. Jedes Mal, bevor ein Blitz entstand, verdunkelte sich die Umgebung. Es schien, als würde Rungar dem Licht die Energie entziehen und diese in die Kugelblitze umleiten. Die Explosionen nahmen zu. Mit jeder Kollision gegen die unsichtbare Barriere offenbarte sie sich. Wie bei einem Spinnennetz zogen sich die Energieblitze über die Wand.

Tinja hielt sich die Ohren zu. Sie lag flach auf dem feuchten Boden. Das Wasser zog in ihre Kleidung. Rungars Macht war entfesselt. Er hatte Robert beim Übergang ganz genau beobachtet. Die geheime Stelle war zugleich ein Schwachpunkt im Nebelwall. Rungar wollte ganz offensichtlich zur anderen Seite durchdringen und nach Nofra zurückkehren. Es schien, als würde es nicht mehr lange dauern, bis ihm der Weg dafür offen stand. Was das für Robert bedeutete, war schwer abzuschätzen. Mit Sicherheit wollte sich Rungar an Cergon rächen. Aber was geschah dabei mit Robert? Er bot dann keinen strategischen Vorteil mehr. Und Rungar gab ihm zudem eine Teilschuld für seine Lage.

Gebannt betrachtete Robert den Himmel. Er hatte sich geteilt – in eine helle und in eine dunkle Seite. Zum Moor hin war das Sonnenlicht ganz verschwunden. Donnerschläge unterstützten die unwirkliche Erscheinung.

»Was passiert da?« Robert dachte an Tinja und seine Mutter.

»Es kann nur Rungar sein. Er kehrt zurück«, entgegnete Negola.

»Du weißt, dass er im Nebel gefangen ist? Bist du ihm dort begegnet?«, fragte Robert erstaunt.

»Ich habe ihn durch dich gesehen, als du auf die Seite von Nofra gewechselt bist. Als du mit den Steinen in dir zu uns gekommen bist, hast nicht nur du Erinnerungen unserer Familie wahrgenommen. Auch wir nahmen deine Erlebnisse in uns auf«, flüsterte Negola.

Über ihnen regte sich etwas auf der Lichtseite. Ein beeindruckend großer, roter Vogel flog heran.

»Das ist nicht wahr.« Negola zeigte mit dem Finger nach oben.

»Auf zum Nebelwall!« Der Befehl riss die Soldaten aus ihrer Starre. Sie formierten sich und marschierten als Einheit in Richtung Stadttor. Robert, Negola, Ulam und ein halbes Dutzend weiterer Nofras ließen sie achtlos zurück.

»Cergon hat die Macht des Oron eingesetzt!« Ulam machte ein Handzeichen. Seine Anhänger verteilten sich in den schmalen Gassen zwischen den Fachwerkhäusern. Negola zog Robert mit sich. An eine Hauswand geduckt beobachteten sie die Erscheinung. Je näher sie kam, desto deutlicher wurde, um was es sich dabei handelte. Ulam und Negola erkannten das Wesen sofort. Sie teilten ihr Wissen mit Robert und er überlegte für einen kurzen Augenblick, sein Handy aus der Tasche zu ziehen. Wann konnte man schon einmal das Bild eines echten Drachen posten? Dann fiel ihm der leere Akku ein.

»Cergon fliegt zur Grenze.« Negola sprach als Erste wieder.

»Tinja!« Ohne nachzudenken, rutschte Robert ihr Name über die Lippen.

»Sie muss dort verschwinden! Gleich wird eine Schlacht beginnen. Cergon hat es in noch nicht einmal einer Mondphase geschafft, Rungars Männer auf seine Seite zu ziehen. Er hat ihnen viel geschenkt. Eigenständigkeit, Ansehen und Reichtum. Sie sind ihm treuer ergeben, als es Rungar jemals hätte schaffen können.« Negola ging zurück zur Straße. Der Drache hatte sie passiert und verringerte seine Flughöhe.

Robert konnte keinen klaren Gedanken fassen. »Was machen wir jetzt? Cergon ist eine Verbindung mit dem Oron eingegangen. Ich kann ihn nicht mehr auf meine Seite ziehen. Die Zeit dafür ist längst verstrichen. Meine Mutter und Tinja befinden sich gleich mitten in einem Kampf! Ich wollte doch eigentlich … Mein Ziel war …« Die Worte kamen so schnell aus ihm heraus, dass Robert schwindlig wurde. Er holte immer wieder Luft, weil er glaubte, zu ersticken. Je öfter er jedoch einatmete, desto schlechter ging es ihm. Robert hyperventilierte und drohte, ohnmächtig zu werden. Ihm war all das zu viel. Die Erwartungen überforderten ihn. Der Anblick des Drachen hatte ihm den Rest gegeben. Er verkörperte die unvorstellbar große Macht, der sich Robert entgegenstellen musste. Wenn Cergon es mit dem Oron in sich schaffte, ein solches Geschöpf zu bezwingen – wie konnte Robert da gegen ihn gewinnen?

»Wir folgen ihnen!« Negolas Stimme klang älter als beim letzten Mal. Sie war reifer, entschlossener. Die Zeit bei Rungar hatte sie verändert.

»Ihr geht zu unserem Heim und wartet dort.« Ulam wandte sich ab.

»Ich bin hier, um zu kämpfen!« Vor Roberts Augen flammte Tinjas Bild auf. Sie war bei einem verrückten Poltergeist im Nebel gefangen. Ob es ihr noch gut ging? Oder hatte Rungar seinen Zorn zunächst an ihr ausgelassen? Robert wollte diesen Gedanken verdrängen, doch er schaffte es nicht. Sein Herz zog sich zusammen. Er sah nur einen Weg. »Ich muss zu Cergon! Er wird versuchen, die Grenze zu schließen. Mit ihm kann alles enden.« Robert hatte ein Kratzen in der Stimme. Wenn das zutraf, was er von Nofras neuem Machthaber erwartete, wären er und seine Mutter für immer Gefangene. Und Tinja müsste ohne ihn nach Loch zurückkehren.

»Du bist tapfer. Brachtest meine Negola zurück aus Rungars Kerker. Begleite mich und die anderen Kämpfer!« Ulam umarmte Negola zum Abschied, doch sie schob ihn weg.

»Wir bleiben zusammen!« Negolas Kristalle glühten in ihren Händen. Zugleich pulsierten Ulams und auch Roberts Steine. Sie bildeten eine Einheit. Weitere Worte mussten sie nicht wechseln.

»Deine Mutter ist nicht erfreut«, erwiderte Ulam.

»Aber sie versteht es«, entgegnete Negola.

»Ja. Das tut sie.« Ulam nickte und Robert war sprachlos. Die wenigen Sätze hatten nur einen Bruchteil des Gesprächs zwischen Ulam und Negola ausgemacht. Den größeren Anteil hatten ihre Gefühle gehabt. Die beiden hatten sie miteinander geteilt und auch Robert war dabei über seine Kristalle mit ihnen verbunden gewesen. Es war ein ehrlicher Austausch gewesen. Robert wünschte sich, auf diese Weise mit seinem Vater zu sprechen. Seit seine Mutter im Koma lag, führten sie keine normale Unterhaltung mehr. Das hatte sich auch nach den Ferien nicht geändert. Inzwischen wusste Robert, dass sein Vater ihn beschützen wollte. Aber das war ihm lange Zeit nicht bewusst gewesen. Hätte er seine wahren Emotionen gekannt – sie hätten eine andere Beziehung zueinander gehabt.

9

Soldaten schritten in den Nebel. Sie positionierten sich kampfbereit an der Grenze zwischen Licht und Dunkelheit. Serina stand abseits und beobachtete das Geschehen. Hinter der Grenze, bei Rungar, lag Tinja weiterhin flach auf dem Boden und wartete auf Roberts Rückkehr. Inzwischen war die Kälte des Bodens durch die aufgeweichte Kleidung bis in ihre Knochen gezogen. Ihre Glieder waren steif und sie spürte ein Ziehen in ihrer Blase.

Tinja bemerkte ebenfalls, dass sich alle um sie herum auf einen Kampf vorbereiteten. *Was ist mit Robert?,* schoss es ihr dabei durch den Kopf. Sie hatte ihm versprochen, auf ihn zu warten. Doch eine leise Stimme in ihr sprach dagegen an, stellte ihr Vorhaben infrage. Tinja versuchte, sie zu verdrängen. Egal, was geschah, sie wollte ihr Wort halten. Selbst wenn sie dadurch zwischen die Fronten einer Schlacht geraten sollte – und genau danach sah es aus. Tinja lag im Morast eines Schlachtfeldes.

Die Soldaten auf der Seite von Nofra wussten nicht, auf welchen Gegner sie warteten. Über ihnen machte sich der Drache mit einem gewaltigen Brüllen bemerkbar. Einige Männer drehten ihre Köpfe zu ihm. Das Tier hatte rote Schuppen mit schwarzen Maserungen. Auf seinem Kopf trug er drei Hörner. Allein der Anblick bewirkte, dass manche plötzlich anfingen zu schwitzen. Bei anderen zitterten sogar die Hände, sodass ihre Rüstungen klapperten. Nur die Gewissheit beruhigte sie, dass der Drache Cergons Befehl folgte. Er überragte die Männer um mehr als zwei Meter. Auf seinem Rücken saß Cergon selbst. Er trug im Gegensatz zu seinen Soldaten keine Rüstung und keine Waffen.

Cergon wusste, dass er Rungar nicht mit normalen Mitteln besiegen konnte. Durch sein Leinenhemd drang das Leuchten des Oron. Seine Augenfarbe hatte sich durch den Oron verändert. Sie war eisblau. Der mächtige Stein und er bildeten eine Einheit.

»Ihr stellt euch gegen mich?« Rungars Stimme drang zu den Männern, die ihm früher gefolgt waren. Dabei war nur seine Silhouette zu sehen. Stiefel scharrten auf dem Boden. Einige Soldaten flüsterten miteinander.

»Du hast deine Mannen mit Angst und Schrecken regiert. Hast nicht einmal Respekt vor den würdevollen Drachen gehabt!« Als hätten sie sich abgesprochen, unterstrich der Drache mit einem gewaltigen Brüllen Cergons Worte. Er war ein kräftiger Mann mit breitem Kreuz und muskulösen Armen. Durch den kahl geschorenen Kopf sah sein Gesicht besonders kantig aus.

»Und du erwartest ihren Gehorsam? Wer folgt schon einem Verräter? Denn das bist du! Standest als Lügner hinter mir. Hast darauf gewartet, mir feige aufzulauern. Konntest mir dein Schwert nicht von Angesicht zu Angesicht in den Körper rammen. Und jetzt? Du stellst dich vor mich? Willst mich abhalten? Wie soll dir das gelingen?« Tinja sah, wie Rungar den nächsten Kugelblitz gegen die Grenze schickte. Die Explosion drang weiter vor als die anderen Blitze. Rungar schwächte die Barriere. Er machte sich bereit, nach Nofra zurückzukehren.

»Deine Zeit ist vorbei! Ich werde dich aus dem Nebel vertreiben«, erwiderte Cergon, ohne seine Lippen zu bewegen. Seine Stimme war allgegenwärtig.

»Ich stehe hier mit Quistan und vielen weiteren treuen Seelen. Wir werden zu euch durchdringen! Wer sich jetzt gegen Cergon stellt, den heiße ich willkommen. Alle anderen müssen sterben. Ich kann mein Reich auch ohne meinen Körper regieren und das sogar besser. Meine Macht ist unermesslich gewachsen!« Rungar wandte sich zu Quistan und den anderen Schatten. »Seid ihr an meiner Seite?«

Ohne zu zögern reagierten sie. »Wir folgen dir!«, sprachen sie wie aus einem Munde.

Der Anführer von Cergons Armee trat einen Schritt vor. Er trug die volle Kampfausstattung mit Bein- und Armschutz aus geschmiedetem

Metall, einem Brustpanzer und einem geschlossenen Helm. In der Hand hielt er einen Morgenstern. Mit aller Kraft in seiner Stimme, die er aufbringen konnte, rief er: »Niemand folgt Rungar! Nur tote Seelen halten an ihm fest. Er ist vergangen. Cergon ist unser neuer Herrscher, er gab uns das Leben zurück, das uns Rungar genommen hat!« Cergon nickte ihm zu. Mit seinem Morgenstern bedeutete der Anführer den anderen Soldaten, die Reihe zu öffnen. Dann verneigte er sich vor Cergon und dem Drachen. Das Tier schritt zu der Stelle, die Rungar die ganze Zeit beschossen hatte. Der Boden vibrierte dabei. »Sorge dafür, dass niemand in Nofra eindringt«, sprach Cergon zu seinem Drachen. Der antwortete mit einem lauten Brüllen.

Schuss um Schuss erschütterte Rungar die Schwelle. Dabei beachtete er Tinja gar nicht mehr.

Als sie aufstehen und sich zumindest einige Meter weiter abseits stellen wollte, griffen die Ausläufer eines Kugelblitzes durch die unsichtbare Wand.

Cergon registrierte direkt, was geschah. Er legte seine Hände auf den Hals des Drachen. Der Oron leuchtete stärker. Das mächtige Tier spie einen Feuerstrahl gegen die Öffnung. Der Nebel verflüchtigte sich.

»Drachen und Zauberkräfte, echt jetzt?« Tinja sprach zu sich selbst. Sie konnte ihren eigenen Worten nicht glauben. Roberts Geschichte war schon viel zu verrückt gewesen. Als er in den Herbstferien vor ihr im Bett gelegen und von der geheimen Stadt im Nebelmoor erzählt hatte, war ihr das alles wie ein Fiebertraum vorgekommen. Aber diese Erklärung funktionierte nicht für all das Geschehen um sie herum.

Der nächste Blitz löste ein viel lauteres Krachen als zuvor aus. Seine Energie hatte die Nebelwand durchbrochen. Der Weg war frei. Cergon musste die Grenze neu verschließen. Doch das würde Rungar nicht dauerhaft davon abhalten, in Nofra einzufallen. Ein direkter Kampf schien unausweichlich zu sein und dabei würde Tinja gnadenlos zwischen die Fronten geraten.

In dem Augenblick, als der Drache Luft holte, um danach direkt den nächsten Feuerstrahl auszuspeien, erkannte Serina ihre Chance. Im Nebel war es düster. Ihr Schatten hatte sich bislang abseits im Verborgenen gehalten. Jetzt huschte sie zum Übergang nach Loch, schlüpfte hindurch. Serina hatte ihr Gefängnis verlassen. Damit konnte sie in ihren Körper zurückkehren. Allerdings war sie viel zu sehr in Sorge um Tinja. Serina bekam gar nicht mit, welche Bedeutung ihr Seitenwechsel gehabt hatte.

»Aus dem Weg! Das Feuer wird dich töten!« Serinas Warnung galt Tinja. Aber auch Rungar hörte auf sie und glitt gemeinsam mit seinem treuen Gefolge aus dem Weg. Dort, wo das Feuer auftraf, verdampfte das Wasser. Es entstand eine Schneise im Nebel. Rungar musste befürchten, dass er verschwinden würde, sollte er mitten im Feuerstrahl stehen bleiben. Er war mit dem Nebel verbunden, kontrollierte ihn, gehörte zu ihm. Es standen sich zwei Herrscher gegenüber. Und jeder von ihnen wusste, dass er den anderen vernichten musste, um Nofra regieren zu können.

10

»Wir müssen abwarten. Die Schlacht hat begonnen.« Ulam und die anderen Männer blieben stehen. Sie alle waren keine Krieger. Manche verkauften wie Ulam ihre Güter auf dem Markt. Andere arbeiteten als Handwerker. Aber niemand von ihnen konnte eine Kampfausbildung vorweisen. Und Ulam hatte seine Armbrust bisher nur auf Strohsäcke abgeschossen.

»Worauf wollt ihr warten? Wir müssen doch …« Robert brach seinen Satz ab. Am liebsten wollte er sagen, dass sie dazwischen gehen mussten – um Tinja und seiner Mutter beizustehen.

»Es ist nicht der richtige Moment. Wir sind den Mächten keinesfalls gewachsen.« Der Weg führte einen Abhang hinunter. Am unteren Ende ging man noch ein paar Minuten bis zum Anfang des Moors.

»Sie sind mit sich selbst beschäftigt. Wir können näher heran.« Negola ging weiter, doch Ulam hielt sie zurück.

Robert sprach so schnell, dass er die Worte am Ende mit einem letzten Rest Luft herauspresste: »Wenn wir warten, schenkt uns der Herrscher von Nofra seine volle Aufmerksamkeit. Ob das Rungar oder Cergon ist, spielt keine Rolle. Beide werden uns ins Verlies stecken.«

»Was schlägst du uns vor?« Ulam wog seine Armbrust in der Hand.

»Keine Ahnung. Aber wir müssen etwas unternehmen!« Robert sah zu dem Drachen. Dieser jagte seinen Feuerstrahl in den grauen Dunst und riss damit eine Lichtschneise in die Dunkelheit dahinter. Als Antwort folgte ein Blitzeinschlag von der Gegenseite. Beim Anblick der Mächte, die sich gegenüberstanden, sackte Robert für einen Herzschlag lang der Kreislauf weg. Eine Hitzewelle durchfuhr seinen Körper und seine Hände schwitzten. Gleichzeitig wusste er, dass er genau dorthin musste – zwischen einen wahnsinnigen, gefallenen Machthaber im Nebel und einen ebenso unberechenbaren Nachfolger, der direkt mit seinem Drachen angerückt war.

Es roch selbst in der Ferne nach Schwefel. Ob mit oder ohne Plan – Robert konnte nicht einfach hierbleiben und abwarten. Und er konnte auch nicht auf große Unterstützung hoffen. Es waren insgesamt höchstens drei Männer, die bei einem fairen Kampf ausreichend Siegchancen hatten. Aber selbst sie konnten nicht gegen die Übermacht vor ihnen bestehen. Robert atmete tief ein. Sein Kreislauf machte ihm jetzt noch mehr Probleme. Er verlor den Boden unter den Füßen. Seine Mutter hatte sich verschätzt. Der Oron hatte einen neuen Meister gefunden.

Ich gehe jetzt los! Auf dem Weg fällt mir schon etwas ein, versuchte er sich zu beruhigen. Doch seine Beine gehorchten ihm nicht mehr.

»Bleibe besonnen.« Negola packte Robert an den Armen und schüttelte ihn. Seine Knie fühlten sich fremd an. Er verlor das Gefühl in ihnen und taumelte. Ulam hob seine flache Hand. Die Bewegung sah aus, als wollte er Robert eine Ohrfeige geben. Aus dem Augenwinkel sah er, dass auch Negola die Hand hob. Wollten sie ihm beide gleichzeitig eine verpassen? Musste er sich wehren?

»Du bist mehr als die Angst in dir.« Sollten Ulams Worte ihn beruhigen? Es stellte sich keine Verbesserung bei ihm ein. Seine Hände zitterten, kalter Schweiß stand auf seiner Stirn und ein unsichtbares Band schnürte ihm die Kehle zu. Die ganze Situation überforderte ihn und er dachte nur noch an Tinja. Insgeheim hoffte er, dass wenigstens seine Mutter in ihrem Zustand vor einem Angriff geschützt war. Aber konnte er sich dabei vollkommen sicher sein?

»Wir müssen sie retten! Da steht ein Drache vor ihnen! Verdammt. Ich fasse es nicht.« Vor seinen Augen flackerten Sterne und in seinem Blut war viel zu viel Sauerstoff. Lange konnte er nicht mehr durchhalten. Er befand sich kurz vor einem Kollaps.

»Höre auf dein Herz. Fühle seinen Schlag. Sei bei dir.« Ulam flüsterte und näherte sich mit seiner Hand Roberts Kopf. Erst jetzt verstand er, dass Ulam ihn mit der Energie seiner Kristalle beruhigen wollte – und es geschah noch mehr als das. Ihm kam es so vor, als würde Ulam seine Kraft auf Robert übertragen. Negola tat es ihm gleich. Allmählich atmete Robert gleichmäßiger. Seine Beine zitterten zwar weiterhin. Doch er schaffte es wieder, alleine zu stehen.

»Was soll ich tun?« Seine Frage kam ehrlich aus ihm heraus. Robert wusste nicht, wie er all die Erwartungen erfüllen konnte. Die ganze Zeit über hatte er auf eine Fügung, einen Geistesblitz gehofft. Hatte innerlich gefleht, dass das Schicksal ihm zur Seite stand. Aber das Gegenteil war geschehen. Ohne einen Plan und mit der Aussicht zu scheitern stand er hier und verlor den Glauben daran, es mit Cergon oder gar Rungar aufnehmen zu können.

»Vertraue der Stimme in dir. Handle so, dass es sich für dich richtig anfühlt.« Ulam ruhte in sich selbst.

»Ich habe keine Stimme in mir! Genau das ist ja das Problem. Ich habe keine Ahnung, was ich machen soll! Doch. Ich weiß es. Am liebsten wäre ich gar nicht hier. Verdammt noch mal! Tinja und ich könnten irgendwo in einem Café sitzen und … Und meine Mutter wäre weiterhin im Nebel gefangen.« Robert schämte sich für das, was er gesagt hatte.

»Es tut mir leid. Ich wollte euch nicht beleidigen. Ihr habt es schwer. Es dürfte überhaupt keinen Herrscher in Nofra geben. Keinen Rungar, keinen Cergon und am besten auch keinen Oron. Der Stein ist zu mächtig für alle!« Robert hyperventilierte erneut.

»Denk an etwas anderes.« Negola hielt ihre Hand vor seinen Brustkorb und versuchte, seine hektische Atmung mit ihrer ruhigen in Einklang zu bringen.

»Wozu braucht Cergon überhaupt diesen Drachen? Hat er nicht genug Energie, um Rungar zu vernichten? Was soll dieses Theater?« Robert sprach mehr zu sich selbst, doch Negola antwortete ihm dennoch: »Er zeigt seinen Männern, wie mächtig er ist. Niemand kann einen ausgewachsenen Drachen kontrollieren. Aber er kann es, weil er den Oron in sich trägt.«

Plötzlich kreischte der Drache auf. Ein Kugelblitz hatte das Tier getroffen. Rungar war es gelungen, ihn unter dem Feuerstrahl hindurch gegen seinen Bauch zu lenken. Das Feuer erlosch. Die Soldaten regten sich.

»Macht euch bereit!«

»Für Cergon!«

»Schließt die Reihen!«

Die Rufe drangen bis zu Robert und seinen Begleitern. Es folgte Cergons Schrei.

»Die Dunkelheit breitet sich aus.« Ulam zeigte zum Himmel und fügte hinzu: »Rungar greift an!«

»Wenn wir warten, bis einer der beiden gewonnen hat, ist es zu spät!« Robert hatte sich entschieden, jedoch konnte er von niemandem verlangen, ihn zu begleiten.

»Fürwahr. Und es wird Rungar sein, der triumphiert. Er nutzt die Macht des Nebels aus, den einst der Oron erschaffen hat! Jetzt setzt Rungar ihn gegen seinen Erbauer ein. Cergon, sein Träger, wird fallen. Ich glaube, dass er sich noch nicht vollständig mit ihm verbinden konnte. Oder er ist kein würdiger Träger. Sieh selbst.« In Ulams Stimme spürte man deutlich Hass. Seine Tochter Negola war in Rungars Händen gewesen und jetzt musste Ulam mit ansehen, wie eben dieser Schreckensherrscher über sich hinaus wuchs. Auch der nächste Blitz schlug direkt im Drachen ein. Er breitete die Flügel aus und spie einen Feuerstrahl unkontrolliert in die Luft. Hätte er seinen Kopf vor Schmerz nicht nach oben gerissen – zahlreiche Soldaten wären auf einen Schlag bei lebendigem Leib verbrannt.

Mit einem kreischenden Jaulen erhob sich der Drache in die Lüfte. Nebelschwaden umspielten dabei seine Flügel. Für einen Moment sah es so aus, als würden düstere Finger aus Dunst nach dem Tier greifen und es festhalten.

»Er fliegt ohne Cergon weg, Rungar vertreibt ihn!« Negola biss sich auf die Unterlippe, bis sie blutete.

»Rungar verbindet sich mit dem Nebel? So wie Cergon mit dem Oron?« Robert war wie elektrisiert. Urplötzlich hatte er einen Plan vor Augen. Gleichzeitig erschrak er vor dem, was er vorhatte.

»Vertraut ihr mir?« Wenn er sich verschätzte, führte er Negola, Ulam und seine tapferen Verbündeten in den sicheren Tod.

11

In seinen Iriden loderten blaue Flammen. Cergon fühlte den Oron, war eins mit ihm. Er erzeugte ein Schutzschild. Rungars Blitze prallten daran ab. Mit jedem Einschlag spürte Cergon, dass er gegen die Zeit spielte. Rungar hatte seine irdische Hülle verlassen und kannte keine Form der Erschöpfung. Der Oron schenkte Cergon zwar unvorstellbare Energie, doch sein Leben hatte dennoch Grenzen. Auch wenn diese Grenze, verglichen mit anderen Nofras, sehr weit verschoben war – Cergon konnte nicht ewig hier stehen und sich gegen Rungar behaupten. Es gab nur eine Möglichkeit. Er musste ihn besiegen. Doch genau das versuchte Rungar ebenfalls und er hatte dafür ohne seinen Körper, als reine Energie, unendlich viel Zeit.

»Seid kampfbereit, wir gehen in den Nebel!« Cergons Befehl sorgte für Schrecken in seinen Reihen. Köpfe ruckten zur Seite. Man vergewisserte sich, wie der Nachbar reagierte. Doch es waren bloß ratlose Blicke, die gegenseitig erwidert wurden. Es regte sich niemand. Kein Soldat bereitete sich auf einen Kampf vor. Sie wussten offensichtlich, dass sie einen Weg ohne Wiederkehr wählten, wenn sie in den Nebel gingen. »Los, Männer!«, fügte Cergon an und seine Stimme klang brüchig – zwar nur einen Hauch, doch hörbar.

»Ha! Du kommst zu mir? Wir lassen euch gar allzu gerne eintreten! Was willst du gegen mich mit deinen Männern ausrichten?« Rungar verhöhnte Cergon und sorgte dafür, dass seine Soldaten noch unruhiger wurden. Einzelne von ihnen setzten sogar einen Fuß nach hinten. Ein Blick von Cergon reichte aus, dass sie erneut die Reihen schlossen. Dennoch wusste er, dass zu viele seiner Männer daran zweifelten, auf der richtigen Seite zu stehen. Ihr Wille, mit Cergon gegen Rungar zu kämpfen, ebbte sichtlich ab.

»Wir rücken vor!« Cergon hob die Faust zum Himmel. Sein Plan war einfach. Er wollte näher an Rungar herankommen. Seine Soldaten sollten ihm dafür als Schutzschild dienen. Cergon wollte Rungars Arroganz ausnutzen. Er hoffte, dass Rungar die Männer nicht sofort angreifen, sondern zunächst mit ihnen spielen würde. Jahrelang hatte er ihn beobachtet und er wusste genau, welche Schwäche der machthungrige Schatten vor ihm hatte – er war größenwahnsinnig. Daher genoss er es, seine Macht auszuspielen. Je mehr er davon hatte, desto gieriger strebte er nach noch mehr davon.

»Los! Zu Rungar!« Der Befehl war gegeben, aber niemand bewegte sich.

»Was ist das? Sie bleiben stehen? Gehorchen dir nicht mehr?« Rungars Hohn dröhnte zu Cergon. Er näherte sich dem Übergang, doch Cergon hielt mit der Kraft des Oron dagegen. Es fühlte sich an, als würde der Kristall tief Luft holen und alles Leben aus Cergon ziehen. Mit dieser unvorstellbar großen Energie flickte Cergon das Loch in der Grenze. Blaue Energiefäden woben sich darüber. Doch Rungar schoss direkt dagegen. Einzelne Fäden rissen. Cergon fühlte, dass es ihm schwerfallen würde, gegen Rungar zu bestehen. Außerdem hatten seine Männer ihm abgeschworen. So stand Cergon zwischen den Fronten und konnte sich nicht mehr sicher sein, ob sogar einer seiner Soldaten das Schwert gegen ihn erhob – so wie er es gegen seinen Vorgänger gezogen hatte.

12

Sie waren zunächst sprachlos gewesen. Negola reagierte als Erste auf Roberts Idee: »Mir fällt kein anderer Weg ein. Wenn Rungar gewinnt, sind wir des Todes.«

Ulam antwortete nicht mit Worten. Die Steine sprachen für ihn. Seine Emotionen fühlten sich nach nichts an. Und das war beängstigend. Robert spürte auf diese Weise, wie der Tod sein musste – schwarz, leer, allein. Er war ein Sog, in dem alles Glück verschwand. Licht, Freude, Liebe – sämtliche Gründe, um zu leben, riss er hinfort.

»Wir begleiten dich.« Ulam wandte sich den anderen Nofras zu. »Wer in Freiheit leben will, folgt ihm. Wenn Rungar gewinnt, werden seine Taten noch größere Schmerzen erzeugen. Davor müssen wir Angst haben. Und die Angst ist unsere Verbündete. Sie warnt uns vor dem Tod. Solange wir Angst haben, leben wir.«

»Für Nofra!« Fäuste ragten zum Himmel. Die Steine darin leuchteten, wiesen auf die Lichtseite.

13

Tinja und Serina hatten Schutz gesucht, der das Wort gar nicht verdiente. Die verdorrte Mooreiche reichte aber zumindest aus, um Luft zu holen und sich irgendwo anzulehnen.

»Du bist hier. Wenn Robert das wüsste.« Tinjas Gesichtszüge entspannten sich und in ihren Augen zeichnete sich ein Lächeln ab. Zu ihren Sommersprossen hatten sich Dreckspritzer gemischt und ihre Kleidung war vollkommen nass und verdreckt. Ausgerechnet so stand sie aus nächster Nähe vor der Mutter ihres Freundes. Der Gedanke daran, dass Robert ihr Freund war, erzeugte Herzrasen. Tinjas Hände schwitzten trotz der Kälte in ihrem Körper.

Serinas Schatten schwebte vor ihr. Rungar hatte das Interesse an ihnen verloren. Er trat gegen einen Drachen an. Der Feuerstrahl brannte weit ins Moor hinein und war damit auch auf der Straße nach Loch sichtbar.

»Robert sollte gegen Cergon kämpfen. Ich habe gedacht, dass der Oron bei ihm der Schlüssel zu allem ist.« Serinas Stimme drang so sacht wie ein Windhauch an Tinjas Ohren. Der Feuerstrahl des Drachen wurde stärker. Es roch nach Schwefel und verbranntem Boden. Die Hitze breitete sich bis zur Eiche aus. Tinja hörte dadurch sogar auf, vor Kälte zu zittern. Als Rungar die Atempause des Drachen schlagartig ausnutzte und seinen Angriff direkt gegen das Tier richtete, verflog Tinjas Glücksmoment.

»Was können wir machen? Robert braucht bestimmt Hilfe! Wir müssen nach Nofra!« Serinas Worte hatten Tinja aufgewühlt. Sie hatten sich in sie hineingegraben, ihre Seele berührt. Jetzt drang das Echo aus ihr heraus. Sie hatte Robert aus Hamburg abgeholt, ihm zuvor die Kristalle in die Hände gejagt und ihn sogar geschlagen. Er hatte sich auf alles eingelassen und sein Limit überschritten. Hatte sie damit seinen Tod zu verantworten? War er Cergon und seinem Drachen im Weg gewesen? Das Tier brüllte zornig auf. Der Blitzeinschlag hatte den Drachen hart getroffen und er schaffte es nicht, mit einem Feuerstoß zu kontern. Rungars Schatten schwebte nun frontal in der Feuerschneise. Er zog den Nebel wieder zusammen. Wenn es Cergon jetzt gelang, einen Gegenschlag zu setzen, konnte er die Auseinandersetzung direkt beenden. Das Feuer würde den Nebel verdampfen und mit ihm vielleicht Rungar auslöschen. Doch es geschah nichts dergleichen. Das Tier wand sich vor Schmerzen. Cergon beschwor den Oron in sich und jagte einen blauen Blitz in den Nebel. Rungar wich aus. Sein nächster Schuss traf erneut das Ziel. Jetzt riss der Drache den Kopf nach oben und spie einen Feuerstrahl in den Himmel. Als er schließlich mit harten Flügelschlägen abhob, wirbelte er sogar den Nebel auf der Seite von Loch auf. Cergon hatte seine Waffe verloren und Rungar die Oberhand gewonnen. Mit offenem Mund starrte Tinja zu seinem Schatten. »Ich werde nicht weiter zusehen! Wir werden es uns niemals verzeihen, dass wir den bescheuerten Kerl nicht gestoppt haben!«

14

Sie waren abseits des Weges zur Nebelgrenze gegangen – weit genug von der Schlacht zwischen Rungar und Cergon entfernt.

»Wir gehen zu dritt. Ihr folgt uns. Seid wachsam und verharrt rechtzeitig. Euer Schutz wird unser Leben sein.« Ulam sprach zu seinen Männern. Sie hatten ihre Augen vor Furcht weit geöffnet. In ihnen spiegelte sich Todesangst wider, denn sie sahen Ulams, Negolas und Roberts Tod voraus.

Negola stand in der Mitte. Sie umfasste die Hände von Robert und ihrem Vater. Ihre Hände glühten. Sie waren bereit. Der Nebel erwartete sie – der letzte Kampf erwartete sie. Als sie losgingen, zögerte Robert. Doch er spürte die Entschlossenheit von Ulam und Negola. Sie ließen ihn nicht los, zogen ihn mit sich. Nach ein paar Schritten wollte Negola plötzlich stoppen. Jetzt war es Robert, der sie gemeinsam mit Ulam dazu brachte, nicht stehen zu bleiben. Gegenseitig halfen sie sich, dem Ungewissen zu begegnen. Immer schneller eilten ihre Füße über den Boden. Je weicher der Untergrund wurde, desto härter traten sie auf. Wasser und Schlamm spritzten hoch. Das Licht war beinahe vollkommen verschwunden. Nur schemenhaft sah man den Boden. Weniger als einen Meter reichte die Sicht nach vorn. Sie sprachen kein Wort. Dennoch wussten sie genau, wie es dem anderen ging. Selbst Ulam fürchtete sich. Trotzdem hielt er die Richtung entschlossen bei. Robert kniff seine Augen zusammen. Er wollte den Moment des Übergangs nicht mit ansehen. Die Gefahr war zu groß, dass er kurz davor aufgeben wollte.

In dem Moment, in dem er über die Möglichkeit nachdachte, wieder umzukehren, beschleunigten Ulam und Negola den Lauf.

Auf einmal veränderte sich alles. Robert konnte plötzlich wieder sehen, doch die Dunkelheit im Nebel schränkte sein Sichtfeld ein. Allein die elektrischen Entladungen gaben Robert einen Überblick. Rungar formte weiter hinten einen neuen Blitz. Tinja hatte sich mit seiner Mutter in Deckung gebracht. Robert empfand keine Freude. Seine Mutter war frei, aber sie suchte Schutz bei einer lächerlichen Mooreiche und war dem Tyrannen genau wie Tinja hilflos ausgeliefert. Auf der anderen Seite stand Cergon und wehrte Rungars Angriffe ab.

Robert verstand sofort, was vor sich ging. Ihre Seelen hatten die Seite gewechselt. Sie hatten sich von ihren Körpern gelöst, die in Nofra vor dem unsichtbaren Wall lagen. Dabei hatte Robert keine Schmerzen gehabt. Jetzt fühlte er sich so leicht wie … ja, wie eine Wolke. Das Bild klang wie ein Klischee, aber es passte zu seinem Zustand. Noch hatte Rungar davon nichts bemerkt.

Ulam und Negola waren bei Robert. Sie sagten kein Wort. Rungar entzog der Umgebung weiterhin das Licht und leitete die Energie in seinen Angriff um.

In Loch wirkte das Schauspiel wie ein heftiges Wärmegewitter. Die Menschen suchten in ihren Häusern Schutz. Niemand hatte eine Vorstellung davon, was tatsächlich im Moor geschah.

Der Abstand zu Rungar und den anderen Schatten verkürzte sich. Rungar war zu sehr damit beschäftigt, seine Macht zu demonstrieren, sodass er alles um sich herum ignorierte.

Robert verharrte und seine Begleiter taten es ihm gleich. Sie hatten ihre Verbindung über die Steine verloren und besaßen keine Vorstellung davon, was gerade im anderen vor sich ging. So eng es eben möglich war, kamen ihre Seelenschatten zusammen. Sie mussten sich auf einen Schlachtplan einigen.

»Wir warten ab«, hauchte Ulam und Robert war froh. Er fühlte sich noch nicht dazu bereit, es mit Rungar, Cergon oder beiden gleichzeitig aufzunehmen.

»Wenn sie sich geschwächt haben, kommt unser Moment«, fügte Negola an. Allmählich hatte Robert das Gefühl, dass sie einen sinnvollen Plan entwickelten.

Blitz um Blitz schlug in das blaue Energiegeflecht ein. Mit jeder Kollision schwächte Rungar zugleich Cergon. Rungar machte sich für seine Invasion bereit.

Auf einmal bewegte sich etwas bei der Mooreiche. Weder Tinja noch Serina hatten die Unterstützung durch Robert bemerkt.

»Hey, Rungar!« Tinja ging auf Rungar zu. Er bereitete gerade den nächsten Schuss vor.

»Was macht sie?« Robert war entsetzt. Tinja lief geradewegs in die Schussbahn. Und wo befand sich seine Mutter? Ihr Schatten war verschwunden. Warum hielt sie Tinja nicht von dem Schwachsinn ab?

»Hinfort mit dir! Oder ich werde dich zerstören!« Rungar hatte ein größeres Ziel und Tinja bekam die einmalige Chance, von hier zu verschwinden. Aber Flucht war keine Option. Rungar konnte sich sein lächerliches Angebot ebenso gut verkneifen.

»Ich mache einen anderen Vorschlag! Ich helfe Ihnen dabei, diesen Kampf zu beenden!« Tinja konnte nicht gegen Rungar bestehen. Außerdem wusste sie nicht, wie es Robert ging. Sie musste irgendwie Zeit gewinnen.

»Ha! Du gefällst mir. Wie willst du das anstellen?« Rungar feuerte gegen Cergons Schutzschild. Der Treffer erzeugte ein Echo, das wie ein Fingernagel klang, der ganz langsam eine Kreidetafel hinabfuhr. Die Grenze war offen und Cergon ging in die Knie. Tinja sah, dass er keine Kraft mehr hatte. Seine Männer warteten unruhig hinter ihm ab. Sie verstand ihr Verhalten sofort. Vor ihnen lauerte mit Rungar ein entfesseltes Monster im Nebel auf Vergeltung. Sie hatten sich gegen ihn gestellt und würden seine Rache spüren. Und anscheinend fühlten sie sich Cergon gegenüber nicht verpflichtet. Sie schirmten ihn nicht vor ihrem einstigen Herrn, dem Nebelmonster, ab. »Du hast ihnen deine Übermacht bewiesen. Jetzt muss verhandelt werden.« Tinja versuchte ihrer Absicht Nachdruck zu verleihen, indem sie Rungar duzte. Und es half ihr dabei, ihre Ehrfurcht vor ihm abzulegen.

»Und dafür brauche ich dich?« Rungar erzeugte einen weiteren Blitz und es war mehr als deutlich, dass er ihn nicht gegen Cergon richtete.

»Wen willst du noch regieren, wenn du jeden tötest, der dir dienen könnte?« Serina hatte ebenfalls ihr Versteck verlassen und schwebte zwischen Tinja und Rungar. Sein Kugelblitz wuchs weiter an. Er sah aus wie eine kleine Sonne – schön und tödlich zugleich.

Robert versuchte, eine Verbindung mit dem Nebel einzugehen. Er wollte die Chance ergreifen und Rungar aus dem Hinterhalt mit seinen eigenen Waffen angreifen. Aber er konnte es nicht. Ihm war nicht klar, wie Rungar das Wetter beeinflussen konnte. Vielleicht schaffte er es durch seine ungezügelte Wut.

»Und das Geschwätz von euch soll mir mein Volk zurückbringen?« Im Nebel vor sich hörte Robert ziemlich deutlich, wie Rungar schon während seiner Frage spöttisch lachte. Zudem war er kurz davor, den Blitz auf Tinja und seine Mutter zu schießen. Robert musste handeln. Und plötzlich hatte er eine Eingebung.

»Lenkt ihn ab. Ich muss zu Cergon«, flüsterte Robert. Negola und Ulam reagierten sofort. Sie entfernten sich von Robert und Negola rief in den Nebel. »Da steht er, der große Rungar! Er klagt der Welt sein Leid und lässt sogleich seine Tränen vom Himmel regnen!«, provozierte Negola und verschaffte Robert damit Zeit.

15

Cergon hockte als gebrochener Mann am Boden. Seine Haut sah fahl aus, das Glühen in seinen Augen fehlte. Er hatte Mühe, nicht vollkommen in den Morast zu fallen. Seine Oberarme zitterten. Mit gesenktem Kopf konzentrierte er sich auf seine Atmung, zog gequält Luft ein. Seine Lunge schepperte, machte ein pfeifendes Geräusch. Sie konnte jeden Moment kollabieren. Er war Rungar nicht gewachsen gewesen.

Je näher Robert dem Häufchen Elend kam, desto stärker zog ihn der Oron an. Das Gefühl war in dem Moment entstanden, als Rungar den letzten Schuss abgegeben und Cergons Verteidigung durchbrochen hatte.

»Wer bist du?« Cergon hob plötzlich seinen Kopf.

»Ich habe ihn vor dir getragen.« Robert wusste, dass er nicht viel Zeit hatte. Rungar war über sich hinausgewachsen. Sobald er Negola und die anderen von sich abgeschüttelt hatte, würde er sein Werk beenden. Dabei würde er neben Cergon auch Robert beseitigen.

»Das bist du? Ich habe deine Taten gesehen. Der Oron hat sie mir gezeigt.« Es kam Robert so vor, als würde er mit einem Freund sprechen. Der Kristall verband ihn mit Cergon.

»Ich kann dir helfen. Er ruft mich.« Robert war nun ganz bei Cergon.

»Die Zeit wird knapp. Hilf uns.« Cergon sprach genau wie Robert im Wir, als er den Oron in sich trug. Und es war nicht erkennbar, ob der Kristall oder sein Träger zu ihm sprach. Wahrscheinlich beide gleichzeitig.

Robert wusste, was er tun musste. Es war wie eine stille Übereinkunft zwischen ihm, Cergon und dem Oron. Er gab die Kontrolle auf, ließ sich treiben. Es dauerte nur wenige Sekunden. Dann hatte Robert eine andere Perspektive. Und er fühlte unbeschreibliche Stärke. Seit er den Oron bei seiner Rückkehr abgelegt hatte, vermisste er sie. Das wurde ihm jetzt schlagartig klar.

Robert war Gast in Cergons Körper. Cergons Geist war schwach. Er konnte nicht mehr, brauchte Ruhe. Der Oron verband sich mit Robert. Gemeinsam mit ihm erwachte Cergons Körper zu neuem Leben. Als Robert aufstand, fühlte sich die Bewegung ungewohnt an.

Im Moor geschah etwas. Rungar griff Ulam und Negola an. Zugleich huschten Quistan und die anderen Schattensoldaten aufgebracht umher.

»Nicht meine Negola!« Die Stimme gehörte Quistan. Er beschützte seine einstige Nachbarin. Mit einem Angriff auf Negola hatte Rungar bei seinem Untergebenen einen wunden Punkt getroffen. Rungars Kugelblitz schnellte gegen einen Schatten. War das Negola? Hatte der Blitz ihre Seele vernichtet? Robert konnte es nicht erkennen. Die Angst um Negola zerriss ihn beinahe. Hatte er sie an Rungar verloren? Hatte er seine schrecklichen Taten an ihr vollendet?

»Greif ihn an!« Der Oron sprach zu ihm.

Robert war eins mit seinem Wirt und dem Kristall. Er wusste, dass es nur eine Chance gab. Nur einen Schlag. Danach würde Cergons Körper zusammenbrechen.

Die Seite von Nofra verdunkelte sich. Es begann mit einem leichten Dämmern und wuchs weiter an. Schließlich war aus der Lichtseite ebenfalls ein düsterer Ort geworden. Robert wusste nun, warum er gerade im Nebel keinen eigenen Blitz gegen Rungar formen konnte. Rungar entzog der Umgebung vor jedem Schuss die gesamte Energie. Als Robert selbst versucht hatte, das Wetter zu kontrollieren, waren bildlich gesprochen sämtliche Batterien leer gewesen. Hier war es anders. Robert erinnerte sich an das Gemälde am Laden von Onkel Theo. Der Magier mit den Blitzen musste den Oron getragen haben. Und jetzt war es Robert selbst, der in seiner Tradition stand.

Ein markerschütterndes Sirren ertönte. Die Soldaten rissen ihre Köpfe nach hinten. Wie auf einen stummen Befehl hin ließen sie alles fallen, das sie beim Laufen behindern konnte. Schwerter klirrten aufeinander und Schilde polterten zu Boden. Das war nicht mehr ihr Kampf.

Das Sirren veränderte sich zu einem Krachen. Rungar erkannte die Gefahr direkt und entzog seiner Seite ebenfalls das letzte Licht. Beide Kugelblitze wuchsen. Robert wollte seinen abfeuern, doch der Oron hielt ihn davon ab: »Er ist nicht stark genug!«

Es wurde Nacht. Rungar und Robert standen sich gegenüber. Den Kampf, den sie beim letzten Mal unterbrochen hatten, trugen sie hier auf eine Weise aus, die sich Robert niemals hätte vorstellen können.

Die Kugelblitze wuchsen weiter an. Robert spürte die Energie um ihn herum. Sie umgab alles. Er kontrollierte sie mit dem Oron. Von einem Augenblick auf den anderen kühlte die Umgebung ab. Wind kam auf, Wolken ballten sich zusammen. Lange schaffte es Cergons Körper nicht mehr, sich den Naturgewalten zu stellen.

»Los!« Der Oron gab den Befehl. Der Energiestoß zischte durch die Luft. Rungar reagierte sofort, schleuderte ihnen seine Waffe ebenfalls entgegen. Robert wusste, dass er kaum Zeit hatte, um nach dem Angriff in Deckung zu gehen. Er versuchte zur Seite zu springen, doch Cergon war zu schwach dafür. Es funktionierte nicht. Der Körper besaß keine Kraft mehr. Die Muskeln versagten.

Noch zwei Sekunden!

Robert musste Cergons Körper verlassen. Für ihn kam jede Hilfe zu spät.

Noch eine Sekunde!

Es ging nicht. Der Oron ließ ihn nicht los. Er brauchte Robert. Wollte mit ihm dem Einschlag entkommen – selbst wenn es dafür längst zu spät war.

Null!

Die Explosion traf Cergon mit voller Wucht und riss ihn von den Füßen. Ein Geflecht aus purer Energie umschloss ihn wie ein Kokon. In jede Zelle seines Körpers drang die Entladung. Hitze füllte ihn vollständig aus. Der Oron glühte durch die enorme Spannung auf, brannte in Cergons Brust. Er war durch die Verteidigung gegen Rungar geschwächt worden. Der Kristall verlor die Kontrolle. Risse gruben sich tief in ihn ein. Er starb.

Robert wollte aus dem Ort voll Schmerz und Vernichtung entkommen. Es gelang ihm nicht. Der Oron riss ihn mit sich in die Unterwelt.

Auch Rungar wurde hart getroffen. Der Oron hatte dafür gesorgt, dass die Wucht der Entladung vernichtend wirkte. Sie riss eine Schneise in den Nebel, verdampfte alles. Rungar wollte fliehen, doch es war zu spät. Die Zeit blieb stehen.

Tinja hatte das Unheil kommen sehen und war hinter die Eiche geflüchtet. Auch die anderen hatten den Kampfplatz schnellstmöglich verlassen. Als Rungar zuvor Ulam und Negola angegriffen hatte, war Quistan mit seinen Mitstreitern dazwischengegangen. Zwar folgten sie Rungar, doch jede Treue hatte ihre Grenzen. Und die hatte Rungar eindeutig überschritten. Der Schuss ging daneben. Rungar rechnete nicht damit, dass sich seine Männer gegen ihn stellten. Sein Hochmut wurde ihm zum Verhängnis.

Feuerklauen griffen um sich und vernichteten alles im Umkreis von mehreren Metern. Es war das letzte Mal, dass man etwas von Rungar gesehen oder gehört hatte.

»Komm zurück.« Die Stimme drang von weiter Ferne zu ihm. Es war, als würde Robert in einer Schlucht stehen. Mehrere hundert Meter über ihm rief jemand. Er musste sich stark konzentrieren, verstand nur Wortfetzen, erschloss sich den Sinn selbst.

Dunkelheit.

Kälte.

Stille.

Wo war er?

Robert verlor das Gefühl zu sich selbst, begann alles zu vergessen: seine Mutter, Negola, Ulam … Tinja.

»Robert … Komm zu…« Die Stimme war bloß noch ein Wispern. Die Schwärze hüllte ihn ein. Allmählich verband er sich mit ihr, verlor die Angst davor.

Lass los! Ob er das dachte oder jemand anderes es gesagt hatte, wusste Robert nicht mehr. Er befand sich genau auf der Schwelle zwischen Leben und Tod.

Dann sah er ein warmes Licht vor sich. Es waren zwei Punkte. Sie schwebten wie Irrlichter in der Ferne. Er ging darauf zu.

»Er schafft es nicht!« Die Stimme wurde lauter. Robert erkannte sie jetzt. Sie gehörte Negola.

»Noch ist es nicht zu spät für ihn.« Und das war Ulam.

Es wurde heller.

»Ich spüre ihn. Robert! Komm zurück!« Negolas Stimme wurde noch lauter und Robert folgte den Lichtpunkten weiter. Hoffnung. Es war genau dieses Gefühl, das ihn dabei begleitete.

Robert verließ endlich Cergons sterbenden Körper.

16

Seit dem Kampf im Nebel war eine Woche vergangen. Tinja und Robert verbrachten ein Wochenende bei ihm zu Hause in Hamburg. Seine Eltern hatten ihnen die Wohnung überlassen. Roberts Mutter wollte seinem Vater endlich Nofra zeigen. Rungar hatte mit seinem Beschuss ein Vermächtnis hinterlassen – die Grenze war von nun an offen. Der Oron war zerborsten und es gab keinen Weg, den Durchgang erneut zu verschließen. Quistan und seine Einheit wollten fortan für die Sicherheit von Nofra sorgen. Ihre Schatten patrouillierten weiterhin im Moor. Allerdings ließen sie jeden friedlichen Bürger schadlos zwischen den Orten wandeln. Die Nofras mussten sich an ihre neu gewonnene Freiheit erst noch gewöhnen.

Theo hatte sich vor wenigen Tagen um alles gekümmert. Er hatte Roberts Vater zu einem heimlichen Krankentransport überredet. Robert hätte das seinem Vater gar nicht zugetraut, doch er hatte seine Mutter ganz einfach aus ihrem Bett entführt. Ihre Seele wartete währenddessen im Nebel auf die Wiedervereinigung. Als sie frühmorgens Serinas schlafenden Körper samt Rollstuhl ins Moor trugen, sah es bald so aus, als würden sie eine Leiche im Moor verschwinden lassen. Ihre Arme hingen schlaff herab und der Kopf lag schief auf der rechten Schulter. Sie wollten die Rückführung abseits des Weges versuchen, um nicht gestört zu werden. Der Nebel war besonders dicht und hüllte sie schon wenige Meter hinter der Straße komplett ein.

Robert entfernte sich die Steine. Es fiel ihm schwer. Inzwischen hatte sich sein Körper an sie gewöhnt, doch seine Mutter musste sie zurückerhalten.

Auch Ulam, seine Frau und Negola waren dazugekommen. Sie legten ihre Hände auf Serinas Körper und teilten ihre Lebensenergie mit ihm. Damit wiesen sie gleichzeitig Serinas Seele den Weg zurück. Robert sah, dass sein Vater mit den Tränen kämpfte, und auch ihn selbst überkamen die Emotionen.

Im Moor wurden sie endlich wieder zu einer richtigen Familie. Und es geschah noch mehr als das. Es galt die Tradition in Nofra, dass Eltern ihren Kindern einen Splitter ihrer Kristalle schenken. In die Hand auf der Herzseite setzte Roberts Mutter einen Teil von sich ein. Für die andere Seite kam ihr Bruder Ulam auf.

Robert, der Befreier von Nofra, hatte ab sofort eine zweite Heimat in der geheimen Stadt im Nebel gefunden.

Inzwischen spürte Robert nichts mehr von dem Kampf. Er lag neben Tinja und das Wochenende gehörte ihnen.

»Du hast deinen Körper verlassen? Dank Negola und Ulam bist du nach dem Kampf in ihn zurückgekehrt? Heißt das jetzt, dass wir eine unsterbliche Seele haben?« Tinja strich Robert durch sein dunkles Haar. Es war Nachmittag. Auf dem Boden neben dem Bett lagen zwei leere Pizzakartons.

»Das habe ich mich schon gefragt, als ich das erste Mal meine Mutter im Nebel getroffen habe.« Robert nahm ihre Hand.

»Aber dann ist das doch die Lösung! Wenn wir so richtig alt sind, gehen wir ins Moor und laufen über die Grenze. Dort können wir zwei ewig zusammenbleiben!« Tinja schob ihre Lippen nach innen zwischen ihre Zähne und sprach so, als hätte sie ihr Gebiss verloren.

»Und wenn es ein Leben nach dem Tod gibt? Dann stecken wir im Moor fest, anstatt im Paradies vereint zu sein.« Robert musste an den Moment denken, als er den Tod von Cergon und die Vernichtung des Oron miterlebt hatte. Dabei froren seine Gesichtszüge ein. Er wusste noch immer nicht, wie er die Erfahrung verarbeiten sollte.

»Wer sagt dir, dass wir dann noch ein Paar sind? Ich meine, da wären alle Menschen versammelt. Sogar die von früher. Und sie sind gleich alt. Das muss doch so sein! Da ist eine ganz schön große Auswahl.« Tinja wollte Robert von seinen ernsten Gedanken ablenken. Sein plötzliches Grinsen zeigte ihr, dass sie damit Erfolg hatte.

»Nur ich komme in den Himmel. Auf dich wartet die Hölle!« Robert sprang auf und warf ein Kissen auf Tinja. Sie wehrte es mit dem Arm ab und hüpfte auf ihn.

»Dann gehen wir wohl doch besser als alte Klappergreise mit Rollator ins Moor.«

»Vielleicht machen wir das sogar«, sagte Robert und hob widerstandslos seine Arme.

Tinja küsste ihn.

»Aber bis dahin haben wir noch viel Zeit. Jetzt sind wir hier. Und das ist genau richtig so«, hauchte sie.

Robert wollte bald unbedingt mit Tinja nach Nofra gehen. Sie hatten alle Möglichkeiten und konnten sich fortan aussuchen, an welchem Ort sie leben wollten.

Epilog

Es war Nacht. Über dem Moor lag dichter Nebel. Schatten huschten umher. Quistan und sein Gefolge bewachten die Gegend. An einer Stelle, dort, wo Cergon dem Beschuss von Rungar erlegen war, glimmte etwas bläulich in einem Schlammloch.

Ulam und Negola hatten versucht, Cergon zu retten und den zerstörten Oron aus seiner Brust entfernt. Der Kristall war in winzige Splitter zerfallen und gab Robert frei. Die vielen kleinen Stücke konnten nicht mehr weiterzubestehen. Nur eines war stark genug. Es stammte aus der Mitte des Kristalls. Bei all der Aufregung war es ihnen entglitten.

In der Ferne schlich jemand durch das Stadttor von Nofra. Er wollte nach Loch, um im Schutze der Dunkelheit die fremde Stadt näher zu betrachten. Das schwache blaue Licht zog ihn in seinen Bann.

DRACHENMOND VERLAG